目次

装幀　岡 孝治
カバー写真　ぴー / PIXTA
Anton Shahrai / Shutterstock.com
地図　三潮社

プロローグ　二〇一六・三・十（木曜日）

芦沢行人《あしざわゆきと》は、実家で借りてきたレガシィを駐車場の中央で停《と》めた。芦沢が高校生の時に納車されてきた車だが、根室《ねむろ》の海鮮市場で働く両親と同じく、いまだ元気に働いている。むろん、道東の風雪に十年以上もさらされたボディは、すっかりくすんでいる。

運転席側のウインドウには、北西から、小雪混じりの寒風が吹き付けていた。エンジンを切り、助手席に置いてあったダウンジャケットを羽織《はお》って車外に出る。学生時代にちょうどよいサイズのものを買ったのが少しだぶついていた。

「運動不足だな」

痩《や》せたというよりは、デスクワークばかりで筋肉が落ちたのだろう。子供のころからアイスホッケーをやっていた芦沢は、大学までは、がっしりとして筋肉質な体つきだった。今はすっかり標準体形になってしまったのだ。

目の前には、オーロラタワーがある。オーロラタワーは、北方領土返還運動の象徴として建設された展望台だ。正式名称は望郷の塔。北方領土や離島をのぞけば、日本の最東端でもある納沙布岬《のさっぷみさき》に建つこのタワーは、一般の人が最初に日の出を見ることができる場所でもある。建設されたのは、芦沢が生まれる前年の一九八七年。この年は、年間三十万もの人が訪れたという。もっとも、それは昔の話だ。返還運動の成果は乏《とぼ》しく、訪れる人は年々少なくなっている。タワーの右隣にあり、かつてはレストランとして営業していた廃墟《はいきょ》の姿が、その事実を雄弁に物語っていた。

芦沢の脳裏《のうり》に、煙を上げて燻《くすぶ》り続ける黒焦《こ》げの柱が浮かぶ。黒と黄色のビニールテープで作られた規制線の先で、消防隊員が捜索を続けている光景だった。

芦沢は、場違いなほどに広いエントランスに入った。開業当時には、さまざまな展示物が置かれていたであろう空間が、今は閑散としていた。五〇〇円を払ってチケットを買う。そして、これまた場違いなほどに大きなエレベーターに乗り、タワー上部の展望台にのぼる。

展望台からは、全周を見渡すことができる。芦沢は、エレベーターを降りると、北東から北西方向を見渡した。北東方向には、歯舞群島《はぼまい》が見える。無料で覗《のぞ》くことができる双眼鏡を使わずとも、島の形まではっきりと見えた。手前の大きな島は水晶島《すいしょうじま》だ。芦沢は、貝殻島《かいがらじま》の灯台を見つめ、拳《こぶし》を握りしめた。祥進丸《しょうしん》がロシアの警備艇から銃撃を受けたのは、貝殻島のすぐ近くだった。

この日、歯舞群島以外の北方領土は、見えなかった。舞い散る小雪がなければ、北西方向には国後島《くなしりとう》も見えたはずだ。

展望台には、芦沢の他に誰もいない。駐車場に車が一台もなかったのだから、当然と言えば当然だった。芦沢は、その事実が悔しかった。返還交渉は停滞し、北方領土を取り戻せると考えている人は少なくなっている。

しかし、今年こそ大きな進展があるはずだった。芦沢は、外務省ロシア課に籍を置き、末端とはいえ、一般人が内情を知り得ない返還交渉に携《たずさ》わってきた。今年こそ、北方領土問題は、解決に漕《こ》ぎつけられるはずだ。外務省内では、阿部《あべ》首相が、首脳会談を地元山口《やまぐち》でやりたいとの意向を持っていると、もっぱらの噂《うわさ》となっている。合意に近づいている証左だった。

二〇〇二年、当時の小泉純一郎《こいずみじゅんいちろう》首相、田中真紀子《たなかまきこ》外相、そして外務官僚を巻き込んだ政争の結果、北方領土交渉に大きく関わっていた鈴木宗男《すずきむねお》議員が受託《じゅたく》収賄や偽計業務妨害の罪に問われた。これは、七つの事件を合わせて鈴木宗男事件と呼ばれる。この事件を境として、それまで積極的なやりとりが続けられていた北方領土返還交渉は、停滞期に入る。流れが変わったのは、第二次阿部政権の発足だった。

第二次阿部政権は、二〇一二年十二月にスタートした。それから半年後の二〇一三年六月、阿部首相は、外務事務次官をすげ替えた。外務次官の任期は、二年以上となることが通例だが、首を切られた河相《かわい》次官は、就任からわずか十カ月しか経過していなかった。異例と言えた。それ以降、阿部首相の意を受けた佐伯彬孝《さえきあきたか》外務事務次官を事務方の中心として、北方領土交渉が進められてきた。佐伯次官の在任は、まもなく三年に及ぼうとする。さすがに、そろそろ交代するという噂が聞こえている。

事務方だけではない。阿部首相が北方領土交渉に担《かつ》ぎ上げた人物は、鈴木宗男氏が失脚前にタッグを組んでいた森《もり》元首相、そして何より鈴木宗男氏その人だ。この一事を見ても、鈴木宗男事件が、政争の結果としての国策捜査だったことは簡単に理解できる。事件当時、マスコミが騒いだとおり、北方領土交渉が鈴木氏にとって私腹を肥やすための飯の種であったのなら、阿部首相が、再度鈴木宗男氏を使うことなどありえない。

根室出身の芦沢にとって、鈴木宗男事件は残念だった。それでも、今の状況は、溜飲《りゅういん》を下げるに十分なものだった。

阿部内閣の成立から三年あまりが経過し、交渉は大詰めを迎えている。まとまるのは、時間の問題に思えた。芦沢も歴史の転換点に立ち会えるはずだった。異動さえなければ。芦沢は、ロシア課から転出する辞令を受け取っていた。

彼の仕事は、関連情報を分析し、報告を上げることだった。交渉の場に出たこともない。それでも、根室に生まれ育ち、外交官を目指すことになったきっかけが北方領土であった芦沢は、もう一年、いや、もう半年でもいいからロシア課に留《とど》まっていたいと思っていた。

あのころの無力な自分とは違う。

芦沢は、火柱となって燃え上がる家を前に、ただ名を叫ぶしかできなかった過去の自分を思い出していた。

——行人！　起きて！　火事だよ！

高校を卒業した日の深夜、深い眠りの淵《ふち》にあった芦沢は、母親にたたき起こされた。幼なじみの彼女、睦美《むつみ》の家が火事だと言う。目をあけると、窓から入ったオレンジ色の光が、壁を照らしていた。飛び起きた芦沢は、パジャマの上にダウンジャケットを羽織り、家を飛び出した。雪を踏みしだき、一目散《いちもくさん》に、一〇〇メートルほど離れた睦美の家に走る。すでに手が付けられないほど燃え上がっていた。窓という窓は割れ、炎が噴《ふ》き出している。消防車が放水を始めていたが、文字どおり焼け石に水だった。

走り回っていた消防隊員を捕まえ、彼女の無事を尋ねても、確認中だというだけで、何もわからなかった。芦沢には、噴き上がる炎を見つめることしかできなかった。

翌朝、家族四人全員が遺体で発見された。睦美と小四の弟は、二階の自室ベッドの上で発見された。母親の遺体も寝室の布団《ふとん》の上だった。父親だけが、居間でうずくまるようにして倒れていたという。検視の結果、父親以外は煙を吸っておらず、火災が発生する前に死亡していた。無理心中だった。

この前年の八月、カニ漁を行なっていた漁船が、北方領土海域でロシア国境警備局の警備艇から銃撃され、拿捕《だほ》されるという事件が発生していた。それが、睦美の父親の乗る船だった。怪我こそしなかったものの、乗る船を失い、経済的に苦しい状況に追い込まれた。

睦美は、大学進学を志望していたが、銃撃事件の後、家の経済的理由から進路を就職に切り替え、四月からは札幌《さっぽろ》で働くということだった。就職先は教えてもらえず、落ち着いたら連絡するからとだけ言われていた。

葬儀の際、睦美の叔父から聞いた話では、親の借金を返すため、風俗店で働くつもりだったという。それが、睦美の父親が、無理心中に走った理由だったのではないか。睦美の叔父は、そう言っていた。

芦沢は、自分を悔いた。しかし、そうした状況を察してやれたところで、自分に何ができたわけでもない。だから、怒りの矛先《ほこさき》をロシアに向けた。祥進丸は、本来は日本の領域で操業していたのだ。いつか煮え湯を飲ませてやる。それが芦沢の行動原理となった——。

オーロラタワーを訪れたのは、その思いを再確認するためだ。末席とはいえ、ロシア課にいれば、今も北方領土の実効支配を続けるロシアに対して、数滴であろうと飲ませる煮え湯を増やすことができる。

しかし、異動が決まっている以上、これから先は直接関わることはできない。だからこそ、自らの行動原理を再確認に来たのだ。

どこにいても、僕の原点は変わらない。

芦沢は、拳を握りしめ、雪にかすむ北方領土を見つめていた。

第一章　キエフ　三・二十二〜五・三十一

二〇一六・三・二十二（火曜日）

芦沢は、二つのスーツケースからKBP（ボルィースピリ国際空港）と印字されたタグを引きちぎり、ごみ箱に投げ込んだ。空港の建物を出ると、やはり肌寒さを感じた。気温は十度もないだろう。タクシーは簡単に見つかった。日本と同じように「行灯《あんどん》」がついているものの、会社ごとの統一さえなく、車種や塗色はバラバラだ。こちらを見つけたのか、目の前にシルバーのオペルが滑《すべ》り込んできた。サングラスをかけたドライバーにロシア語で声をかける。

「国立美術館まで、四〇〇フリヴニャで行けるかな？」

日本円にして一六〇〇円程度。相場よりもわずかに高めだ。

「ちょっと難しいね。五〇〇は必要だよ。美術館より、ホテルに行ったほうがいいんじゃないか？」

ロシア語を操《あやつ》る東洋人が珍しいのか、顔には驚きが表われていた。

「美術館近くの日本大使館なんだ。ここには何度も来てるし、相場もわかってる。四〇〇で行けないなら、他をあたるよ。三五〇で行ってくれるタクシーがいるかもしれない」

「わかった。四〇〇でいいよ」

スーツケースをトランクと後部座席に放り込むと、芦沢は助手席に乗り込んだ。ドニエプル川を渡ってしまうまでは、快適な高速道路が続く。距離にして三〇キロ以上。キエフの玄関口、ボルィースピリ国際空港は、キエフの中心街から少々離れていた。都心から横浜《よこはま》ほどの距離だ。日本でタクシーに乗れば一万二〇〇〇円ほどだろう。その距離を四〇〇フリヴニャで行ける。一部に日本よりも高い物もあるが、ウクライナの物価は総じて安い。

フロントガラス越しに、芽吹《めぶ》き始めた街路樹が流れてゆく。ここ二年ほどの間、何度か目にしてきた光景だった。しかし、心に去来する感傷は、今までと異《こと》なっていた。今度は、臨時の手伝いや調査で来た客ではないのだ。この地に足を着けなければならない。

芦沢の異動先は、駐ウクライナ日本大使館だった。

「これも縁か……」

芦沢は、独《ひと》りごちた。この国との関わりを持ったことで、この地に来ることになった。しかし、それは、この国について詳《くわ》しくなったために送り込まれたという意味だけではなかった。ロシア課に居続けられなくなったのも、この国との関わりだった。芦沢は異動のきっかけとなった課長との衝突を思い出していた。

――「求めているのは状況分析だ。誰が居眠り中に見た夢を書けと言った」

ロシア課課長の瀬田《せた》は、芦沢が提出した報告書を手にしていた。

「SVR(ロシア対外情報庁)の工作手法はさまざまです。その中でも、こうした方法は、確実性は低いものの、リスクに対して大きなリターンが得られる可能性があります。接触するためのラインだってあります。トランプ候補の選挙陣営に入ったコンサルタント、ポール・マナフォートは、ヤヌコーヴィチの顧問だった人間です。彼を通じて接触している可能性は十分にあります。夢想ではありません!」

「どこに証拠がある!」

「これは仮説です。仮説を立てた時点でエビデンスはありません。エビデンスを探す価値がある仮説だと言っているんです」

「仮説というのはな、妥当性《だとう》があって、初めて検証に値《あたい》するんだ。SVRは、KGB(ソ連国家保安委員会)の後継工作機関として、高い能力を持っている。そんなことは、お前みたいな若造以上にわかっているんだ。だが、いくらSVRの能力が高いといっても、アメリカ大統領候補に工作をしかけるなんてありえない話だ!」

「何も、意のままに操る必要なんてありません。民主的な選挙の結果に影響を与えるための工作は、KGB時代からずっと続けてきているじゃないですか。ミトロヒン文書を見るまでもなく、これは衆知の事実です！」

ミトロヒン文書は、一九九二年にソ連からイギリスに亡命したKGB職員ワシリー・ミトロヒンが持ち出した機密文書だ。ミトロヒン文書によって、日本においても、新聞記者や外務省職員、はては自民党議員や田中角栄《たなかかくえい》元首相の側近までが、工作対象になっていたことがわかっている。

「それなら、SVRがトランプ大統領候補に工作を仕掛ける可能性があるとする仮説の根拠は何だ。説明してみろ！」

その根拠は、当然報告書に書いてある。それを読みもせずに、頭ごなしに否定されたことで芦沢は腹を立てていた。

「SVRがヤヌコーヴィチに工作を始めたのは、彼が大統領になるよりもずっと前です。ドネツク州副長官になった一九九六年ごろでした」

ウクライナの大統領であったヴィクトル・ヤヌコーヴィチは、ロシアから金銭のみならず、さまざまな支援を受けていた。二〇〇四年の大統領選挙では、対立候補だったヴィクトル・ユシチェンコが、ダイオキシンを使用して毒殺されそうになっている。この毒殺未遂には、SVRが関与していたと言われている。

「地方行政府の副長官とはいえ、彼は当時から政治家だった。相応の影響力はある。それに対して、トランプは実業家だぞ」

「そうです。だからこそなんです。アメリカの政治家が、ロシアの関係者と接触すれば理由を問われます。法的にも規制されています。しかし、実業家のトランプは、なぜロシアの関係者と会ったのかと言われても、ロシアにおけるビジネスのためだと答えることができます。資金提供に至っては、合法的に可能です。トランプが所有する企業に対して、有利な条件でビジネスを行なえばよいのです。ヤヌコーヴィチに対して資金提供した際にも同じ手法が使われました。SVRは、ヤヌコーヴィチに対する工作を通じて、ビジネスも行なう政治家に対しては、こうした手法が有効だということを学習しているんです。マナフォートは、選対本部長に抜擢《ばってき》されるという噂さえあります。ロシア、いえSVRから資金に限らない援助が得られることは、彼を通じてトランプの耳に入っている可能性が高いはずです」

芦沢の仕事は、公開されている情報の分析だった。公開情報の分析は、オープン・ソース・インテリジェンス（open-source intelligence）と呼ばれ、オシント（OSINT）と略されることもある諜報《ちょうほう》活動の一つだ。日本では、内閣情報調査室、公安調査庁、それに防衛省の情報本部などで行なわれている。他の諜報活動と異なり、分析対象が自発的に公開している情報を分析するため、専門の諜報機関だけでなく、外務省でも行なっている。イギリスでは、テレビ局として有名なBBCもオシントを実施し、分析情報をイギリス政府に提供するだけでなく、民間にも販売している。〇〇総研なども呼ばれる日本のシンクタンクでも採《と》られている手法だ。

芦沢が行なっていた分析は、北方領土問題に関するものだけでなかった。欧米との政治・経済関係、安全保障は言うに及ばず、あらゆる情報が分析対象だった。調査対象国も、ロシアに限定されてはいなかった。旧ソ連邦であった国々では、今もロシア語が広く使われている。特に多民族が混在した国では、共通言語がロシア語であるケースが多く、公用語となっている国も多い。芦沢の分析対象は、それらの国も含まれていた。

芦沢は、ウクライナ大統領であったヴィクトル・ヤヌコーヴィチへのSVRによる工作について調べていた。この工作は、結果として二〇一四年のウクライナ騒乱とそれに続くクリミア危機の引き金ともなっている。現在のロシア外交に最も大きな影響を及ぼしている工作だった。

「お前の言うとおり、確かに工作は容易かもしれないな。トベルスカヤ通りの一等地を安値で売ってやれば、不動産屋は大喜びするだろう」

トベルスカヤ通りは、クレムリン脇のマネージ広場から延びるモスクワの一等地だ。

「だが、共和党の有力候補ではあっても、あの不動産屋が大統領になる保証なんてないんだぞ」

芦沢は、大きく息を吸って気持ちを落ち着けると、抑揚《よくよう》を付けずに言った。

「そうです。しかし、SVRは、ユシチェンコの殺害まで企《くわだ》てました。その二〇〇四年のウクライナ大統領選挙では、ヤヌコーヴィチが勝つ保証なんてありませんでしたし、最終的に勝ったのもユシチェンコです。SVRは、収穫を急いだりはしません。トランプが大統領になれなくても、大統領選候補として一定の政治力を行使できるようになるでしょうし、今回はだめでも、次の大統領選で当選するかもしれません」

「ヤヌコーヴィチは、欲に目が眩《くら》み、自ら進んでロシアの傀儡《かいらい》に成り果てたな。しかし、契約も交《か》わさずに供与された利益は、トランプにとっては、ただのもらい得だろう」

「はい。ですが、ロシアから利益供与を受けたという事実は、トランプにとって弱みになります。ＳＶＲが仕掛けたのは、ハニートラップならぬ、ゴールドトラップです。やくざにトラブル解決を依頼するのと同じです。それに、この工作は、ＳＶＲとすれば、対価が約束されなくてもかまわないものです。ロシアにとって好ましいアメリカ大統領が誕生すれば、それはＳＶＲにとって絶大な成果です」

瀬田は、大きく嘆息した。

「なるほどな。筋は通ってる」

「そうなんです！」

芦沢は、机に手を突き、身を乗り出した。

「レポートの主旨は、ヤヌコーヴィチへの工作が行なわれた事実から、トランプ候補への工作の可能性があるということなんだな？」

「はい。ヤヌコーヴィチへの工作にも絡《から》んでいた政治コンサルタント、ポール・マナフォート、そして元軍高官でもあり、ロシアと接触しているマイケル・フリンが、トランプ陣営に入り込んでいる事実もあります」

瀬田は、手に持っていたレポートを、芦沢の手元に投げてよこした。

「ヤヌコーヴィチへの工作から分析するならば、結論は逆だな」

言葉の意味が理解できなかった。しかし、一瞬の後、瀬田が言葉を継《つ》ぐよりも早く、その意図を理解して眉《まゆ》をひそめた。遅れて、瀬田の言葉が続く。

「ヤヌコーヴィチへの工作は、最終的に失敗した。フラトコフは、この失敗から学んだはずだ」

ミハイル・フラトコフは、二〇〇七年からSVRの長官を務めている。対ヤヌコーヴィチ工作も、フラトコフの指揮の下《もと》に進められた。

「他国の大統領への政治的関与なんてのは、誰かが気付く。成功するはずなどないとフラトコフだって学習したはずだ」

瀬田は、しょせん結論ありきで考えているのだった。そこに絡む要素までは分析していない。

「ヤヌコーヴィチ工作の失敗要因は、ヤヌコーヴィチが強欲《ごうよく》すぎたためです。彼は、不正が蔓延《はびこ》るウクライナであっても、国民が座視し得ないほど不正を行ないすぎたんです」

「では、トランプは清廉《せいれん》な人物だとでも言うのか?」

「もちろんそんなことは言いません。しかし、ウクライナとアメリカでは、不正に対する社会の姿勢が違います。トランプは、ビジネスでは成功してきた人物です。何が不正として糾弾されるのか理解できるでしょう」

「お前が言うように、ウクライナとアメリカでは不正に対する社会の姿勢が違う。それはイコールSVRにとってのリスクだ。こんなレポートは検討に値しない!」

平行線だった。

「しかし!」

それでも、芦沢は、声を上げた。その後に続けるつもりだった言葉は、瀬田が掌《てのひら》を机に叩《たた》き付けて封じてきた。

「いい加減にしろ。お前の仕事は、分析であって、俺の指導じゃない」

瀬田は、なおも声を上げようとしていたが、それを遮《さえぎ》ったのは、課内ナンバー2の沢村《さわむら》だった。

「まあまあ、課長。コイツは、私が言い聞かせておきますから。課長の貴重なお時間を、説教で潰《つぶ》すのは国家の損失です」

言葉とは裏腹に、沢村は、握りつぶすほどの力で、芦沢の右腕を摑《つか》んでいた――。

（芦沢の仮説は、二〇一七年に入り、ロシアゲート事件として表面化した。この当時、トランプ陣営に潜《もぐ》り込んだばかりだった政治コンサルタント、ポール・マナフォートは、二〇一六年六月には選対本部長に就任している。しかし、その後不透明な資金援助を受けていたことが発覚し、二〇一六年八月に辞任した。マイケル・フリンも、二〇一七年二月に大統領補佐官＝国家安全保障担当を辞任している――本作品完結時点から刊行までに現実に起きた事象などを、以下同様に加筆していきます……著者）

もちろん、そろそろ異動時期だったこともあったのだろう。芦沢は、ヤヌコーヴィチへの工作を調べた関係で、造詣《ぞうけい》が深くなったウクライナに飛ばされる結果となった。

どこにいたって、諦《あきら》めるものか。

芦沢は、拳を握りしめた。

タクシーは、ドニエプル川を越え、市街に入っていた。しばらく走ると、右手に十九世紀末から二十世紀初頭にかけて活躍した作家、レーシャ・ウクライーンカの銅像が見えた。レーシャ・ウクライーンカというペンネームは、ウクライナ人のレーシャを意味する。彼女は、ウクライナ人の民族意識を育《はぐく》んだ人だ。二〇〇フリヴニャ紙幣《しへい》にも印刷されている。大使館は、もうすぐだった。

二〇一六・三・三十(水曜日)

「防衛駐在官、一等海佐、瀬良義男《せらよしお》、ただいま着任しました」

芦沢は、重厚な机の前に立つ男の横顔を見ていた。外交官とは明らかに異なる姿勢で頭を下げている。背中に鉄柱を仕込んだような礼をしている男は、芦沢よりも二回り近く年上のはずだ。しかし、目尻にかすかに皺《しわ》が見えるだけで、外見上は、せいぜい一回り年上にしか見えない。

防衛駐在官は、諸外国で言うところの駐在武官にあたる。外交官身分を有する武官、つまり軍人だ。日本では、自衛隊は軍隊ではないという建前《たてまえ》に則《のっと》り、防衛駐在官と呼称している。防衛省から外務省に出向した自衛官だ。

「ご苦労様です。ここでは、防衛駐在官に教えてもらいたいことが毎日のように起こります。まずは、早くウクライナに慣れてください」

瀬良一佐に応《こた》えたのは、ウクライナ駐在日本国特命全権大使、兼モルドバ共和国駐在日本国特命全権大使、隅繁彰《すみしげあき》だった。

「わかりました。早く慣れるように努力します」

「そのために、こちらの芦沢君に、君の面倒を見てもらうことにしてあります」

「よろしくお願いします」

芦沢は、柔らかく腰を折った。

「こちらこそ、よろしくお願いします」

瀬良一佐は、黒の制服が似合っていたが、スーツもよく似合うであろう美男子だった。

「芦沢書記官も、先週着いたばかりだが、以前から何度もこちらに来ていてね。こちらの事情には詳《くわ》しいんだ。君の案内くらいはできるし、そうすることで、芦沢君もこちらに慣れるだろう。ちょうどいいと思ったんだよ」

「お話は伺《うかが》っておりました。急な異動命令だったようで、大変だろうと思います。お手伝いしますので、何なりと言ってください」

防衛駐在官の人選と調整は、通常半年以上前から行なわれる。大使館への異動が当たり前の外交官と違い、大使館で勤務するための事前学習が必要だからだ。しかし、瀬良は、予定されていた防衛駐在官が急病に倒れたことから、急遽《きゅうきょ》派遣が決まったらしい。ウクライナの事情をほとんど知る間もなく、慌《あわ》てて出国してきたという。

「助かります。海外出張の経験はあっても、接するのはほとんどが米軍人でした。なにぶん大使館では勝手が違いすぎます。妻も、伝えた時には真っ青になってました」

「でしょうな」

隅大使は、机のこちら側に回ってくると、瀬良一佐の手を取った。

「しばらくは、ゆっくりしてください。日本とは、あらゆる点が異なります。頑張《がんば》りすぎると精神的につらいでしょうし、関係作りもうまくはゆきません」

「わかりました。芦沢書記官について、勉強させていただきます」


「では、こちらにどうぞ」

芦沢は、大使の部屋を辞すると、瀬良の先に立って歩いた。

「本当に助かります」

「いえ、こちらこそ。大使が言うように、僕としても、こちらに慣れることができますから」

芦沢は、瀬良のアテンドを、二重の意味で喜んでいた。

「それに、いろいろと教えていただきたいと思っているんです」

「私にですか？」

「ええ。ここに来る前、僕はロシア課にいました。主な仕事は、ロシア及びロシア語圏の情報分析です。ここウクライナをはじめ、ロシア関連の話題では、軍事が大きな影響を及ぼしているんですが、なにぶんよくわからなくて……」

「なるほど。関連は多いはずなのに、外務省と防衛省は、交流も皆無《かいむ》ですからね」

「勉強はしているんですが……」

芦沢は、通路の両脇に並ぶドアの一つを押し開けた。『防衛駐在官室』と書かれたプレートがつけられただけの簡素なドアだ。

「こちらが、瀬良一佐のお部屋です。ひととおりのものは揃《そろ》えてあると思いますが、必要なものがあれば言ってください」

瀬良は、机上に荷物を置くと、ちょっと考え込むような顔を見せていた。

「本で経済学を勉強しただけでは、経済はわかりませんよね。会社勤めをしたり、自分で株の運用でもすれば、見えてくるものも多い。軍事だって同じです。それに……」

瀬良は、何かを言い淀《よど》んだように見えた。窓際《まどぎわ》に立ったまま考え込んでいる。

「それに……何ですか?」

「初日からこんなことを言うのは何ですが、外務省のほうは、そもそも軍事を否定的に見ていることが影響しているんじゃないでしょうか」

「どういう意味でしょう?」

「ずいぶんと前になりますが、目黒《めぐろ》の幹部学校に入校していた際、外務省の方の講話がありました。で、その講話の後に質問をさせていただきました」

瀬良は、ちょっと悪戯《いたずら》っぽい微笑を浮かべていた。

「どうして外務省は、自衛隊の演習を外交のカードとして使わないのかと聞いたんです」

芦沢は、瀬良の言わんとするところが、何となく理解できた。

「発想がないのかとも思っていました。でも、諸外国では、演習や訓練をこちらの意思を示すためによく使います。それを知らないはずはない」

「そうですね。二〇一四年のウクライナ危機の際にも、アメリカの駆逐艦《くちくかん》がルーマニア、ブルガリア両国との軍事演習のためとして黒海《こっかい》に入りました。でもそれは、ロシアに対するメッセージでもあった」

「そう。講話に来られた方も、そうしたことは理解していた。憲法九条に『武力による威嚇《いかく》又は武力の行使は、国際紛争を解決する手段としては、永久にこれを放棄《ほうき》する』とあるからだ、なんて言ってましたが、それを言うなら、自衛隊の存在は『陸海空軍その他の戦力は、これを保持しない』に反してます。しょせん建前でしかなかった。いろいろと質問させてもらった中で理解しました。外交とは外務省のみが行なうべきもので、他の省庁が関与すべきでない、と考えているとね」

「そんなことは！」

芦沢は、思わず気色《けしき》ばんで答えた。しかし、痛いところを突かれたとも思った。

「本当に？」

瀬良は、数瞬の間を置いてきたが、返す言葉は出てこなかった。

「防衛駐在官の話をいただいてから、慌てて本を読みました。佐藤優《さとうまさる》氏の著作も。彼や鈴木宗男氏がパージされたのも、そうした外務省の考え方が、背景にあったみたいですね」

「しかし、外務省も変わってきています。佐藤氏こそいませんが、現在の北方領土交渉には鈴木宗男氏も関わっていますし、ツー・プラス・ツーもあります」

ツー・プラス・ツーとは、外務大臣同士の会合に加え、防衛・国防大臣同士の会合も行ない、外務・防衛の両面で交渉を進めるための枠組《スキーム》みだ。アメリカとの交渉以外では、ロシアとの北方領土交渉において、初めて使われるようになった。

「そうですね。すみません。言いすぎました。しかし、組織の文化は、そう簡単に変わりません。あなたのような若手に、少しずつでも勉強してもらえれば、少しずつ変わってゆくでしょう。私に教えられることなら、いくらでもお教えしますよ」


アテンド初日から、危《あや》うく衝突しかけたのだろうか。それでも、その後は、無事に大使館内を案内し、事務手続きを済ませることができた。

芦沢が夕食でもいっしょにと誘ったものの、瀬良は、荷解《にほど》きを手伝わないとかみさんに怒られると言っていた。芦沢は、瀬良を送り届けるために車を出した。

「きれいな街ですね」

「もっと無機質な街を想像していましたか？」

「観光地が美しいのはネットで知ってましたが……」

「旧共産圏とは思えない？」

「そうですね」

キエフの緯度は、サハリンの中央くらいだ。春分を過ぎれば、多少遅くなっても空はまだ明るい。石造りの街並みに、瀟洒《しょうしゃ》な街灯が灯《とも》り始めていた。

「大使館の目の前は、美術館なのでなおさらですが、そうでなくとも、街の風景はなかなかですよ」

芦沢は、車をゆっくりと走らせた。

「ウクライナの情勢を見るためには、軍事的知識は重要でしょうね」

助手席に座った瀬良は、周囲を見回しながら呟《つぶや》いていた。

「ミンスク合意以降、情勢は落ち着いていますが、冷戦のような状態です」

二〇一四年に始まったウクライナ争乱は、ロシアによるクリミア併合、東部におけるロシア系武装勢力による事実上の内戦に至った。ウクライナ東部の混乱は、二〇一五年二月、隣国ベラルーシのミンスクにおいて行なわれた合意により戦闘は終息した。しかし、武装解除が行なわれたわけでもなく、問題の解決にはほど遠い状態だ。東部は、独立を宣言したロシア系武装勢力が支配を続け、ウクライナ政府の統治が及んではいない。

「でも、僕が軍事について勉強したい理由は、ウクライナ東部の情勢を見るためだけじゃないんです」

「では、どんな理由で?」

まだ車を走らせながら、助手席に座る瀬良の顔を窺《うかが》う余裕はなかった。それでも、瀬良の声音《こわね》から彼が興味を持ってくれていることはわかった。

「僕は、根室の生まれなんです。北方領土問題の解決に自分が携わりたかったというのが、外交官になった理由です」

「ロシア課にいたとおっしゃっていましたね」

「ええ。北方領土問題には、軍事的要素も非常に大きな影響を与えていました」

「なるほど。私は海上自衛官ですから、ロシア系武装勢力について勉強したいということでしたら、ちょっと自信がなかったんですが、北方領土関係なら任《まか》せてください」

「よろしくお願いします。お願いするついでに、一つ教えていただきたいことがあるんです」

「何でしょうか？」

「防衛駐在官は、派遣される国ごとに、陸海空の三自衛隊で、担当を分けていると聞きました。ウクライナは、東部での紛争を考えるなら陸上自衛隊の方が派遣されるほうがいいと思うのですが、どうして海上自衛隊なんでしょうか？」

「なるほど、そういう疑問ですか」

　瀬良の言葉には、どこか楽しんでいるような雰囲気があった。

「まず最初に、一点だけ修正しておきましょう。アメリカやロシアなど重要な国には、三自衛隊からそれぞれに防衛駐在官が派遣されます。一国に一人ではないということです。ウクライナに関しては、歴史的経緯が関係しています。冷戦時、ソ連の黒海艦隊がクリミアを中心に配備されていました。日本にとっては、東欧の地上軍よりも、黒海艦隊への関心が強かったということです。だから、ウクライナ独立後も、海自の担当国となったようです」

「なるほど」

芦沢が一瞬だけ助手席を見ると、瀬良は、リラックスした笑《え》みを浮かべていた。

「ところで、北方領土と言えば、ショイグ国防相が、千島《ちしま》列島に初の軍港を建設するための調査部隊を派遣すると言ってました。部隊が松輪島《まつわじま》に向かうみたいです」

「松輪島ですか。千島列島の中間あたりですね。択捉《えとろふ》からでも、かなり距離がある」

「そうです。ショイグ国防相は、太平洋でのロシア艦隊の活動を強化するためと言っています。補給拠点にするということなのですが、軍事的観点で見ると疑問もあります」

「どういうことですか？」

「小さな無人島です。港をつくったところで、鉄道も道路も繋《つな》がっていないのでは、補給物資を集積しておくこと自体が困難です。それに、活火山もあります。軍事的合理性にかける。真意は別のところにあるかもしれません」

「なるほど。でも、千島列島に港湾がつくられたところで、政治的に影響があるとは思えません」

「互いに勉強すべきですね。私は外交を知らず、芦沢さんは軍事を知らない」

瀬良が言うとおりだった。

「そうですね。外交と軍事、両方見えていれば、何か見えてくるものがあるのかもしれない」

芦沢は、コンクリートで舗装《ほそう》された大通りを折れ、石畳の路地に車を乗り入れた。

（二〇一八年十月現在、松輪島は、調査を終え、飛行場が建設されるに至っている）

二〇一六・四・七（木曜日）

　芦沢は、慎重にハンドルを操作した。ウクライナは、日本とは逆の右側走行だ。視界の後方に流れてゆく景色は、古都と呼ぶにふさわしい。実際、キエフは、東ヨーロッパ最古の都市であり、キリスト教の聖地でもある。市内にある聖ソフィア大聖堂とキエフ洞窟《どうくつ》大修道院は、一九九〇年に世界遺産に指定されている。

「もっと時間がかかるかと思ってました」

　芦沢は、正面を向いたまま、助手席に座る瀬良一佐に話しかけた。瀬良は、突然、外国の大使館、しかも自衛官にとってはなじみのあるはずもない旧ソ連邦構成国だったウクライナの大使館に赴任させられたのだ。生活を安定させるのも大変だろうと思っていた。しかし、意外なほど早くなじんだらしい。申し送り資料を読み込み終わると、ウクライナについて、さらに勉強したいから、他の資料を紹介してほしいと言ってきた。芦沢は、百聞は一見に如《し》かずということで、瀬良をキエフ市内に連れ出した。

「国外は多くないですが、自衛官は引っ越し慣れしてるからね。私はもちろんだけど、妻も何回引っ越したことか」

「なるほど。それにしても、ウクライナの防衛駐在官なんて驚かれたでしょう」

「余計な敬語はやめましょう。私のほうが年上ですが、ここでは教えてもらうことのほうが多い。私も芦沢さんには敬語は使わないから」

「わかりました」

「防衛駐在官の拝命は、可能性としてはあるかもしれないと思っていたよ。期的にそろそろだったし、毎年、国外勤務が可能かどうか自己申告させられているからね。個人的な事情などで、防衛駐在官になることが困難な人も多い。ウクライナについても、海自に割り振られた派遣国だし、防大でロシア語を勉強してた経歴があるから、可能性としては意識してた。ロシア語は、完全に錆《さ》び付いていているけどね」

　ウクライナでは、ウクライナ語が公用語だが、ロシア語も通じる。特にロシア人の多い東部ではロシア語のほうが一般的だ。キエフに住むウクライナ人でも、ロシア語を常用する人は多い。家の中ではウクライナ語、家を出るとロシア語などということは珍しくない。話す相手ごとに、ウクライナ語とロシア語を使い分けることもある。

「十分話せるじゃないですか」

　瀬良は、大使館に勤める現地スタッフとはロシア語で会話していた。

「日常会話が精一杯。これが手放せない」

　瀬良は苦笑しながら、バッグから電子辞書を取り出して見せた。

「ところで、行き先はどこなの？」

「ムィハイロ広場という公園です。もう着きます」

芦沢は、ウクライナ国旗が立ち並ぶ公園入り口の駐車場に車を駐《と》めた。

「一九四一、一九四五。大戦に関係のある場所か」

瀬良は、公園入り口の石碑を見つめて言った。

「ええ、奥に見えるモニュメントは、無名戦士の墓です。昨年、阿部首相が訪れた時には、あそこに献花したそうです。でも、目的はあれじゃありません。せっかくだから、寄って行きましょう」

芦沢は、先に立ってワシントン記念塔を細くしたようなオベリスクに向かった。特にこれといった特徴のない無名戦士の墓を右に折れ、芦沢は、歩道を進んだ。

「このまま奥に進んでも行けるんですが、裏から入ることになってしまうので、いったん公園の外に出ます」

「公園が多い」

「そうですね。左手はドニエプル川ですが、河畔《かはん》は、かなりの部分が公園になっています。中洲《なかす》も、公園でこそありませんが、市民の憩《いこ》いの場になっています。こういうところは、東京よりもずっと豊かですね」

瀬良は、肯《うなず》きながら芽吹き始めた木々を見回していた。二人は、入ったばかりの公園を西側の道路に抜けると、公園の縁に沿ってしばらく歩く。

「ここから、もう一度公園に入ります。ここが瀬良一佐に見せたかった場所です。多分、ご存じないだろうと思います」

芦沢は、道路脇に立って、その入り口を見つめた。

「一九三二、一九三三、大戦よりも前、ソ連の成立後か。なんだろう?」

瀬良は、先ほどと同じように、石碑に刻まれた数字を読んだ。石碑は、道の両脇に置かれている。その奥には、デフォルメされた天使の彫刻が門のように置かれていた。さらに奥には小さな銅像、最も奥には、こちらもモニュメントが建っている。無名戦士の墓と異なり、教会との関係を想起させるデザインだった。

「ホロドモールの慰霊碑《いれいひ》です」

「ホロドモール……ホロコーストなら知ってるが……」

「日本で有名なジェノサイドは、ナチスによるホロコースト、カンボジアのクメール・ルージュによる虐殺《ぎゃくさつ》、ルワンダ虐殺といったところですよね。最近では、アルメニア虐殺なんかも一般に知られるようになってきた。その他に、規模は小さくなりますが、ボスニア内戦時の民族浄化やダルフール紛争なんかもジェノサイドだと言われています」

「それらは知ってるよ。南スーダンには自衛隊も派遣されている。陸自の仕事だけれど、ダルフール紛争は、人ごととは言えない。でもホロドモールは、聞いたことがない」

「ホロコーストによる死者は、六〇〇万弱程度だったと言われています。これは、ドイツ国内だけではなく、ポーランドなど、ナチスが占領した区域全体でのユダヤ人虐殺の数字です」

二人が歩みを進めると、小さな銅像は、等身大の少女であることが見て取れた。痩せこけ、もし本当の少女であったのなら、顔色が悪く、今にも倒れそうに思える立像だった。

「ソ連邦当時であるため、正確な統計がなく、数字には幅がありますが、ホロドモールによる死者数は四〇〇万から一四五〇万と言われています」

「ホロコーストより多い？」

瀬良は、まるで虚空《こくう》を見つめるかのような銅像を目にしながら言った。

「太平洋戦争で死亡した我が国の民間人は、四〇万人弱です。ホロドモールの犠牲者は、最小の四〇〇万人でも、その一〇倍に及びます。最大の一四五〇万人では、太平洋戦争における軍人を含めた全日本人の死者数一七四万人の七倍にも及ぶ。なのに、日本ではほとんど知られていない」

「なぜ？」

瀬良は、訝《いぶか》しげに眉根を寄せていた。

「自由があるから……でしょうか。報道しない自由。ソ連による虐殺だから。二〇〇八年には、ウクライナ政府が『讀賣《よみうり》新聞』紙上に意見広告を載《の》せたことがあります。逆に言えば、意見広告として広告料を払わなければ、メディアは、ホロドモールを掲載するつもりがないということなんです。それに、日本ではウクライナ情報を得ること自体が難しい。ロシア語の情報は、ネットのものを含め、ロシアによってロシアに都合のよい内容に変えられています。このホロドモールも、ロシア語の情報では、自然発生的な飢饉《ききん》だったとされています。北方領土問題についてのロシア語での情報が、ロシアが権利を持っているように書かれているのと同じです」

「しかし、それほどの死者がいるのに……」

「他の虐殺と違い、直接手を下していないからかもしれません。ホロドモールは、計画的飢饉。直接の死因は、餓死《がし》なんです。ウクライナ語で、ホロドは飢饉を、モールは苦死《くし》を意味します」

「それで、この銅像なのか」

瀬良は、頬《ほお》のこけた少女像を見つめていた。

「ええ」

「それにしても……豊かな土地なのに」

「チェルノーゼム、黒土《こくど》地帯として有名ですよね。それに、ドニエプル川をはじめとした豊かな水もある。穀倉《こくそう》地帯として、日本人なら中学校で習います。でも当時のソ連邦は、ここウクライナだけでなく、カザフなども含めて、収穫された小麦を輸出するために大規模な徴発《ちようはつ》を行ないました。さらに、移住を強制し、農民を農地から引き剝《は》がしました。その結果として、穀倉地帯であるはずのウクライナで、大規模な飢饉が発生したんです」

「しかし、なぜそんなことを？」

「諸説言われていますが、農地の所有権を主張するウクライナ農民を根絶《ねだ》やしにし、共産化を押し進めるため、というのが最も有力な説です。農民から食料を取り上げ、それを配給したのは共産主義支持者やロシア人というわけです。土地の共同所有を前提にした共産主義に抵抗する農民を処刑し、抵抗はしないまでも、積極的に服従しない農民を餓死に追い込んだ。ウクライナ以外では、カザフスタンやロシア国内でも行なわれましたが、最も苛烈《かれつ》なホロドモールが行なわれたのは、ここウクライナなんです。現在では多数の国が、このホロドモールをジェノサイド、あるいは人道に対する罪として非難しています」

「日本は？」

「どちらも認定していません。認定すれば、ロシアを非難することになりますから」

芦沢は、ほのかな後ろめたさを感じながら答えた。北方領土問題があるとはいえ、ロシアに阿《おもね》っていることに他ならない。

「なるほど」

瀬良も、同じような想いがあるのか、苦々しい表情を浮かべていた。


（こうした阿りは、日本外交の随所に見られる。二〇一八年にイギリスで発生したロシアの元スパイ殺人事件に際しても、多くの欧米諸国が外交官追放等の処置を採ったが、日本は公式に非難さえしていない）


「奥に立つモニュメントの地下が博物館になっています。ウクライナでは、この事実を忘れないため、こうした博物館を作っています。それに、十一月の第四土曜日がホロドモールの日と定められています。この日は、日本の八月十五日と同じように、メディアも特別な番組を流します」

芦沢は、博物館に向け、先に立って歩き出した。白を基調とし、教会のように装飾されたモニュメントが、晴れた空をバックに立っている。

立ち並ぶ蠟燭《ろうそく》の写真が貼られた入り口を通ると、写真と当時の生活用品を中心とした展示が目に入ってくる。しかし、飢饉の様子が克明《こくめい》にわかる写真はそう多くない。天明《てんめい》の大飢饉（一七八二～八八）と同じように、人肉食まで行なわれた凄惨《せいさん》な飢餓の中、写真を撮るような余裕はなかったのであろう。そして、それ以上に、飢餓に追い込んだソ連共産党にとっては、都合の悪い写真だった。残されている写真自体が少ないのだ。

それでも、配布されているパンフレットには、路傍《みちばた》に転《ころ》がる餓死者に目もくれない通行人の姿など、異様な写真が載せられていた。ウクライナ語の説明は、芦沢が翻訳した。瀬良は、無言のまま、写真に見入っている。

「芦沢さんが、ここに連れてきた理由がわかったよ」

瀬良が着任して間もないが、それでも勘《かん》のよい人物であることはわかっていた。芦沢は、肯いた。

「ウクライナのイメージが変わりました？」

「そうだね。私のウクライナに対するイメージは、一般の日本人とそう大差なかったと思う。長いことソ連邦として同一の国家だったし、ウクライナ人とロシア人は、同じスラブ系民族で、言語も非常に近い。文字もほとんど同じだ。ロシア語が専門で、ウクライナ語はさわりだけだという芦沢さんでも、多少の勉強で、そのパンフレット程度は読むことができる。それだけ近い部分が多いと、なんとはなしに両者の関係は良好だろうと思ってしまう。近年のウクライナ東部での衝突やクリミアのニュースを聞いても、それはあまり変わらなかった。しかし、そんな生やさしいものではないんだろうね」

「はい。その反面、両国は経済的には最も密接な関係がある。付き合わざるを得ない。複雑な感情が渦巻く関係です」

「ありがとう。よいところに連れてきてもらった。先入観を捨てて、見直す必要がありそうだ」

嬉《うれ》しかった。ウクライナの親西側派と親ロシア派の反目は、日本における右派左派の対立の比ではない。それには、ホロドモールなどウクライナがロシアに虐《しいた》げられてきた背景がある。

反面、東部などロシアによる恩恵を強く受けてきた地域の者は、ウクライナ人であっても、ロシアを支持し、ウクライナ政府を非難することも珍しくない。事実、ホロドモールと並行して、東部を中心にウクライナの工業化が行なわれた。共産主義を支持し、その恩恵を受けたウクライナ人もいたのだ。そうしたことも、瀬良は先入観を排した目で吸収してくれるだろう。


「ここでの在勤中に目標としていることってあるかな?」

ムィハイロ広場からの帰路、助手席に座る瀬良から問いかけられた。

「目標ですか?」

「そう。もちろん与えられた仕事をこなすこと以外に。個人的な目標を持つことで、より自分の能力を伸ばすことができる」

「目標管理のための、目標設定ですね」

「部下指導の一環として、常にそうした目標を持つように命じてきた。自分の能力を伸ばすためには、なかなか有効だ」

瀬良は、指揮官として多くの部下を指導してきたのだろう。

「あります」

やはり、視線は前に向けたまま答えた。瀬良の顔を見る余裕がなかっただけではない。脳裏には、燃え上がる炎が浮かんでいた。

「ですが、いわゆる自己の能力向上を目指した目標設定じゃありません」

「ほう」

瀬良は、芦沢の言葉に興味を持ったようだ。

「僕が根室の出身だということは、お話ししましたよね？」

「聞いたよ。それが契機となって北方領土問題に関心を持ち、外交官になる動機にもなったと」

北方領土問題は、原点だった。芦沢は、噛《か》みしめるようにして言った。

「地球の裏側とも言えるウクライナにいても、やはり北方領土問題に関わっていたいんです」

「なるほど。しかし、どうやって。あれだけ機微な交渉だと、状況はこちらには流れてこないんじゃないかな？」

「もちろんです。本省の動きや首相の特命で動いておられる森元総理や鈴木宗男氏の情報は入ってこない。でも、影響は与えられる」

「具体的に、どうするつもり？」

瀬良の声は、少しだけ楽しんでいるようだった。

「ロシア、あるいはプーチンが、北方領土交渉を進めたくなるように、環境を変えてやるんです。二〇一四年のウクライナ危機・クリミア危機以降、ロシアは、サミットからも閉め出され、外交では厳《きび》しい状況が続いています。このところ、ロシアが北方領土交渉に前向きである理由も、その外交的孤立からの脱却を狙《ねら》っているという側面があります。そしてまた、その外交的孤立が、経済にも悪影響を与えている。ここウクライナには、ロシアを外交的に追い込む材料があるはずだと思うんです。それを見つけてやれば、ロシアは西側の結束に楔《くさび》を打ち込むために、たとえ有利な条件でなくとも、北方領土交渉にさらに前向きになる可能性があります」

「芦沢さんは、外交官としては変わり種だね」

瀬良は、くつくつと笑いながら続けた。

「なんだか、自衛官のようだ」

「どういう意味ですか？」

「芦沢さんは、相手を攻撃して、国益を達成しようとしている」

「外務省だって、相手を攻撃することはあります。経済制裁なんて、まさに攻撃手段です。武力に訴えないだけです」

「しかし、そうした思考は、珍しい」

確かにそうだった。北方領土問題を進めるために、アメリカなど第三国の影響を使おうとする動きはあっても、ロシアを追い込むことで交渉を進める考えは外務省にはない。

「そうですね。省内では、賛同は得られませんでした」

車内には、エンジン音とタイヤが路面を叩くノイズが響いていた。芦沢は、省内で孤立していた。考え方だけが理由だったわけではない。いわゆる二世外交官が多数存在するなど、貴族的とも言える空気になじめなかったのだ。

「芦沢さんが、軍事を学びたいというのも、そのことに関係しているのかな？」

左手に、国立美術館が見えてきた。大使館はもうすぐだ。芦沢は、「はい」とだけ答えると、ハンドルを切った。

「どうしてですか？」

「どうしてとは？　軍事を学ぶ理由を聞いているんじゃありませんよね」

「ええ。外《はず》れていたら謝《あやま》りますが、何だか芦沢さんの話を聞いていると、国益を達成するためにロシアを攻撃したいのではなく、ロシアを攻撃する理由として、国益の達成を使っているだけのようにも見える。違いますか？」

反論しようとして、言葉に詰まった。今まで、そんなふうに言われたことが、いや見抜かれたことがなかった。芦沢の本音《ほんね》が透《す》けるほど、深く話したことがなかったのかもしれない。今までは、途中で拒否反応を示されていた。瀬良は、攻撃すること自体を否定しなかった。芦沢は、深呼吸をすると、静かに言った。

「第三十一祥進丸事件を覚えていますか」

「もちろん。二〇〇五年ごろだったか。北方領土近海で、漁船がロシアの警備艇に銃撃された事件だね」

「二〇〇六年です。今からちょうど十年前。私が高校三年の時でした。私が当時付き合っていた彼女が、あの事件の影響で、死にました。一家心中でした」

「そんなことがあったのか……」

瀬良は、軽い調子で話していたことを気にしたのか、そのまま押し黙ってしまった。

「それ以来、私の行動原理は、北方領土問題になりました。日露双方の主張が折り合わない水域では、またあのような事件が起きる可能性があります。実際、二〇一〇年にも、漁船が銃撃を受ける事件が起きました。悲劇を繰り返さないために、北方領土問題の解決が必要なんです。それに……」

言葉を続けることが躊躇《ためら》われた。瀬良は、口を挟まなかった。先を促《うなが》すこともしない。芦沢の言葉を待っていた。

「自分の力で、プーチンに一泡吹かせたいと思ってます。第三十一祥進丸事件は、プーチンが、北方領土海域での取り締まりを強硬なものにさせたことを背景に発生しました。前年二〇〇五年十一月に、訪日して当時の小泉首相と会談したプーチンが、日本は、強く揺さぶれば折れるだろうと判断したのかもしれません」

「なるほどね。そんなことがあったのか」

瀬良は、そう言うと、再び押し黙ってしまった。芦沢にも、これ以上語るべきことはない。ハンドルを握ったまま、前を見つめる。ややあって、瀬良が沈黙を破った。

「いいだろう。私も手伝おう」

「え？」

瀬良が手伝ってくれるのであれば、軍事について教えを乞《こ》う以上に、ありがたいことだった。

「本当ですか？」

「もちろん。ただし、芦沢さんの復讐《ふくしゅう》を手伝うためじゃない。むしろ逆だ」

「え？」

「我々にとって重要なのは、北方領土交渉で日本を有利に導《みちび》くことだ。そのために、ロシアを外交的孤立に追い込む。プーチンにひと泡吹かせたい芦沢さんが、常にその路線、目的から外れないように見張るのが私の役目だろう」

「なるほど。手段を目的化するな、ということですね」

芦沢自身も、自分の危うさには、気付いていた。だからこそ、ロシア課課長の瀬田とも衝突してしまった。自分をコントロールできていれば、ウクライナに来ることもなかったかもしれない。

「そう。わかっていても、人は時として同じミスを犯す。私が手伝いながら、芦沢さんを監視すればちょうどいい。それに、芦沢さんがやろうとしていることは、日本の国益にかなう。手伝わない理由はない。私の能力も活《い》かせる。もっとも、任務はこなした上で、だけどね」

ここウクライナで、ロシアに圧力をかけるための情報は、軍事関係である可能性が高い。自分一人では、貴重な情報に接しても、その価値を理解できるとは限らない。それに、ウクライナ軍から情報を得ようとするなら、瀬良のほうがはるかに有利だった。外交官同士がそうであるように、軍人と親交を深めるなら、こちらも軍人のほうがいい。

「よろしくお願いします」

芦沢は、ハンドルを握りしめたまま、ほんの一瞬だけ、瀬良を見やって頭を下げた。

二〇一六・五・十六（月曜日）

助手席では、瀬良が大あくびをしていた。

「さすがに飽《あ》きるね」

真っ平らな大地に、一直線の高速道路が通っている。高速道路と言っても、道路脇にはガードレールさえない。反対車線との間には分離帯としてわずかばかりの芝生《しばふ》があるだけだ。

「北海道《ほっかいどう》と似ているけれど、似てないのは、これが延々と続いていることか。ここと比《くら》べたら、北海道の景色は変化に富んでいると言えるな」

「そうですね。大陸の感覚で見たら、北海道だって小さな島でしかないでしょう」

芦沢は、外交官ナンバーを付けたランドクルーザーを快調に飛ばしていた。ウクライナでは、市街を少し飛び出すと未舗装の道路がまだまだ多い。田舎《いなか》に行けば、むしろ舗装されていることが稀《まれ》だ。

「ところが我々は、もっともっと小さな島にこだわらなければいけないと来たもんだ」

瀬良が言っているのは、北方領土のことだ。前週の月曜に、ウクライナとの国境から数百キロしか離れていないロシア領、黒海沿岸のソチで日露首脳会談が行なわれたばかりだった。在ウクライナ大使館からも、支援要員が何人か出向いた。

「阿部首相は、今までの発想に囚《とら》われない新しいアプローチで交渉を進めると言ってましたが、基本的には二島譲渡あるいは返還、二島先行返還をベースとした交渉になりそうですね」

「やはりそうなのか」

芦沢は、ロシア課の一員として交渉の末席にいた。大枠《おおわく》でなら、交渉の状況を知ることができた。在ウクライナ大使館に赴任した後も、漏《も》れ聞こえてくる情報を総合すれば、交渉の状況を推測することはできた。

「ええ。先月の十五日に予備会談として岸和田《きしわだ》外相とラブロフ外相の会談が日本でありましたが、その直前にラブロフがパリで記者会見を開きました。四島の帰属を明確化する意向があると発言しましたが、そこで言及された過去の合意は、一九五六年の日ソ共同宣言でした。歯舞、色《しこ》丹《たん》の二島だけを引き渡すとした日ソ共同宣言が唯一の批准《ひじゅん》文書であると指摘することで、択捉、国後については妥協《だきょう》しない姿勢を見せています」

二人が在ウクライナ大使館に赴任して以降、外相会談と首脳会談が開催されていたが、瀬良はことさらに細部を聞こうとはしなかった。瀬良は外務省に出向しているとはいえ、自衛官だ。お互いに話せないこともある。

「残念だが、仕方ないかもしれないな。ロシアとは早く手打ちにして、対中国に集中する必要がある」

「阿部首相の戦略も、要点はそこにあるみたいです。太平洋戦争末期になって日ソ中立条約を破ってソ連が侵攻してきたことをもって、ロシアとの取引は信用してはいけないと言う人もいます。でも、条約がソ連の対日参戦に対して牽制《けんせい》になったことは事実ですし、当時の日本が、条約をあてにして南進したことも歴史的事実です。現在の状況に少し近いかもしれません」

「大局的観点で戦略を構築すれば、そうならざるをえないな。日本は小国だ」

「そうですね。その上で、二島にプラスするアルファの部分をどこまで増やせるかが交渉の核になりそうです」

「そうだろうね。外務省、いや日本にとって大きな節目の年になりそうだな」

瀬良は、嫌な空気を追い出すかのように、助手席のウインドウを下げる。草原の若草が香っていた。

芦沢と瀬良は、ウクライナ東部のアゾフ海沿いの街マリウポリから、ドニエプル川下流のザポリージャを経由して、ドニプロに向かっていた。

ドニプロは、ロシア語名のドニエプロペトロフスクなどとも呼ばれ、ドネツクと並ぶ、工業の盛んな都市だ。地理的には、ウクライナ東部の玄関口とも呼べる位置にある。東部とは言っても、ドネツクやルハーンシクと比べると、ウクライナからの分離独立を目指す分離派の影響は強くなく、現在もウクライナ政府のコントロール下にある。

ドニプロは、第二代ウクライナ大統領だったレオニード・クチマや美人首相として知られたユーリヤ・ティモシェンコなどを輩出《はいしゅつ》した都市だ。

「ここまで戻れば、さすがに緊張感は薄れるだろうね」

瀬良の着任から一カ月半が経過し、互いに新しい業務にも慣れた。二人はウクライナ東部を中心として、ロシアの足を引っ張る材料を探すつもりだった。隅大使には、東部の視察と言って許可を得た。ウクライナ東部では、これからも衝突が発生する可能性が高い。今後を占《うらな》うことに関しては、当然ながら瀬良が最も期待されている。瀬良のウクライナ東部視察は、大使も歓迎していた。

「確かにそうですね。マリウポリは一応こちら側ですが、やはり空気は違いましたね」

今回の視察では、まずは全般状況を把握するため、主要都市を順に訪れることにした。ヤエフを出発し、陸路で東に向かった。

ハリコフというロシア語名で知られる工業都市ハルキウを通過し、ロシア系武装勢力の政治組織である『分離派』が〝ルガンスク人民共和国〟の首都とするルハーンシクを訪れた。現地では専《もっぱ》らロシア語名のルガンスクと呼ばれている。二人は、外交関係者ということでウクライナ政府から特別通行許可証をもらっているため、分離派支配圏との〝国境〟も問題なく通過できた。しかし、市民の移動は大変らしい。〝国境〟では、数台のバスが足止めされていた。

〝国境〟周辺は、いまだに散発的な衝突も発生するため、緊張感が漲《みなぎ》っていた。その一方で、都市部は平穏と言えた。それは、ウクライナ中央政府が統治を諦めているがゆえの平穏だった。

二人は、ルハーンシクを出ると、同様の状態が続いているドネツクに向かった。ドネツクは、〝ドネツク人民共和国〟の首都だ。ここも同様に、ミンスク合意以降は、ウクライナ政府が支配を取り戻す努力をやめている。そのため、ルハーンシクとドネツクは、事実上独立している状態だった。

ルハーンシクでもドネツクでも、ロシアを揺さぶるためのネタには行き当たらなかった。もっとも、街を見て、分離派関係者に話を聞いただけでは、そうした事実を見つけることは容易ではない。二人とも、もっと東部事情に詳しくなれば、兆候に気付くこともできるかもしれなかった。

ドネツクを訪れた後、二人は〝ウクライナ側〟に戻り、独立派との戦闘で大きな被害が出たマリウポリを経由し、現在はドニプロへの途上にある。

「やはり現地を見ると、状況が固定化しているように見える。ロシアで大きな政変でも起きない限り、ウクライナ政府が、ルハーンシクやドネツクを取り戻すことは不可能だろうな」

それは、事実上ロシアが版図《はんと》を広げたことを意味する。瀬良の声には不快なトーンが滲《にじ》んでいた。

「もし動きがあるとすればこちら側、ハルキウやマリウポリ、そしてドニプロじゃないかな」

瀬良の言うとおりならば、それはウクライナにとって、歓迎できる事態ではない。

「瀬良さんの目から見て、そんな感触が見えますか？」

瀬良は、苦笑しながら言った。

「街を見ただけで、そこまで察知するのは無理だ。しかし、雰囲気というのは大切だ。刮目《かつもく》して見ようじゃないか。ドニプロでは調べることもあるしな」

「ユージュマシュ社ですね」

今回の東部ウクライナ視察では、基本的に全般掌握《しょうあく》を目的として、特定のテーマを調査課題としていなかった。しかし、現在向かっているドニプロだけは違う。

「申し送りがあったからね。当時の事件については、今さら調べることはない。しかし、その後の経過を見るべきだと言われている。もう四年も経過しているから、当時とは様子も変わっているだろう。そこに不審な点がないかどうかを見る必要がある。それに、今後起こるかもしれない変化を見るためにも、今の状態を観察しておかないと」

瀬良の言う当時の事件とは、北朝鮮の外交官が弾道ミサイル技術を盗もうとした事件だった。


（二〇一七年になって、北朝鮮のロケット開発にウクライナが関係しているとの疑惑が持ち上がった。ウクライナ政府は、その疑惑を否定するため、二〇一一年に北朝鮮のスパイを逮捕し、二〇一二年に禁固刑としていた事実を、二〇一七年八月に一般にも公表した）

ユージュマシュ社は、ソ連時代から、宇宙ロケットやミサイル用のエンジンを製造している重工メーカーだ。ソ連崩壊後は、ウクライナが弾道ミサイルを必要としなかったため、宇宙ロケットを製造していた。それでも、弾道ミサイル用エンジンを作る能力は保持していたし、ソ連では宇宙用とミサイル用という区別をしていなかったため、ロシア向けに宇宙用として販売を続けていたエンジンが、軍事用として使われていない保証もなかった。

事件は、二〇一一年に発生した。犯人は、ウクライナの北隣にあるベラルーシ駐在の北朝鮮外交関係者二名。二人は、ユージュマシュ社に接触を試《こころ》み、ウクライナ保安庁がしかけた囮《おとり》捜査にかかった。関連会社とされた小さなガレージの中で、機密資料とされた偽装書類を写真撮影していたところを取り押さえられた。

実行犯として逮捕されたこの二名の他にも、三人の北朝鮮外交関係者が、ペルソナ・ノン・グラータ（好ましからざる人物）として国外退去処分とされた。逮捕された二名は、今も投獄されたままだ。


（ウクライナ保安庁は、二〇一八年六月にも、ウクライナで保護していたロシア人ジャーナリストが殺害されたとする囮捜査を行ない、ロシアによる暗殺計画の阻止《そし》を行なっている）


二〇一一年当時、事件は一般に公表されなかったが、一部の外交筋には伝えられていた。米欧への接近を図《はか》るウクライナが配慮したためだ。当時、瀬良の前々任にあたる防衛駐在官は、NATO（北大西洋条約機構）諸国の駐在武官とともに、ユージュマシュ社を視察している。

芦沢と瀬良は、その時と同様に、ウクライナ国防省に働きかけ、NPT（核不拡散条約）の関連として、ユージュマシュ社を視察させてもらえる予定となっていた。

「北朝鮮にとって、ユージュマシュ社の技術は、どの程度の価値があるんですか？」

芦沢にとって、いや、ほとんどの外交官にとって、こうしたことは皆目見当《かいもく》も付かない話だった。

すぐに答えは返ってこなかった。助手席を見ると、瀬良は、思案深げな顔をしている。

「どう説明したものかな。ひとことで言えば、喉《のど》から手が出るほど欲《ほ》しい技術、というべきかな」

「二月に発射された飛翔体《ひしょうたい》、北朝鮮が光明星《こうみょうせい》四号と呼んでいる衛星は、衛星軌道への投入に成功したと聞いています。衛星軌道に乗せずに落とせば大陸間弾道弾にもなったとも。大気圏への再突入技術や命中精度という点では課題はあるけれど、こと飛ばすことに関しては、もう十分な能力があるという評論を見ましたが……」


（二〇一六年、北朝鮮は、相次《あいつ》いで弾道ミサイルの発射を行なった。二月七日午前九時に行なわれた弾道ミサイルの発射では、テポドン二号改良型が使用され、衛星の軌道投入にも成功している。ただし、この衛星は電波を発しておらず、機能していないとみられている）


「確かに飛距離は足りているし、ペイロード（可搬重量）もそこそこあったようだ」

瀬良の言葉は、否定のための前置きに聞こえた。

「しかし、あれは兵器級とは言えない。実戦で使えるものじゃない」

芦沢は「それは……」という言葉で先を促した。

「北朝鮮は、発射を通告していた。あれは、一段目、二段目のブースターが落下するという理由もあったが、発射準備を隠せないためでもある」

「映像を見ましたが、発射台に据《す》え付けられた大型のロケットでした。確かに、あの準備には時間がかかりそうでした」

「あのサイズでも地下サイロ方式なら、準備状況を隠したまま発射は可能だ。しかし、地下サイロは、衛星から確認できるため位置の秘匿《ひとく》ができない。情勢が緊迫すれば、先制攻撃で破壊可能になる」

「ノドンみたいに、車に載せる必要があるってことですか?」

「そう。ミサイルがあの大きさでも、作ろうと思えば、載せるための車は作ることができるだろう。現に宇宙ロケットを運ぶ車だってある。しかし、走行可能な道路が限定されてしまう。そうなると、やはり隠すことが困難になる。要は、ノドンと同じくらいの大きさまで小型化しないと、兵器としては使えないということだ」

「北朝鮮は、そのレベルに、どのくらい近づいているんですか」

「先月、立て続けに発射実験が行なわれただろ。確か十五日と二十八日だったかな。二十八日は、午前と午後に一発ずつ発射された。これらはすべてムスダンの実験だった。ムスダンは、グアムまで到達するとみられている車載式ＩＲＢＭ（中距離弾道ミサイル）。しかし、実験はすべて失敗に終わった。車載できるレベルまで小型化しようとすると、北朝鮮の技術レベルでは、まだグアムまで到達させることさえできない」

（二〇一六年四月には、この二件の他にも、ＳＬＢＭ＝潜水艦発射弾道ミサイルの発射実験が行

なわれている）

〝ドニプロにようこそ〟と書かれたゲートが見えてきた。周囲には、看板やガソリンスタンドも見え始めている。

「なるほど。ユージュマシュ社の技術を入手すれば、それを向上させられるんですね」

「そう。技術を入手と言っても、設計図を手に入れるだけなのか、エンジニアが指導するのかで全く異なる。仮にユージュマシュ社のエンジニアが、北朝鮮で働いたとすれば……」

瀬良は、思案したのか、はたまた言い淀んでいるのか、微妙な口ぶりだった。

「飛翔させるだけなら、一年もあれば、アメリカに到達する実戦級ミサイルは作れるかもしれない」

「一年で？」

思わず驚きの声が漏れた。北朝鮮が弾道ミサイル開発に相当の努力を続けてきたことは知っている。飛距離を伸ばすことが困難だということも、おぼろげながら知っている。それがたった一年で、大幅に向上するという。

「ユージュマシュ社は、ずっと小型高出力エンジンを作ってきた。大陸間弾道ミサイル用のね」

（この予言は、一年三カ月後の二〇一七年七月四日に、火星一四号として現実のものとなる）

チェックインを済ませ、ホテルを出た。市街の中心地だが、目の前の建物は放置された廃墟だった。土地が有り余っていることが影響しているにせよ、この町の経済状況が窺い知れた。

「まだ食事には早いし、地図を見ると近くに宇宙史博物館というのがある。行ってみよう。ユージュマシュのお膝元《ひざもと》だからこその展示があるかもしれない」

瀬良の言葉に従って車を走らせると、二分ほどで到着した。博物館は、公園の一角にあるというよりも、公園の一部だった。平屋の小さな建物で、大したものがあるようには見えない。

しかし、その建物の前にそびえ立つ三つの構造物は、実物のように見えた。

「本物ですか？」

「本物だろうね。当然、フレームと外装だけのドンガラだろうけど。外形だけの偽物を作るほうが手がかかる」

真っ白に塗られたロケットには、小型のほうから８Ｋ11、８Ｋ99、ＣＹＣＬＯＮＥ―３と書かれていた。

「小さなほうは、ミサイルですか？」

とても宇宙用とは思えなかった。

「８Ｋ11は湾岸戦争で有名になったスカッド（短距離地対地ミサイル）だね。初期型のスカッドＡだ。８Ｋ99はＳＳ―15。ソ連が作った最初の車載移動式ＩＣＢＭ（大陸間弾道ミサイル）だよ」

瀬良が、北朝鮮にとって喉から手が出るほど欲しいはずだと言っていた現物が、目の前にある事実にめまいがした。いくら古いとはいえ、本物のＩＣＢＭが、公園の一角に、手で触《ふ》れられる状態で置いてあるのだ。ウクライナやユージュマシュにとっては、この程度のものは隠すにも値しないのだろう。下から覗き込んでも噴射口しか見えなかったが、素手で触《さわ》ることさえできた。

「ＣＹＣＬＯＮＥ―３は、日本ではツィクロンと呼ばれている宇宙用ロケット。もっとも、これも原型はＳＳ―18というＩＣＢＭだ。弾頭を十個も搭載した重ＩＣＢＭだよ。ツィクロン３も、もう退役しているから展示されているんだろう」

「全部ユージュマシュが作ったものですか？」

「確か、そうだったはずだ」

建物内の展示は、写真がほとんどだった。あまり参考になるものはなかった。それでも収穫は大きかった。ユージュマシュの技術を手に入れれば、北朝鮮が一年でＩＣＢＭを作れるようになるという言葉が、芦沢にも感覚として理解できた。

翌日は、小雨がぱらついていた。ホテル前の崩れ落ちそうなレンガ作りの廃墟が、昨日以上にわびしく見えた。南に車を走らせると、十分ほどで市街地の外れにあるユージュマシュ社の工場に到着した。工場を囲う塀《へい》は、忍者ならずとも身軽な者なら道具なしに乗り越えられそうな代物《しろもの》だった。

話は通っているはずだったし、昨日も電話を入れてある。それでも、待たされる覚悟をして訪れた。受付の奥で、質素な工場に不吊《つ》り合いなダブルのスーツを着た恰幅《かっぷく》のいい紳士が待っていた。気さくな顔を見せていた男は、工場長だと名乗った。名前をルィセンコといい、なんと自分で工場を案内してくれるという。

受付を出ると、まずは会議室に向かい、概要をレクチャーしてもらった。

「正直に言いまして、ロケット製造に関しては、一部のエンジニアを除き、開店休業状態です」

「その理由は？」

簡単な問いを発しつつ、芦沢はルィセンコの話を通訳して瀬良に聞かせた。高度な話題になると、瀬良のロシア語力では、話についていけなかった。

「我々は、もう軍事用のミサイルは作っていません。平和利用の宇宙ロケットだけです。しかも、過去に開発したロケットはすでに全機種が退役し、それらの受注がありません。そして、後継機種の開発が進んでいないのです」

「宇宙史博物館で、ＣＹＣＬＯＮＥ―３を見ました」

ルィセンコは、大きく肯いた。

「ＣＹＣＬＯＮＥ―３は、最後の打ち上げが二〇〇九年でした。ＣＹＣＬＯＮＥ―４の開発は続けていますが、進めたくても進められないのです」

「どのような理由からでしょうか？」

芦沢にも、その理由は想像がついた。しかし、それを言っては誘導質問になりかねない。なるべくフラットな回答を聞きたかった。

「資金の問題もありますが、ロシアとの関係が、最も大きな要素です」

ユージュマシュは、ソ連有数のミサイル、ロケット製造企業だった。しかし、ソ連崩壊後は、ウクライナがロシアと距離を置いたことで、特許や打ち上げ基地の使用権など、あらゆる問題で、ロシアがユージュマシュの足を引っ張ったらしい。ユージュマシュが、ロシアに頼らない経営を行なうことを阻《はば》むためだった。ユージュマシュとしても、ブラジルのアルカンタラから打ち上げることを目指すなど、ロシアの軛《くびき》から逃れることを模索していたが、うまくいっていると は言い難《がた》いのだった。

「ロケット以外の民生品製造にも取り組んでいますが、エンジニアの多くはロケットを作ってきた者です。なかなかうまくはいきません」

路面電車の車両など、普通の重工メーカーに脱皮を図ったものの、求められる技術には隔《へだ》たりが大きかったようだ。

主力事業だったミサイル、ロケット製造は行き詰まり、その他の重工製品製造も決してうまくはいっていない。

「苦しい経営状況ということですか?」

「苦しいなんてものじゃありません。政府の支援がなければ倒産しています」

芦沢の質問に、ルィセンコは口角泡《こうかく》を飛ばして答えた。昨二〇一五年には、大規模な操業停止に追い込まれ、倒産の危機に瀕《ひん》した。政府が支援として列車などの発注を行なったため、倒産は免《まぬが》れているものの、長らく主力だったミサイル、ロケット製造は、相変わらず受注ゼロの状態が続いているという。

概要は理解できた。次は本当にそのとおりなのか、確かめる必要がある。もちろん、見ただけで隠された真実を見つけられることはないだろう。それでも、印象が重要な鍵《かぎ》になることはある。ルィセンコに、工場の中を案内してもらえるように頼んだ。

「どうぞどうぞ。我々には隠し立てすることは何もありません。ウクライナの発展のためには、各国の支援が必要です。EUに加盟するためにも、国際秩序に従うことが必要だと理解しています」

ルィセンコの言うとおり、ロケット製造に使われる天井の高い建物は、がらんどうといってよい状態だった。もう春の暖かさを感じられる気温だったが、寒々しい雰囲気に震えたほどだ。前を歩く瀬良が、作業台の表面を人差し指で拭《ぬぐ》う。芦沢の眼前に差し出された指先には、たっぷりと埃《ほこり》がついていた。

視察の理由はNPT条約の履行《りこう》確認としてあった。そのため、ルィセンコは、ロケットの製造は行なっていない、つまり隠れてミサイルを作ってなどいないとアピールしていた。工場内を見ても、その言葉に嘘《うそ》はないように思えた。

「設計図など、技術資料の管理状況はどうなっていますか？」

トロリーバスの製造ラインなど、ロケット以外の製造現場を見ると、こちらも潤《うるお》っているようには見えない。業績が厳《きび》しくなれば、コストを削減《さくげん》しなければならない。その際、真っ先に削減されるのは、利益を生むことのない管理費だ。工場建屋を見ても、そうしたコストが削《けず》られていることはわかる。設計図の管理がずさんになれば、盗み出すことも容易になる。

「こちらにどうぞ」

こちらの疑念に反し、ルィセンコは自信ありげな笑みを浮かべて歩き出した。向かった先は、平屋建ての古びた建物だった。ユージュマシュ社の建物は、ほとんどがソ連時代に建てられたものに見えたが、その中でも一、二を争う年代物だった。中庭の周《まわ》りをいくつかの部屋が取り囲んでいる。部屋の中を覗いても、机と椅子《いす》くらいしか見当たらなかった。

「ここは、ロケット関係の設計を一手に行なっている建物です。地上部分は、休憩場所です。中庭にはバラを植えています。設計室やデータサーバーは地下にあります」

芦沢は、ルィセンコとともに、エレベーターで地下に降りた。エレベーターは、電子ロックを解除しないと作動しない上、入り口にも出口にも、警備員が立っていた。

「二十四時間、この態勢です。階段もありますが、非常用で普段は使っていません。不審者が出入りする余地はありません。それに、そもそもここに出入りする人数は限られています。パスを偽造したり、譲渡する者がいても、警備員が気付きます。どんなに変装がうまくても、東洋人では、通り抜けできません」

ルィセンコは、二〇一一年の北朝鮮外交関係者による弾道ミサイル技術窃盗事件を念頭に言っているのだろう。東洋人というのはジョークのつもりだったかもしれないが、少しも笑えなかった。

設計データは、サーバーに保存されているということだった。働いているエンジニアは少なく、ほとんどのコンピューターはモニターが消えていた。

「働いている人は少ないですね」

「現在動いているプロジェクトは、CYCLONE―4の開発だけです。それも、さまざまな理由で、手を付けられる部分が少ないのです。エンジニアには、他の製品の設計をやってもらっています」

サーバーのデータ管理状況なども聞いてみた。瀬良は記録を確認している。予想以上にしっかりしていた。しかし、会社の経営状況がよくないことが気になった。企業として苦しければ苦しいほど、不正な利益を求めているのではないかという疑念も湧《わ》く。芦沢は、失礼と断わった上で、ルィセンコに問いかけた。

「ここに保管されているデータは、価値のあるものだと思いますが、これをビジネスとする考えはあるのですか?」

彼は、眉間《みけん》に皺を寄せたまま首を振った。

「これを欲しがっている国があることは知っています。だからこそ、あなた方も調べに来る。確かに、我が社の状況は苦しいです。しかし、これを外部に持ち出せば、我が社だけでなく、ウクライナという国が批判を受けます。我が社のみならず、国家の損失は計り知れないものとなるでしょう。だからこそ、政府は我が社を支援してくれるのです。政府が我が社を支援する理由は、我が社が有力企業だったというだけに留《とど》まりません。支援を行なう以上、我が国が非難を受けるようなこと、具体的には、我が社の技術を他国に売り渡すことは止められているのです」

ルィセンコの言葉は、納得のできるものだった。ウクライナ国防省も、ユージュマシュが政府の方針に従っている自信があったのだろう。だから二人の視察も快《こころよ》く受け入れてくれたのだ。ウクライナ政府は、二〇一一年に北朝鮮の外交関係者が情報を盗み出そうとした時と同じように、ユージュマシュの経営を支援してまで、そうした行動を防止しようとしている。そのことが確認できて、芦沢は納得した。

「社員について聞いてください」

瀬良は、まだ緊張した面持《おもも》ちを崩していなかった。

「製造に関わる社員については、仕事自体がないので相当数を削減しました。しかし、設備はあります。我が国の発展のためにも、仕事さえあれば、雇用を増やし、生産を増やしたいと思っています」

「ここで働いている開発能力のあるエンジニアはどうなのか、聞いてくれないか」

瀬良の目には、少しの安堵《あんど》も見えなかった。芦沢がロシア語で問いかけると、自信に溢《あふ》れていたルィセンコの顔色が曇《くも》った。

「開発能力のあるエンジニアには十分な給与を支払っています。ロケットの設計製造に携わっていた者の一部は、民生品部門に配置を換《か》えていますが、それでも、彼らには特別な給与を保証しています。CYCLONE—4の開発ペースを速めることができれば、彼らをこちらに戻すつもりです。それに、たとえ仕事がなくても、彼らを解雇することはしません。それは、先ほどもお話ししたように、政府の支援を受けているからです」

「彼らの頭の中に設計図がある」

瀬良が、たどたどしいロシア語で言うと、ルィセンコは苦々しい表情で肯いた。芦沢にも、瀬良の懸念《けねん》が理解できた。

「そうしたエンジニアの離職状況はどうなっていますか?」

「定年や個人的な理由で退職する者は、どうしても一定数はおります。我が社は、業績こそ低迷していますが、有力企業であることは紛《まぎ》れもない事実です。退職を望む社員は多くありません」

「離職者数は変動していませんか?」

「確かに、若干《じやつかん》増加はしています」

ルィセンコは、少々早口になっていた。

「いつごろから?」

「二〇一四年の危機からです。だって、当然でしょう!」

「攻撃を受けてはいませんよね?」

「そうですが……」

「では、なぜ?」

「エンジニアには、ロシア系の者が多いのです。そうした者にとっては、あの危機以降、ここは暮らしにくくなっています。我々は引き留める努力をしています。しかし、致し方ないことなんですよ」

「なるほど……」

ドニプロは、ウクライナ政府の統治が及んでいるものの、人口の四人に一人はロシア人だ。ユージュマシュ社の技術者に限れば、さらにロシア人比率が高いのだろう。

「ペースは変わっていませんか?」

瀬良は、なおも気になっているようだった。

「昨年の夏ごろから、若干増加しています。情勢は落ち着いていますから、他の経済的な理由でしょう。ロシア国内で仕事を見つけた者もいるようです」

「離職状況のデータをいただけますか。退職した社員の名簿も。必要なら国防省から指示してもらいます」

退職の理由には、他の可能性も考えられる。ユージュマシュ社の技術を手に入れるためのヘッドハントだ。記憶を消すことはできない。

「これは、若干なんて言えないな」

「人数は、それほど大きく変動してないようですが……」

窓の外は、もう夕闇に覆《おお》われていた。眼下を覗けば、ドニエプル川とサマラ川の合流地点が見える。二人はまだドニプロにいた。ただし、昨日とは別の河畔に立つホテルに宿をとった。

予定どおりなら、ユージュマシュ社を視察した後、そのままキエフに向かっているはずだった。しかし、ルィセンコが用意した退職者名簿に対して、瀬良が質問攻勢で粘《ねば》ったため、すっかり遅くなってしまった。ドニプロからキエフまでは五〇〇キロ程度の道程《みちのり》だ。走れば、今夜中に着くことも可能ではある。しかし、翌朝、追加質問をする可能性も考慮して、予定を変更した。

「全体数だけを見ればそうだ。しかし、エンジニアのレベルを加味して考えれば、違うものが見えてくる。ちょっとカウントしてみよう」

瀬良は、そう言うと、アナログチックに「正」の文字を書き始めた。

「手伝いましょうか？」

瀬良のやっていることは理解できたが断わられた。

「芦沢さんは、業務内容で技術レベルの推定はできないだろ？」

芦沢は、大人しくコーヒーを淹《い》れることで瀬良を支援することにした。


「原因が何なのか、だな」

正の文字を数え、エクセルを使ってグラフにすると、興味深い結果が出ていた。瀬良は、高い技量を持つエンジニアだけを抜き出した。彼らは、離職者全体からみれば少ない数であったため、リスト全体でみると埋もれてしまっていたのだ。

「昨年の夏ぐらいから増え始めてますね」

「そう。ピークは昨年末だな」

高レベルエンジニアの退職者数は、二〇一五年の夏あたりから急増し、年末にピークを迎えていた。先月の退職者数も、以前と比較すれば多い。

「誰かが、急にヘッドハント攻勢をかけた……」

「昨年は、操業停止もあったというから、絶対にそうとは限らないが、ユージュマシュの業績は、二〇〇〇年代に入ってから低迷したままだ。厳しいのは去年に限った話じゃない。この伸びには、何か意味があるとみたほうがいいだろう。問題は、裏で糸を引いているのが誰なのかだ」

「北朝鮮ですか？」

「できると思うか？」

「無理だと思います。アジア系は目立ちますし、以前も囮捜査に引っかかっている」

「私もそう思う。だとすれば……」

「ロシアでしょうか」

「ロシアはユージュマシュの技術者をヘッドハントしなくとも、技術者の育成は可能だ。相応の技術基盤がある」

「ロシアは、ユージュマシュの技術を北朝鮮などに流すつもりなのかもしれません。自国の技術を提供すれば非難されます。それに、提供することでウクライナの国際的信用を落とそうとしている可能性もある。対価が得られれば、それで親ロシア武装勢力の支援もできるかもしれない」

「主体と動機ははっきりしない。しかし、ロシアの他に、ユージュマシュのエンジニアを組織的にヘッドハントできる国はないだろうな」

「そうですね」

握りしめた掌が汗ばんでいた。ロシアは、クリミアの併合によって、国際的な非難を浴び、苦しい状況が続いている。これ以上、非難を浴びることは避けたいし、ウクライナが非難される状況を作り出せば、相対的にロシアへの非難は低下する。

「ロシアのしっぽを摑みたいですね」

芦沢は興奮していた。今回の視察では、ロシアの足を引っ張るためのネタ探しを意図していた。しかし、その第一歩として全般掌握ができればよいと思っていただけだ。ユージュマシュ社エンジニアに対するヘッドハント疑惑は、予想外の特ダネといえた。

「それはそうだ。しかし、これ以上は、我々だけではどうしようもない」

「ウクライナ政府の協力を仰《あお》ぎましょう。ロシアが背後にいるとしたら、動いているのはSVRかGRU（ロシア連邦軍参謀本部情報総局）です」

「そうだな。しかし、性急に動くとこちらの動きが知られてしまう。慎重に動こう」

芦沢は、無言のまま肯いた。ドニエプル川の対岸には、森が広がっている。その奥には、幾《いく》ばくかの民家があるものの、さらに先は耕作地のようだ。灯《あか》りはまばらにしか見えない。穏《おだ》やかなドニエプル川の流れは、原油が流れているかのように真っ黒だった。

二〇一六・五・十八（水曜日）

翌日、二人はキエフに向かわず、逆方向に車を走らせた。ドニプロから東に五〇キロほど、パヴログラドにあるユージュマシュ社の工場に向かったのだ。往復で一〇〇キロほどの寄り道になるとはいえ、真《ま》っ直《す》ぐ帰ったところで、五〇〇キロも走れば、残りの時間で大した仕事はできない。ついでに、ユージュマシュ社の追加調査をするほうが有益に思えた。

朝一番でルィセンコに電話すると、パヴログラドの工場長に話を付けてくれた。

バンデーラと名乗った工場長は、枯れ枝のような男だった。

「工場長とは名ばかりで、むしろ倉庫長と言ったほうがふさわしいでしょうね」

その言葉どおり、パヴログラドのユージュマシュ社には、何もなかった。

「昨年の操業停止の後、合理化を図るため、ここにあった生産設備は、ほとんどドニプロに持って行きました」

「そうすると……」

「ですから、倉庫です」

芦沢の問いに、バンデーラは素《そ》っ気《け》なく答えた。工場内を見せてもらっても、やはり何かを製造している様子はない。作りかけと思《おぼ》しき何かの部品が、乱雑に並べてあるだけだった。

「状況はわかりました。一つ伺いたいのですが、ここ二年ほどの間に、退職者が増えてはいませんか?」

「それはないですね。ここは、生産設備を移動させる前から、ほとんど操業していなかったんです。もう十年近く、同じ顔ぶれで働いていますよ。みんな、地元の人間です」

一応、名簿も見せてもらったが、バンデーラの言葉に嘘はなさそうだった。

「保管物品の内容を聞いてほしい。その変遷《へんせん》も。単に保管しているだけでなく、働いている人間がいるということは、荷の出し入れがあるはずだ」

ここでは、人ではなく物が気になったらしい。瀬良の懸念をぶつける。

「元々は、ミサイルやロケットの部品、及び半製品がほとんどでした。しかし、近年では鉄道車両用のものなどが多くなっています」

「ミサイルやロケット部品の保管態勢は、どのようになっていますか?」

芦沢の問いに対して、バンデーラは、問題はありませんと自信たっぷりに答えた。ドニプロと同様に、NPT条約を遵守《じゅんしゅ》するため気を使っているようだった。帳簿も確認させてもらう。

「ミサイルやロケットの部品の保管は減っているようですが、出荷したのですか?」

「出荷したものもあります。しかし、予備部品として保管したまま、ロケット自体が退役したものなどは、今後使われる可能性がありません。そうしたものは、廃棄します。ここでの仕事の多くは、廃棄にともなう半製品の解体作業なのです」

バンデーラの答えを聞いていた瀬良が、横で眉をひそめている。

「その作業は、どのような要領で行なっていますか?」

ロケット、ミサイルの部品は、情報漏洩《ろうえい》を防ぐため、そして、金属を再利用するため、解体し、大きな部品は切断してくず鉄として売却しているという。後で瀬良に聞いたところでは、自衛隊でも同じらしい。そして、売却した先で、再度組み立てられてしまうケースもあったという。といっても、自衛隊装備の場合は、ミリタリーショップの客寄せパンダとしてだ。

瀬良が、売却先の資料をもらってくれと言うので、それをバンデーラから入手すると、二人は工場を後にした。

車に乗り込むまで、芦沢は口を開かなかった。しかし、頭の中には、〝横流し〟の文字が過《よ》ぎっていた。分解されていても、ユージュマシュのエンジニアであれば組み立てることは可能だろう。

「やはり」

ランドクルーザーのドアを閉めると、芦沢は瀬良を見やった。

「そうだな。しかし、まだライトグレーがグレーになった程度だ。早計は禁物だよ」

瀬良にはそうたしなめられた。それでも、芦沢は、一刻も早くこの疑惑を明らかにしたかった。年内に最終局面を迎えるはずの北方領土交渉を有利に進めるためには、残された時間は少ない。

二〇一六・五・二十（金曜日）

芦沢は、ユージュマシュ社視察の調整がすんなりとできていたことから、退職者とくず鉄として売却された部品の追跡依頼も、すんなりと進むだろうと思っていた。

しかし、ウクライナ国防省を訪れた今、立ちはだかった壁に辟易《へきえき》することになっていた。

「話はわかりました。しかし、これはウクライナの問題であって、あなた方の問題ではない。後は任せていただきたい」

ウクライナ国防省国際協力部長、ニキータ・ツィンバラルは、言葉どおりの素っ気なさで言った。ツィンバラルは新任の部長で、前任の部長とそりが合わなかったらしい。瀬良は、こちらも前任の古池《ふるいけ》防衛駐在官から、当時の部長とはよい関係が作れたが、次は難航するかもしれないと申し送られていたそうだ。

ツィンバラルは、調査をしてくれるかさえ怪しい様子だった。芦沢は、何とか調査実施の確約だけは引き出そうと粘ってみたものの、しまいには瀬良から制された。

「本日は、ぶしつけなお願いをして申し訳ありませんでした。招待状を差し上げている来週の『駐在武官と国防関係者の集まり』には、ぜひ足を運んでください」

今後の関係構築を睨《にら》み、社交儀礼だけはしっかりと行なっておいた。

「仕方ない。『駐在武官と国防関係者の集まり』を有効に使おう」

ウクライナ軍関係の正式なカウンターパート（対応部局）は、国防省の国際協力部だ。それ以外にも、古池前防衛駐在官は、個人的に国防省だけでなく、参謀本部内にも話のできる人脈を築いていたそうだ。しかし、瀬良はまだそうした人々との関係構築を行なえていなかった。

都合のよいことに、翌週二十五日、『駐在武官と国防関係者の集まり』として大使が主催するレセプションが行なわれる予定となっていた。

各国のウクライナ駐在武官とウクライナの国防関係者を招待してある。

「そうですね」

「たぶん、私のほうは突っ込んだ話をする余裕がないと思う。芦沢さんに頑張ってもらうしかない」

「そうかもしれませんね。この日は、瀬良一佐が、事実上のホストですからね」

「胃が痛くなりそうだよ」

一等海佐ともなると、レセプションに顔を出す機会は多いという。しかし、その多くが、相手は米軍関係者と日本人だそうだ。やはり、各国の駐在武官とウクライナ軍関係者、しかも、そろってハイレベルとなると、胃も痛くなるのだろう。

パヴログラドから戻ると、二人はすぐさま隅大使に東部視察からの報告を行なった。隅大使も、思わぬ収穫に身を乗り出して聞いてくれた。その上で、大使館として催す行事も活用して、ウクライナ政府との協力を推進するよう指示された。

芦沢は、気合いを入れ直すように深呼吸した。

「頑張ります。こうして足踏みしている間にも、日露交渉は進んでいます。時間はありません」

二〇一六・五・二十五（水曜日）

隅大使の住居でもある大使公邸は、各種レセプションの会場としても使用される。駐在武官と国防関係者の集まりも、大使公邸のホールで開催されている。芦沢は、ホールとは別の小さな会議室にいた。目の前にいるのは、ウクライナ海軍の制服を着た金髪の女性だった。ウクライナ軍の制服は、西側スタイルのものに変更されている。海軍の制服は、袖《そで》に袖章と呼ばれるラインが付けられたものだ。

「それはよかったですね」

誰にでも話せる内容ではなかった。慎重に人物を見定め、この人ならば、ウクライナの国益のために前向きに応じてくれるだろうと思った。にもかかわらず、回答はこれだった。芦沢は、気色ばんで答えた。

「それは、どういう意味でしょうか」

ウクライナ海軍で初の女性大佐となったカリナ・マリャール大佐は、穏やかな、それでありながら芯《しん》の強さを感じさせる人物だった。女性首相は輩出しているものの、全般的に女性の社会進出が遅れているウクライナにあって、大佐となるには相当の傑物《けつぶつ》でなければならない。

ホールの中では、ユージュマシュに対する工作疑惑を話題にすることはできなかった。芦沢は、絵画に興味があるというマリャール大佐に、公邸内に飾ってある日本画を見せるという口実で、会場から連れ出していた。

「誤解ですよ。私は、ツインバラル部長が動き出さなくてよかったと言っているんです。悪い人ではないのですが、杓子定規《しやくしじようぎ》な上に、やることに粗《あら》があります。彼が動き出していたら、間違いなくSVRかGRUに嗅《か》ぎつけられたでしょう」

「そういう意味でしたか。失礼しました」

「芦沢書記官は、他の外交官の方とは、少し違いますね」

「時々、そう言われます。瀬良一佐にもからかわれました」

マリャール大佐は、和《なご》やかに笑った。

「ところで、この件で協力した場合、我々にはどんなメリットがありますか？」

意外な質問だった。

「ロシアがユージュマシュの技術を流出させようとしているなら、ウクライナは濡《ぬ》れ衣《ぎぬ》を着せられることになります。ロシアの謀略を防ぐことは、ウクライナにとって利益になるはずです」

ユージュマシュは否定していたが、ウクライナが金銭目当てに絡んでいるのではないかという疑念が頭を過ぎった。

「もちろんそうです。ロシアの謀略を防ぐことは我が国の利益ですが、その情報を日本に提供することが、我々の利益になりますか？」

マリャール大佐はしたたかだった。調査結果を教えてほしいなら見返りを寄こせと言っているのだ。しかし、これに諾々《だくだく》と従っていたら、外交官は務まらない。

「我々がその情報に基づいて取るアクションは、ウクライナの利益になります」

芦沢は、日本がロシアとの平和条約を締結《ていけつ》するためには、北方領土問題を解決する必要があり、その交渉を有利に進めるため、ロシアの国際的立場を悪化させることが有効だと考えていると説明した。そして、ロシアの国際的立場の悪化は、クリミアや東部ウクライナの問題でロシアと対峙《たいじ》するウクライナにとっても利益になることだとも説明した。

「わかりました。私は、あなたがなぜこの件を追いかけているのか聞きたかったのです。日本は、ロシアとウクライナのどちらかの立場に立つのだとしたら、ロシア側に付くでしょう?」

芦沢は、慌てて否定しようとしたが、マリャール大佐は片手をあげて言葉を継いだ。

「これだけの話をしているのですから、建前はやめましょう。日本が、ウクライナを支援してくれていることには感謝しています。ですが、クリミアの併合についても、東部ウクライナの問題でも、日本のロシア非難は、あくまで表面的なものにすぎませんでした」

芦沢の脳裏に、ホロドモール博物館での、瀬良とのやり取りが浮かんだ。日本は、あれだけの非人道的行為に対しても、ジェノサイドとも、人道に対する罪としても認めていないのだ。クリミアや東部ウクライナの問題でも同じだった。

「しかし、芦沢さんの考えは少し違うようです。どうしてですか?」

マリャール大佐に信頼してもらえるかどうか、ここが勝負の分かれ目に見えた。芦沢は、ほんの一時《いっとき》だけ、目を閉じて心を落ち着かせた。自分の奥底にある、あまり思い出したくはない記憶を呼び覚ます。

「今から十年ほど前に、領土問題がある北方領土周辺海域において、日本漁船がロシア国境警備局の警備艇に拿捕される事件が起きました。その際、銃撃で乗組員も一人亡くなっています。ロシアからすれば、違法な操業を行なっていたのですが、それにしても国境警備局の対応は乱暴なものでした。解決から半年ほど後、事件の影響で、生活の立ちゆかなくなった漁師が、一家心中をしています。亡くなった四人のうちの一人は、僕のガールフレンドでした。家族思いの優しい女の子でした。仇《かたき》を取るというのとは少し違うかもしれない。しかし、僕は、ロシアに少しでも煮《に》え湯《ゆ》を飲ませたいのです」

「なるほど。外交官とは思えない、個人的な動機ですね」

芦沢は、答えなかった。

「ですが、あなたの気持ちはわかりました。この件を調べることが、ウクライナにとってプラスになることは間違いありませんし、日本に情報を教えることで、マイナスになることもないでしょう。それに、あなたはむしろ、ウクライナにとってもプラスになる方向で努力してくれると言っている。それならば、私は、できるだけのことをするとお約束しましょう」

「ありがとうございます」

芦沢が、思わず下げた頭を上げると、マリャール大佐は、笑みを浮かべていた。しかし、視線は真剣そのものだった。

「ただし、あなた自身にとって、悪い結果をもたらすかもしれません」

「どういう意味でしょうか?」

今度は、純粋に疑問として問いかけた。

「慎重に調査しますが、相手はSVRかGRU、たぶんSVRでしょう。こちらの動きを察知されれば、あなたにも危難が及ぶかもしれません。ユージュマシュ社に接触したことが、もう知られている可能性もあります。日本にいれば大丈夫かもしれませんが、ここウクライナでは、彼らは相当に乱暴な手段も採ってきます」

「わかっています」

大統領さえ毒殺しようとするのだ。一外交官を葬《ほうむ》ることなど造作《ぞうさ》もないだろう。しかし、両親の借金を返すため、大学進学を諦め、札幌で働くと言っていた睦美の顔を思い出し、大佐の目を見つめた。彼女は、静かに肯いた。

「サムライの覚悟はわかりました」

そう言うと、彼女は手を差し出してきた。芦沢は、温かな手を握りしめた。

二〇一六・五・二十七（金曜日）

芦沢は、箸《はし》を置くと、ちょっとばかり膨《ふく》らんだ腹をなでた。

「お口に合いました？」

瀬良一佐の妻、富美子《ふみこ》が、空《あ》いた皿を片付けながら問いかけてきた。瀬良と並んでいると美男美女ぶりが憎らしいほどだった。芦沢は、金曜のディナーに招待され、瀬良の借りているマンションに来ていた。

「たいへん美味《おい》しかったです。キエフ市内にもラーメン屋や日本料理店がありますが、やはり味が現地化されてたり、作っているのは中国人だったりします。ちゃんとした和食は、日本を出て以来です。二カ月ぶりですね」

「一昨日《おととい》のパーティでも、出ていたじゃないですか」

二日前に行なわれた駐在武官と国防関係者の集まりでは、隅大使夫妻、瀬良一佐夫妻がホストとなっていた。富美子にとっては、初めての公式行事だった。

「あれも、味付けはこちらの人に合わせてましたよ。それに食材も十分じゃない」

大使館には、パーティで使うための日本の食材もストックしてあるものの、潤沢《じゅんたく》とは言えなかった。酒と違い、必ずしも保存が利《き》かないため、できることには限界があった。

「古池防衛駐在官の奥様から申し送りがあったんですよ。どんなものを持っていったほうがいいかって。保存の利く乾物《かんぶつ》やダシは、たくさん持ってきたんです。でも、お魚がね」

「魚に関しては、世界中どこに行っても、日本のように新鮮で美味しい魚は手に入りません。魚好きには厳しいですね」

芦沢は、苦笑いを浮かべながら言った。

「根室のご出身と聞きました。舌が肥えすぎですね」

そう言うと、富美子はキッチンに消えていった。

「いろいろと羨《うらや》ましいですよ」

「その分苦労も多いさ。うちは子供がいないから、まだマシだ」

瀬良は、焼酎《しょうちゅう》のロックを口に運んでいた。

「そうですね。館員の一番の苦労は、やはり子供の学校をどうするかです」

キエフにも、いわゆるインターナショナルスクールが少ないながらある。各国大使館員の子供は、そうした学校に通っていることが多い。しかし、通学距離や費用の問題で、何かと大変だった。

「ところで、エンジニアや廃棄された部品の追跡は、どの程度可能なんでしょうか?」

芦沢と瀬良は、それぞれに、報告をまとめる段階に入っていた。ユージュマシュで得られたエンジニアと部品が流出しているおそれがあるという情報は、現段階ではあくまで推測でしかない。そこから、仮説を組み立てることは可能だが、追跡ができなければ証明は困難だった。芦沢の脳裏には、ロシア課長瀬田とのやりとりが浮かんでいた。

「こうした情報を追うためには、ヒューミントと呼ばれる人的情報収集が必要だ。ところが、日本は、こうした分野が著《いちじる》しく遅れている。CIAに相当する機関は存在しない。CIAとのカウンターパートは内閣情報調査室だが、CIA職員二万名に対して、内調は二〇〇人。内閣への報告とそのための分析・取りまとめで精一杯《せいいっぱい》だ。アメリカのDIA(国防情報局)に相当する防衛省の情報本部も、ヒューミントはやっと手を着け始めた段階にすぎない。各国にネットワークを作り上げるまでには時間がかかる。そうなると、報告を上げて動いてもらうとしても、実質的にはアメリカ、それとマリャール大佐頼みだな」

「情報本部が現在持っている手段では、何か探《さぐ》れることはないんでしょうか。エンジニアはともかくとして、廃棄された部品の追跡はできる可能性はないんでしょうか？」

芦沢も、日本が多数の情報収集衛星を保有していることは知っていた。

「誤解されることが多いんだが、衛星はそんなに万能じゃない。確かに、ウクライナの上空も通過しているが、通常、ウクライナ上空では撮影してない。だから過去の画像を遡《さかのぼ》って調べるなんてこともできない」

「そうですか。でも、仮にこれから廃棄されるものがある場合なんかはどうなんでしょう。ウクライナ上空を通過しているなら、撮影できますよね？」

瀬良は、嘆息《たんそく》するようにして首を横に振った。

「光学衛星は、乱暴な言い方をすれば、デジカメを積んだ衛星が地球の周りを回っているようなものだ。電源は、太陽電池パネルでいくらでも充電できる。いくらでも撮影できるという寸法だ。しかし、限界はある。何だと思う？」

「デジカメであればメモリーカード……いや、もしかして回線ですか？」

瀬良は、グラスを口に運びながら肯いた。

「そう。当然ながら、データは無線で伝送する。通信速度はかなり速いものが載っているが、送信する画像だって、解像力が要求される衛星画像だ。スマホで見ているような写真とは、ファイルサイズのケタがいくつも違う」

「なるほど」

「おまけに」

芦沢は、十分に納得していたが、瀬良はまだ追撃の構えだった。

「衛星が日本の周辺にいる時しか通信できない。衛星の問題ではなく、地上局の問題なんだ」

芦沢は、思わずあっと声を上げていた。

「そうか。衛星が地球の裏側を回っている時は、データを送りたくても送る地上局がないってことなんですね」

「そう。だから、情報収集衛星のデータを、もっと大量に受信できるようにするため、データ中継衛星というのを打ち上げる予定にしている。情報収集衛星よりもはるかに高い位置に静止衛星を打ち上げる。これで、従来は、衛星が日本周辺にいる時しかデータを送れなかったものが、大まかに言って地球表面の半分の上空にいれば受信できるようになる」

やはり、アメリカやウクライナの情報機関に頼るしか手はなさそうだった。

「取り急ぎ、掴んだ事実関係に加え、ウクライナ国防省とマリャール大佐へのアクションは報告してあります。来週、まとめた報告書を送るために、週末にドラフトを書くつもりです。頭の中を整理するために、瀬良一佐の見立てを教えてください」

瀬良は、「いいよ」と言うと、グラスに焼酎を注《そそ》いだ。

「どこからアプローチする?」

「さまざまな可能性がありますが、それを絞《しぼ》って考察を進めるとしたら、やはりユージュマシュにアクセスできるのは誰かというところからになると思います。そこから書き始めようと思ってます」

「ウクライナ政府以外は、ロシアだけだ。退職したエンジニアは、ロシア人が圧倒的に多かった」

瀬良は、占い師が水晶玉を覗くように、グラスに浮かんだ氷を見つめていた。

「でも、ロシア自身は、ユージュマシュの技術を必要としていない」

「そう。モスクワ近郊のコロリョフに本社を置くエネルギア社を筆頭に、ユージュマシュと同等、あるいはそれ以上の技術を持つ会社がいくつもある」

「だとすると、ロシアは、ユージュマシュの技術を誰かに渡すつもりなのか?」

「そう考えるのが妥当《だとう》だろうね」

「では、自国の技術ではなく、ユージュマシュの技術を渡す理由は?」

「一般的には、オリジナル技術は秘匿したい。それに、渡したことが露見した時に、非難されることを防ぎたいから。ロシアに、もっと積極的な意思があるなら、ウクライナの行為として非難するため」

「では、技術を渡す相手は、渡すことが非難される相手?」

「そう。北朝鮮かイラン」

「より高値で買ってくれるのはどちらでしょう?」

「間違いなく、北朝鮮だ。イランは昨年の七月に核合意を結んでいる。ミサイル技術は核合意とは無関係とはいえ、合意によって、やっとのことで漕ぎ着けた経済制裁解除を吹っ飛ばすようなことは考えにくい」

（二〇一八年にトランプ大統領がイラン核合意からの離脱を表明するまで、イランは核合意の履行に前向きの姿勢を取り続けていた）

芦沢が矢継《やつ》ぎ早《ばや》に繰り出した質問に、瀬良は淀みなく答えた。もちろん、ドニプロを訪れた十日ほど前から、二人とも考え続けてきたテーマだからだ。同時に、それは二人の一致した意見であることを確認するためのやりとりでもあった。

「この技術供与によって、ウクライナ国内の情勢は大きく変化しないと思います。親ロシア派が噛んでいて、対価としてロシアから武器の供給を受けるとしても、ロシアはウクライナ政府と親ロシア派間の緊張が高まることを望んでいない」

「そんなことをすれば、西欧の制裁が強まり、ロシア経済はさらに悪化する」

瀬良の言葉に、芦沢も無言で肯いた。影響があるとしたら、北朝鮮のミサイル開発が進展することによるアジアでの緊張激化だ。二人の調査は、ロシアの牽制を意図してのものだった。しかし、出てきたモノは、ロシアの牽制を図るよりも先に、日本の防衛のために、直接の対策を講じなければならないものだった。

「北朝鮮のミサイル開発能力は、すでに実験レベルでは、ＩＣＢＭ級に到達している。次の段階としては、実戦レベルのＩＣＢＭ開発を目指している」

「そう。そして、そのためにもっとも必要なのは、即応性の高い小型高出力エンジン。ユージュマシュの技術は、最適だ」

芦沢は、富美子が淹れてくれたお茶で喉を潤した。グラスに入れられた氷は、溶け始めている。

「北朝鮮が実戦レベルのＩＣＢＭを開発すれば、核弾頭の開発と相まって、アメリカにとって非常な脅威になります」

「そう。一九九四年の核危機当時、クリントン大統領は、空爆一歩手前まで行った。実戦レベルのＩＣＢＭが、この時以上の緊張をもたらすことは間違いない。アメリカは、イラクが持つと思われた大量破壊兵器を除去するため、イラク戦争も遂行《すいこう》した。アメリカが軍事行動に踏み込まないと考えるほうが異常な状況になる」


（この見立ては、二〇一七年から二〇一八年にかけてのトランプの強硬姿勢として現実化する）


芦沢は、大きく息を吐《つ》くと、天を仰いだ。

「報告は、こんなところですかね」

「そうだろうね。芦沢さんは、もっと踏み込みたいと思っている？」

「そうじゃありませんが、気になっていることがあるんです」

瀬良は、何も言わなかった。芦沢は、疑念をぶつけてみた。

「アメリカの孤立主義的傾向が気になっているんです。大統領選挙では、ドナルド・トランプやバーニー・サンダースといった孤立主義的傾向の強い候補が、かなりの支持を集めています。特に、共和党候補となることが確定しているトランプが、ヒラリー・クリントンに勝って大統領になれば、陰りが見えるとはいえ、長きに亘《わた》ったアメリカの対外関与政策が変更される可能性があります」

「そのあたりは、芦沢さんのほうが専門家だ」

「アメリカ外交史は、さわりしか知りません。でも、人物評価はやってきました。それは応用できます。トランプの場合、政治の経験が全くなく、一貫してビジネスマンであったことが気になっているんです。仕事が変わっても、人間の思考回路まで変えることは難しい。軍人出身の人間は、軍人的思考になりやすいし、ビジネスマンだった人間の考え方は、やはりビジネスマン思考なんです。トランプが、損得、アメリカ・ファーストというように、アメリカの損得だけで外交政策まで決定する可能性を懸念しています」

「アメリカの損得だけで判断すると、対北朝鮮政策は、どうなる可能性がある？」

「ロシアがユージュマシュの技術を北朝鮮に渡すとしても、どこかに安全弁みたいなものを組み込む可能性があると思うんです。ロシアがそれを売るのなら、トランプは買うかもしれません」

「なるほどね」

「アメリカの安全だけを考えるのであれば、ロシアと取引を行ない、対北朝鮮での影響力を行使させる。つまりロシアにコア技術の提供をストップさせることで、北朝鮮が開発したＩＣＢＭを使用不可能にすることもできると思うんです」

「確かにそうかもしれないが、アメリカにとって相当高く付くのではないかな？」

芦沢は、肯くと言葉を継いだ。

「はい。ロシアは、二〇一四年のウクライナ危機・クリミア危機に端を発した制裁によって苦しんでいます。これを解除させ、サミットへの復帰も認めさせる。このくらいは要求してくると思います」

「それだけの報酬《ほうしゅう》があれば、ロシアとしては割に合うか。しかし、ウクライナにとっては、由々《ゆゆ》しき事態だね」

「ウクライナだけじゃありません。日本にとっても、由々しき事態です。経済制裁がなくなれば、大詰めを迎えている北方領土交渉で、ロシアは譲歩する必要がなくなります」

芦沢の強い語気に、瀬良の表情も歪《ゆが》んだ。

「なるほど。そんなところにも影響が出るか……」

芦沢は、グラスをあおった。

「それに、こちらは瀬良一佐の意見を聞きたいのですが、アメリカが、北朝鮮との対立を深めた場合も懸念しています」

「具体的には？」

「軍事衝突の可能性もありますが、中東でも作戦を続けるアメリカが軍事行動に踏み切るとは考えにくいと思います。それを考えると、北朝鮮が実戦レベルのＩＣＢＭを装備すれば、アメリカは、アジアで弾道ミサイル防衛を強化する必要性が出てくるでしょう」

「確かに。極東版ＥＰＡＡだろうな」

芦沢が知らない略語だった。

「ＥＰＡＡ？」

「欧州ＭＤ、あるいは欧州ミサイルディフェンスという名前でなら、聞いたことがあるんじゃないか。European Phased Adaptive Approach、日本語だと欧州多段階応用アプローチと呼ばれる。ルーマニアやポーランドに、地上配備型のイージスシステムを設置して、ヨーロッパをイランの弾道ミサイルから防護しようとするものだ。ヨーロッパ防衛のためのシステムなんだが、アメリカは、迎撃ミサイルのアップグレードで、イランからアメリカに向かうＩＣＢＭを迎撃することも意図している。そもそも、計画の初期段階では、アメリカ防衛が主眼だった。技術的な問題、費用、そしてロシアの反対を受けて、計画はたびたび修正されている。現在の計画は、二〇一三年に見直されたものだ。同様のものを日本を含む極東に配備する可能性はあるね。実際、防衛省内では、イージス・アショアと呼ばれる地上配備型イージスの導入は、以前から検討しているんだ」


（防衛省は、二〇一八年の予算からイージス・アショア導入のための費用計上を始めた）

「ヨーロッパでの地上配備型イージスの件は知っています。ロシアは、かなり反発をしていました。それが日本にもですか。防衛のためには必要な措置《そち》ですね。ただ、日本が地上配備型イージスを導入すると、ロシアは反発を強めそうです。極東での軍備増強を図るかもしれないし、何より北方領土交渉に悪影響が出るかもしれない……」

芦沢は、暗い予感に身震いした。

（実際に、ロシアは、日本のイージス・アショア導入に反発している）

二〇一六・五・三十一（火曜日）

疲れた頭には栄養と休息が必要だ。芦沢は、近くにあるカフェでコーヒーを買ってきた。ウクライナでは、カフェがいたるところにある。値段は安い。芦沢が買ってきたコーヒーは、たっぷりサイズながら日本円にして一〇〇円ちょっとだった。毎度のことながら、儲《もう》かっているのか疑問を感じる。

大使館が入っているビルに戻ると、入り口で瀬良と出くわした。彼も何か買い込んで来たようだ。

「面白いニュースが入っているよ。ちょっと寄らないか」

防衛駐在官室に入り、彼の机の前に座る。

「昨日、時事通信が流したニュースだ。時事発で、他のメディアでも取り上げている」

瀬良が手渡してきたのは、ニュースクリップだった。ショイグ国防相の指示により、ツァリコフ国防第一次官とイワノフ国防次官が、択捉島と国後島を訪れ、軍の関連施設の整備状況を視察したという。記事は、両島で数百に及ぶ施設が建設中であり、ロシア国防省が北方領土を軍事拠点として重視していると報じていた。記事には、以前に瀬良が言っていた松輪島への調査団派遣のことも書かれている。

今年に入ってから、ロシアは北方領土交渉でも強気の姿勢を見せている。何か関係があるのかもしれなかった。

「軍が駐留しているんだから、視察があっても不自然じゃない。しかし、ショイグ国防相の指示というのは政治的な匂いがするし、国防次官が同時に二人というのは、普通じゃない」

「そうですね。今までにも大統領府長官のセルゲイ・イワノフが択捉に行ったりしていますが、国防省中枢《ちゅうすう》が、ここまで北方領土に関与する姿勢を見せたことは少ないと思います」

「ロシア軍が、北方領土に固執《こしつ》する大きな理由は、オホーツク海から太平洋に出るための海峡として、国後水道と択捉水道が重要だからだ。ロシア太平洋艦隊の主要基地は、カムチャツカ半島の太平洋側にあるペトロパブロフスク・カムチャツキーを除けば、すべてが日本列島と千島列島によって封鎖される位置にある。中部千島列島にも、北ウルップ水道があるが、海の難所と言われる場所だ。海軍関係者としては、もっと安全に航行できる国後水道、択捉水道が欲しい。特に完全結氷《けっぴょう》することがない国後水道に目を付ける理由は理解できる」

瀬良は、コーヒーを一口すると、慌てて口を離した。相当熱かったようだ。

「背景はわかりますが、この時期にＶＩＰの視察が行なわれるのは、どんな意味があるんでしょうか？」

「正直に言って、よくわからない。北方領土交渉に向けて、妥協しない姿勢のアピールであることは間違いないだろうが」

「そうですか」

意図をくみ取ることのできない行動は不気味だった。

「その北方領土関連の話ですが、先ほどラブロフ外相の発言がありました。『南クリルは、第二次世界大戦の結果、ソ連の領土になった。日本側は、それを受け入れるべきだ』だそうです。彼は、四年前にも同じような主旨の発言をしていますが、この時期に再度これを言ったという点が重要ですね」

「どういう意味がある？」

芦沢もコーヒーを口にすると話を続けた。

「彼は、一九五六年に行なわれ、歯舞と色丹を日本に引き渡すとした日ソ共同宣言に関連して、『ロシアは、ソビエトが負ったすべての義務に忠実だ』とも述《の》べたそうです。ロシアからすれば、日本が求める〝返還〟は受け入れ難く、二次大戦の結果としてロシア領となったが、ロシア領である二島を引き渡すことは受け入れられるというメッセージでしょう」

「なるほどね。あの小さな二島を引き渡されるだけで納得しなければならないとしたら、悔しいな」

「実際に見たことがあるんですか？」

「もちろん。珸瑶瑁《ごようまい》水道は幅四キロもない。根室半島を回れば、必然的に歯舞群島のすぐ近くを通過することになる」

「なるほど。艦艇に乗っていれば当然でしたね。私も、根室出身者として、いえ、日本人の一人として、あの二島だけで引き下がらなければならない事態は、なんとか避けたいです」

芦沢は、飲み終えたコーヒーの紙カップを静かに握りつぶした。

第二章　工　作　六・七〜二十四

二〇一六・六・七（火曜日）

ウクライナに限らず、東欧諸国の公的機関は、日本のそれと比べると施設が豪奢《ごうしゃ》と言える造りであることが多い。ただし、新しいとは限らない。歴史的建造物をそのまま使っていることも多い。イメージとしては、日本銀行本店の建物だ。地震がほとんどなく、石造りの建物であれば、劣化を考慮する必要がないことも関係しているものの、歴史的建造物に対する考え方が違うのだろう。

「何だか気圧《けお》されてしまいますね」

ウクライナ国防省も多分に漏れなかった。車を降りた芦沢は、細かな装飾が施《ほどこ》された建物を見上げて言った。瀬良と芦沢は、目立たないようにスーツ姿だ。

「知らずに来たら、美術館や博物館に間違えるな。市ケ谷《いちがや》とはえらい違いだ」

助手席から降りた瀬良も、感心したように呟いている。

大使館から直線距離で三キロほど、二人は、マリャール大佐からの連絡を受けて車をとばしてきた。マリャール大佐からは、車を駐めたら、その場で待つように言われていた。すぐに、南西側の角を回ってくる彼女が見えた。

「急にお呼びたてして申し訳ありません。こちらにどうぞ」

そう言って先導してくれたマリャール大佐の向かっている場所は、国際協力部とは別方向だった。どこに行くのか尋ねたい気持ちになるが、無用なことは口にしないほうがよいだろう。着けばわかることだ。同じ軍人同士、瀬良はマリャール大佐とトレーニングの話をしていた。国防省の裏手には、プールまであるという。

着いた先は、ウクライナ国防省情報総局、ロシアのGRU、アメリカのDIAに相当する軍事情報を専門に扱う情報機関だ。とはいえ、オフィスはいたって普通だった。小さな会議室に通された。マリャール大佐が、自分でコーヒーを出してくれる。コーヒーは三つ、他には誰も来ないということだ。

「この件は、情報総局が担当することになりました。ただし、関係者を限定したいため、引き続き、日本の関係者との対応は、私が担当させていただきます」

マリャール大佐の所属は、情報総局ではなかったはずだ。芦沢は、一応尋ねてみた。

「確か、参謀本部の所属と伺っていたと思いますが」

「ええ。そのとおりです。本件に関してだけ、こちらを手伝うことになりました。ですが、もしこの件の重要度が増せば、異動することになるかもしれません」

「そうですか。ウクライナ国防省が、真摯《しんし》に対応してくださるようで何よりです。感謝いたします」

「ポルトラク国防相じきじきの命令です。ご安心ください」

「国防相の？」

芦沢は、驚いて尋ねた。本当であれば、心強いことだった。

「はい。初めての女性大佐という立場は、いろいろとコネクションを作りやすいのです。それを利用しました。国際協力部よりも情報総局が動くべき案件ですし」

コーヒーを勧められ、喉を潤すと、すぐに本題に入った。

「まず最初に、お伝えしておくべき情報があります。くず鉄としてスクラップにされた部品の件ですが、ユージュマシュ社からスクラップ業者への引き渡しの段階では、問題はありませんでした」

芦沢は、肯いて見せたものの、この点ではウクライナからの情報は疑ってかかる必要があると思っていた。故意にせよ、意図したものでないにせよ、ユージュマシュから部品が流出していたとなれば、国としてのウクライナが非難される。

「売却されたくず鉄が、確実に溶解されたか、あるいは保管されているかは、まだ調査中です。内務省に強制的な捜査をさせることも可能ですが、そうした手段を採れば、背後にいる者に察知されるため、内密に捜査しています。不審な点は見つかっていますが、まだ確証を得るには至っていません」

背後にＳＶＲやＧＲＵがいる可能性がある以上、慎重に動かざるを得ないのは当然だった。ウクライナ国防省情報総局とロシアのＧＲＵは、ともにソ連のＧＲＵの流れを汲《く》む。初代情報総局の局長などはＫＧＢの出身だった。互いの手口は熟知している。廃棄業者に忍び込むのか、潜入捜査するのか、あるいはハッキングするのか、方法はわからないものの、通常の警察では取り得ない手段で調査をしているのだろう。

「時間がかかるのは、致し方ないですね。退職者のほうはいかがですか？」

マリャール大佐は、和やかな中にも、眼光を鋭くして答えた。

「退職者の大半がロシア人でしたが、その中の多くが出国しています。ロシアに向かった者が多いのですが、その他の国に出国した中にも、その後ロシアに向かった者がいる可能性がありまず。これがリストです」

マリャール大佐は、一枚のペーパーを差し出してきた。

「この点も、追跡調査中ですが、ロシアに出国した者でも、家族はウクライナ国内に残した者が多くいます。条件のいい仕事があると言われていたようです。こちらについても、継続調査中です」

「わかりました。そちらは、この件をどうお考えですか？」

「ユージュマシュの技術を流出させ、イランや北朝鮮などに提供することで、ウクライナの国際的信用を悪化させるという謀略は、可能性としては十分に考えられることです。ロシアには、その動機も能力もあります。そのため今回の調査を行ないました。そして、それが進行中なのかもしれない。現状は、そう見ています」

芦沢は、少しだけほっとした。しかし、まだ協力態勢が構築できたわけではない。マリャール大佐も、ツィンバラル国際協力部長のようなことを言い出さないとも限らない。

「それはよかった。では、今後この件で情報の共有を図り、協力態勢を構築できないでしょうか」

「こちらとしてもお願いしたいと思っておりました。ユージュマシュ社の技術が、北朝鮮に供与されているのだとしたら、両国にとって非常に憂慮《ゆうりょ》すべき事態です。我々としたら、ロシアのプロパガンダに備《そな》える必要がありますし、日本は北朝鮮のミサイルに備えなければならないでしょう」

芦沢は、飛び上がりたい思いを抑《おさ》えて、手を差し出した。瀬良とともに、マリャール大佐と固い握手を交わす。

「ところで、これ以上の技術流出を防ぐことについては、どのようにお考えですか？」

最後にした質問には、二重の意味があった。一つは、額面どおり。もう一つは、ウクライナ側が、嘘をついている可能性だ。芦沢も瀬良も、その可能性はきわめて低いと考えている。ロシアと対峙するため、欧米に接近せざるを得なくなったウクライナが、欧米や日本がことさら懸念する大量破壊兵器の拡散に手を貸すとは考えにくい。しかし、財政事情に苦しいウクライナが、金に目が眩《くら》んだ可能性は、ないとは言えなかった。

もし、この質問に対して、真摯な回答が得られなければ、きわめて低い可能性も、ありうるものとして考えなければならない。

「エンジニアの離職を食い止めたいところですが、ソ連時代のような強制はできません。そのため、百パーセント確実と言える手段はありません。今回このような工作が為されていることを考えれば、今までの措置では不十分であったことは確実です。我々国防省としては、監視態勢を強める予定です。また、この問題については、ユージュマシュだけでなく、他の軍事関連メーカーについても同じことが言えます。ポルトラク国防相は、監視を強めるだけでなく、総合的な施策を考えなければならないと言っております」

「わかりました。よろしくお願いいたします」

彼女の回答は、芦沢にとっては、満足できるものだった。今後の技術流出の発覚に予防線を張る言葉があれば、警戒が必要だったろう。


（二〇一八年二月、角駐《すみ》ウクライナ大使とトゥルチノフ国家安全保障国防会議書記が会談で、ウクライナの防衛産業の改革及びこの分野における両国間の協力深化の可能性について意見を交わすに至った。角大使は、包括的に支援する用意があるとの表現で、防衛分野における協力にも含みを持たせている）

その後は、今後の連絡態勢をどうするかといった事務的事項を話して、国防省を辞することにした。帰り際《ぎわ》、マリャール大佐から言われた言葉に背筋が寒くなる。

「今のところ、SVRやGRUに嗅ぎつけられたと思われる反応はありません。しかし、その可能性は、忘れてはなりません。ご注意ください」

二〇一六・六・九（木曜日）

報告書は、芦沢がまとめていたが、瀬良からの報告でもあるとして、防衛省にも通知されていた。それに対して、防衛省サイドから反応があった。継続的にフォローを行なえという指示だった。

瀬良は、形式的には、外務省に出向している。過去には、形式だけでなく、実質的にも外務省の指揮下で動くことを要求されていた。防衛駐在官があげた報告も、防衛省には通知されることなく、外務省だけが情報を握っていたのだ。結果的に、有益な情報が、軍事知識の乏しい外務官僚によって無価値と判断され、情報の活用ができないケースが頻発《ひんぱつ》した。その反省を受け、現在は防衛駐在官が上げた情報は、すべて防衛省にも通知されるようになっている。

「防衛省のほうが、これを重要な案件と認識しているということでしょうか？」

芦沢は、瀬良に問いかけた。最近は、大使館内にいる時間の多くを、防衛駐在官室で過ごすようになっていた。防衛駐在官室に小ぶりの机を持ち込み、二人の執務室であるかのようになっている。

「北朝鮮の弾道ミサイル開発に繋がる話だからな。当然、外務省以上に、自分の担当正面だと理解しているだろう。しかし、これはそれだけじゃないな」

瀬良は、送られてきたメールを眺《なが》めて眉をひそめていた。

「流出した可能性のある部品について報告しろと言ってきた件ですか」

「そう。形状や大きさ、梱包《こんぽう》の様子など、わかる限り詳細にと言ってきている」

「詳しく知りたいというだけではないと？」

瀬良は、ひとしきり考え込むと、これは推測だと断わりを入れた上で、驚くべきことを語り始めた。

「すでに、関連のありそうな情報を摑んでいるんじゃないかと思う。梱包の外形を聞いてくるということは、衛星で撮影した画像と照らし合わせるつもりかもしれない」

芦沢は、生唾《なまつば》を飲み込んだ。防衛省が、関連のありそうな情報を摑んでいるとしたら、それはつまりユージュマシュから流出した部品が、すでに北朝鮮にあるということだった。

二〇一六・六・十（金曜日）

マリャール大佐から、急ぎ相談をしたいという連絡が入った。しかも、彼女のほうから大使館に出向いてくるという。これから向かうと告げられたため、芦沢は、大使館の入り口で待ちかまえていた。ビザを求める人が何人か訪れたが、マリャール大佐はなかなか現われない。芦沢が、左腕に巻いた腕時計を確認しようとすると、不意に肩を叩かれた。大使館に入ってきたばかりの女性だった。

「お待たせしました」

驚いて見つめると、顔は確かにマリャール大佐だった。気が付かなかったのは、髪と服、それにサングラスのせいだ。彼女は見事な金髪だったが、今日は濃いめの茶髪だった。ウイッグだという。制服以外の服装も予想していたが、服は、予想の範囲を上回る派手な花柄のワンピースだった。あまりの印象の違いに顔貌《がんぼう》を注視しようとしなかったのだ。

「国防省と違うのですから、こんな格好で来てもおかしくはないでしょう？」

「見事に騙《だま》されました。ビザ申請に来た観光希望者だと思いましたよ」

芦沢は、彼女を会議室に案内すると、瀬良を呼んだ。

「退職者の状況は、先日お伝えしたとおりですが、残留している社員の中にも、声をかけられた者がいました。ロシアのロケット用エンジン組立、整備を請け負《お》う会社で働かないかと誘われています。会社名はボストチヌイ・ロケット＆スペース。所在地はスヴォボードヌイ。調べてみましたが、確認できません。声をかけられた者は、出来たばかりの企業だと聞いているようです」

「スヴォボードヌイというのは、どの辺《あた》りにある街ですか？」

芦沢には、思い当たる地名がなかった。

「確か、宇宙基地だ」

瀬良が呟いた。

「そうです。ソ連邦の崩壊時、バイコヌール宇宙基地がカザフスタン領内となったため、ロシアは、極東のスヴォボードヌイに新たな宇宙基地を建設しました。この基地は、さまざまな理由からすぐに閉鎖されたのですが、打ち上げ事故などの影響もあり、やはりバイコヌールだけでは問題だとして、スヴォボードヌイ基地の跡地に、改めて、ボストチヌイ宇宙基地が建設されました。このボストチヌイ宇宙基地は、現在も建設が続いている状態ですが、大半は完成しており、四月には最初のロケットが打ち上げられたばかりです」

「つまり、これから宇宙関連の企業が伸びる場所だということですか？」

「そうです。新興企業があっても不自然ではありませんし、エンジニアを探しているということも納得できたのでしょう」

「なるほど。会社が確認できない点以外にも、工作である可能性が疑われる情報はないですか?」

「あります。芦沢さんが先ほど質問された場所が問題なのです。スヴォボードヌイは、アムール州、ウラジオストクの北北西一〇〇〇キロほどの場所です。中国との国境まで一〇〇キロもありません。北朝鮮にも非常に近い」

芦沢は、息を呑《の》んだ。すぐに気を落ち着かせて、マリャール大佐に礼を言った。

「待ってください。まだ、話は終わっていません」

彼女は、ポーチから折りたたまれた書類を取り出した。診断書のようだった。

「声をかけられた社員の中には、まだ態度を保留したままで、接触を続けられている者が二名いました。我々は、このうちの一人をエージェントにしたいと考えています」

もしそれが可能になれば、きわめて貴重な情報源になることは間違いない。しかし、エージェントの獲得は、簡単ではないはずだ。

「可能なんでしょうか?」

「背景は調査済みです。彼は、ロシア人ですが、ウクライナ人と結婚し、子供もいます。家はドニプロ市内にマンションを買っています。そして、その子供が、重い病気を患《わずら》っており、お金が必要な状況なのです。これは、その子の診断書です」

芦沢は、医療には詳しくない。それでも、その子は肝臓《かんぞう》移植が必要と判断されていることがわかった。

「彼は、金銭的な条件が有利なため、この話を呑みたいと考えたようですが、胡散《うさん》臭いところも察知したようで、悩んでいるそうです。同僚に相談しています」

「では、実際に危ない話であることを説明して、金で釣《つ》るということですか？」

「ありていに言えばそうです。この社員がエージェントとして北朝鮮に入るのであれば、彼にはかなりの報酬を用意する必要があります。我々としては、彼を日本とウクライナの共同エージェントにすべきではないかと考えているのです」

ウクライナは、財政的にはきわめて厳しい状況にある。おそらく、日本側に資金の大半を出させたいのだろう。しかし、そうであったとしても、彼をエージェントとすることには、大きな価値があるように思われた。

「了解しました。どの程度資金が用意できるのか、確認してみます」

「いえ、できれば資金以外のものを検討してもらえないでしょうか」

「えっ？」

「彼は、子供の治療のためなら、どんなことでもすると言っているそうです。日本で、この子に母親の生体肝移植をしてもらえないでしょうか。ウクライナでは、日本の医療技術は高く評価されています。日本で治療ができるとなれば、エージェントとして獲得しやすいと思われます。そのために、この診断書をお持ちしました。ただし、日本で治療する場合には、ロシア側が疑念を抱《いだ》かないよう工作も必要だと思っています」

「なるほど、わかりました。手配できるのか、急いで検討します」

「お願いします。彼が回答を猶予《ゆうよ》されているのは再来週の金曜日二十四日までです。一刻も早く、リクルートのためのアクションを起こす必要があります」

忙しくなりそうだった。時刻は午後二時を回っている。日本は、もう金曜の夜八時すぎだ。多くの外務省職員は、まだ働いているだろうが、この件を伝えれば、帰宅できるという希望も打ち砕《くだ》くことになる。原資は機密費を使うことになるだろう。年度が始まって間もないため、金自体はある。問題は、説得ができるかどうかだ。

「こちらからもお伝えしておきたいことがあります。日本政府として、この件を非常に重要視しています」

興味を持ったのが防衛省サイドだということは言わなかった。協力するパートナーとはいえ、必要以上に手を明かす必要はない。

「引き続き、情報を収集するよう指示が来ました。そうした点を考えても、エージェントの件に、前向きな決定が下される可能性は高いと思います」

「そうですか。それはよい知らせです」

一瞬、マリャール大佐の柔和《にゅうわ》な目が、実戦をくぐってきた戦士の目になった。

「具体的に、どのような情報が必要だと言ってきていますか？」

「流出した可能性のある部品についての情報をいただきたいと思います。形状や大きさ、また梱包される際の形状や大きさ、材質、色などについて、可能な限り詳細にお願いします」

「わかりました。それは、調べが付くでしょう。確認してご連絡します」

ユージュマシュの情報は、ウクライナ政府に依頼するしかなかった。

「よろしくお願いします」

瀬良が立ち上がって握手を求めると、マリャール大佐は、その手を押しとどめるようにして言った。

「実はもう一つお願いがあるのです」

「なんでしょうか？」

芦沢は、嫌な予感を感じながら問いかけた。

「我が国は、ロシア国内にもパイプがあるというアドバンテージを持っています。しかし、よくご存じのとおり、苦しい国情にありヒューミント（人的情報収集）、それにロシア語ネイティブが多いことによるオシント（公開情報収集）以外の活動が厳しい。シギント（通信・信号情報収集）やイミント（画像情報収集）に活用できる何らかの資材提供をお願いできないでしょうか。武装勢力との衝突に直接的な影響を与えるような支援を行なわないという日本政府の姿勢は理解していますが、こうした情報収集手段であれば、考慮いただけるのではないかと考えています」

したたかというよりは、抜け目ないというべきなのだろう。つい先ほど、流出した可能性のある部品について、形状や大きさ、色に興味を持っていることを伝えたばかりだ。イミントによる情報と照らし合わせるつもりだということは、情報関係者であればわかると瀬良が言っていた。さらに、頭の回転の速い者であれば、日本政府が重大な関心を持ったということもわかる。彼女は、それだけの能力があるからこそ、初の女性大佐となれたのだろう。言うなれば、彼女は、こちらの足下《あしもと》を見てきたということだ。

しかし、この件ではウクライナ政府の協力がなければ、情報収集がおぼつかないことは間違いない。外務省、防衛省中枢がどう判断するかはわからないものの、要望を報告するしかなかった。ただし、芦沢は、釘《くぎ》を刺すことも忘れなかった。

「了解しました。ご要望は、中央に報告します。ただ、この件に関連して、北朝鮮の弾道ミサイル開発が進展したとすれば、我が国は純粋に被害者です。関係者には、悪意を持った謀略ではない場合も、相応の努力をお願いしたいと考えています」

ウクライナの防止努力が足りないのだと、暗に非難した言葉だった。

「それは当然かと思います。我が国も最大限の努力はしております。日本にも、協力をお願いしたいということです」

「わかりました。日本はすでに金曜の夜ですので、早急に連絡したいと思います」


マリャール大佐を見送ると、瀬良とともに、急いで隅大使に報告した。ユージュマシュの社員をエージェント化して情報が得られるなら、日本にも大きな利益があるはずだった。それに、マリャール大佐の追加要望に関しても、ウクライナの情報収集能力を向上させれば、ロシアの牽制になることは間違いない。

問題は、外務省のロシア寄りな姿勢だったが、要望を報告することについては、隅の了解が得られた。

「待ちなさい」

二人が大使の部屋を去ろうとすると、呼び止められた。

「少し甘くないかね？」

芦沢は、隅の言いたいことが理解できなかった。瀬良も怪訝《けげん》な顔をしていた。

「ウクライナ国防省、というより情報総局は自信を持っているのかもしれないが、これは危険な状況でもある」

芦沢は、隅の言葉にはっとさせられた。エージェントを得ることができるかもしれない状況に興奮してしまったが、確かに危険を予測すべき状況だった。

「ロシアの工作が継続していたのであれば、私たちのユージュマシュへの接近がばれたかもしれないということですか？」

「そう。特に情報総局がエージェント化を考えていないほうの態度保留中のエンジニアは、要注意だ。君たちの来訪を、ロシアの機関に話したかもしれないし、今後も話すかもしれない」

隅は、国際社会協力部参事官として障害者権利条約起草に携わるなど、日本の平和外交を支えてきた人だ。それでも、四十年以上にも及ぶ外交官経験では、危険な仕事もあったのだろう。亀の甲より年の功だった。

「わかりました。我々の接近が露見すれば、エージェントを作ることはできても、彼が疑われてしまう可能性もある。対策を検討します」

瀬良を見ると、彼も無言で肯いている。先週以上に、忙しい週末が待っていた。

二〇一六・六・十一（土曜日）

「おはようございます。いい案は浮かびましたか？」

前日の夕、隅大使の下を辞してから、彼の指摘について、瀬良と相談した。その結果、何らかの偽装工作が必要だろうという結論に至っている。それぞれ宿題として考えた上で、休日出勤して検討することにしていた。

「妙案は浮かばなかったよ。ユージュマシュはロケット製造が主力の重工メーカーだ。我々がわざわざユージュマシュに行く理由なんて、NPT（核不拡散条約）の関連以外では考え難い。日本政府のウクライナ支援に鉄道関係のものがあれば、ユージュマシュで車両を作らせるという案も使えるが、ないだろう？」

瀬良は、ランチボックスを広げながら言った。ブランチを食べながら相談することにしていたのだ。芦沢も、途中のカフェで調達してあった。紙袋からサンドイッチを出しながら答える。

「そうですね。でも、ウクライナの鉄道は老朽《ろうきゅう》化しているものが多いですから、日本の重工メーカーのライセンス生産を行なわせて、鉄道の近代化を図るというのは使えるかもしれません。ただ、車両だけではなく、線路を含めた鉄道システムとして近代化しないと効果的ではないでしようから、かなり大がかりな工作にしないと偽装が疑われてしまうかもしれません」

「やはり妙案とは言えないな。芦沢君のほうは？」

「私もよい案は浮かびませんでした。ですが、ちょっと考え方を変えてもいいのではないかと思いました」

「考え方を変えるとは？」

瀬良は、奥さん手製のサンドイッチをほおばりながら尋ねてきた。

「我々がユージュマシュに接近した目的を偽装するだけじゃなく、ロシアの工作員をウクライナ警察に逮捕してもらうことまで考えてみたらどうでしょう？」

「また怪しげなことを考えたな。四年前みたいな囮捜査に、我々が関与しようってことか？」

「ありていに言えばそうです。どんな偽装工作を行なうにせよ、エージェント化が成功すれば、そのエージェントが無事に帰ってくるまで、偽装工作を続けなければなりません。これは、どんな工作を行なうにせよ、非常に大変だと思うんです」

「確かにそうだな」

「もし、ユージュマシュのロケット技術とは関係のないネタで囮捜査を行ない、工作員を逮捕してしまえば、我々やウクライナの目的は、囮捜査によってロシア工作員をあぶり出すことであって、ユージュマシュへのロシアの工作を察知したためではないと思わせることができるんじゃないでしょうか？」

瀬良は、しばらく考え込んでいた。

「それは難しいんじゃないか。あちらさんとすれば、なぜユージュマシュに接近していた工作員に囮捜査が行なわれたのかを考えれば、工作の露見を疑うはずだ」

芦沢は、瀬良の疑念に肯くと、言葉を継いだ。

「私たちがどんな偽装工作を行なうとしても、彼らに何の疑念も持たせずに騙すことは難しいと思うんです。それなら、逆にロシアの工作員をあぶり出すための広範な囮捜査に、たまたまユージュマシュに接近していた工作員がかかったと思わせればいいんじゃないでしょうか」

「それはそうかもしれないが、広範な工作とやらは大変だろう。しかも、それに日本が関与することにリアリティを持たせる必要がある。そんな工作があるか？」

「これは、瀬良さんと一緒に仕事をしていたから思いついた案なのですが……」

芦沢は、言葉を切ってコーヒーで喉を潤した。

「自衛隊の中古装備をウクライナに供与するというのはどうでしょう。フィリピンに航空機を供与する話がありますよね。それと同じようなプランです」

「TC90の話は供与じゃなく貸与になったよ。ただ、法が改正されれば、供与ができるようになる。しかし、日本政府はウクライナ東部での衝突にも軍事的な支援はしていない。武器の供与を行なうなんて、現実味が乏しいだろう」

瀬良の反論は、無論芦沢も考えたものだった。

「艦艇なら、東部での衝突に影響を与えません。それに、ウクライナ海軍は、どんなに強化されたところでアゾフ海に大型艦艇を入れられないでしょう」

「それはそうだが……」

ウクライナ東部地域は、アゾフ海に面している。しかし、アゾフ海はロシアに奪われたクリミア半島で囲まれているため、ウクライナ海軍は大々的な活動ができない。小型の警備艇が、日本の海上保安庁と同様の活動を行なっているだけだ。

「それに、ウクライナ海軍は、クリミア危機の際、セバストポリの港湾とともに、主要艦艇のほとんどをロシアに奪われています。ウクライナにとって海軍の再建は重要課題ですが、東部での紛争もあり、艦艇整備に金をかけられません」

自身で勉強もしていたが、こうした情報は、マリャール大佐から蕩々《とうとう》と説明された内容だった。海軍の再建は必要であっても、東部での紛争に影響を与えるのは陸上と空の戦力だけなのだ。

「供与の話が、具体的に進んでいる必要はないと思うんです。ウクライナ政府から依頼され、検討を進めているという段階でかまわないはずです。フィリピンへの航空機貸与の話が現実にある以上、ウクライナ政府から依頼があれば、最終的には断わる可能性が高くても、予備調査は必要でしょう」

「それは……そうだな……」

瀬良は、思案《しあん》顔になっていた。

「しかし、それでは偽装工作にはなっても、芦沢君の言うようにロシア工作員を逮捕するところまではいかない。偽装工作としては、それで十分かもしれないが」

「どうしてですか？」

芦沢には、瀬良の言いたいことが理解できなかった。自分としては、なかなかいいアイデアだと思っただけに、食い下がりたかった。

「ウクライナ海軍は貧弱です。中古とはいえ、日本の護衛艦が供与されれば、ウクライナ海軍の戦力は飛躍的に上昇しますよね。マリャール大佐は、海自艦艇を褒《ほ》めちぎってましたよ」

「それはそうだ。しかし、軍事では相手のことを考えなければならない。相対的に見てどうなのかが重要なんだ」

芦沢にも、瀬良の言いたいことがぼんやりとだが理解できた。

「ロシア黒海艦隊との戦力差ですか……」

「そう。ウクライナ海軍の戦力は、フリゲート一隻《せき》、コルベット一隻の他は巡視船などの小艦艇がほとんどだ。対するロシア黒海艦隊は、ミサイル巡洋艦を筆頭に、駆逐艦や多数のフリゲート、コルベット、それに潜水艦まで持っている。中古護衛艦を供与したところで戦力差は歴然、言わば焼け石に水だ。危険を冒《おか》して情報収集をしなければならないような話ではない……」

瀬良は、雄弁に語っていたが、なぜか最後だけは小声だった。見ると思案顔になっていた。

「どうかしました？」

「あるかもしれない。ロシアの工作員が、危険を冒してでも情報収集しなければならない船が」

芦沢は続く言葉を待っていた。瀬良の黙考は、右手にサンドイッチを持ったまま、一分近くにも及んだ。

「『あさしお』なら、ロシアの工作員が飛びつくはずだ」

「『あさしお』……潜水艦ですか？」

「そう。はるしお型潜水艦の最終七番艦だ。はるしお型は、『あさしお』を除く六艦すべてがすでに退役済みだ。『あさしお』だけが現役だが、今年度末に退役予定になっている。検討する時期としてもちょうどいい」

「なるほど。でも『あさしお』だと工作員が飛びついてくるというのはなぜですか？」

芦沢は、素直な疑問を口にした。

「戦車は、陸戦最強の兵器だけど、地雷原は通過できない。それと同じだ」

瀬良は、比喩《ひゆ》のつもりで言ったようだったが、芦沢にはちんぷんかんぷんだった。瀬良は苦笑いを浮かべて、説明してくれた。

「潜水艦の特徴は、水中に潜っているため、どこにいるかわからないことだ。それに加えて、魚雷という強力な武器を持っている。空母のような超大型艦でも、魚雷が命中すれば、一発で撃沈される可能性がある。そんな武器を持った艦がどこにいるかわからない場合、相手はうかつに行動できなくなる。強力な艦でも、対潜艦艇が周囲を警戒し、潜水艦が接近できないように対潜網を敷かないと港を出ることさえできなくなる。フォークランド紛争の際、イギリス海軍の原子力潜水艦に巡洋艦ヘネラル・ベルグラノを撃沈されると、それ以降、アルゼンチン海軍艦艇は、原子力潜水艦が行動しにくい沿岸から離れられなくなった」

「なるほど。黒海艦隊には対潜艦艇がないんですか？」

「そんなことはない」

瀬良は、興奮ぎみだった。

「黒海艦隊の主力艦艇であるカシン級駆逐艦、クリヴァク級フリゲートは対潜能力を持っているし、グリシャ級コルベットは対潜に特化したコルベットだ。黒海艦隊の編制を見ても、主力部隊が対潜艦旅団や対潜艦大隊として編成されているように、潜水艦に対して非常に警戒している」

瀬良は、言葉を切るとコーヒーを口にした。

「それは、黒海が潜水艦にとって非常に有利な海だからだ」

「内海だからですか？」

「そう。それだけじゃなく、非常に特殊な海なんだ。黒海は、地中海と繋がっているものの、イスタンブールのあるボスポラス海峡とダーダネルス海峡という非常に狭《せま》い海峡で繋がっているだけだ。海水の交換は乏しい。その上、ドニエプル川、ドニエストル川、ドナウ川という大河が注いでいる。そのため、塩分が薄く比重の軽い水が表層二〇〇メートルほどを覆っている。それより下は、地中海から流入した塩分濃度が高く比重の重い水になっている。この表層水と深層水は、比重の違いから混ざることなく明確な層をなしているんだ。これが潜水艦にとって有利に働く」

「どうしてでしょう？」

専門的な話になってきたため、芦沢の脳は悲鳴を上げかけていた。

「通常の海でも、海水温や塩分濃度によって、変温層あるいは水温躍層《すいおんやくそう》と呼ばれる層が出来ることがある。これがあると、潜水艦を探知する鍵となる音波の伝搬《でんぱ》経路が湾曲《わんきょく》し、この層よりも深い場所にいる潜水艦を海上の艦艇では捉《とら》えられなくなる。黒海では、この層が強固な上に、常に存在しているため、潜水艦が身を潜《ひそ》めることが容易なんだ」

「なるほど。黒海艦隊の対潜部隊でも、『あさしお』を探知することが難しいってことなんですね」

「『あさしお』が、この層以下に潜ってしまえば、難しいというレベルではなく、事実上探知は不可能だろうな」

「それほどですか？」

「『ザポリージャ』という潜水艦は知っているかな？」

「クリミア危機の時に、ロシアに接収されてしまった潜水艦ですよね」

「確か、建造は一九七〇年、もう四〇年以上も前の艦だ。写真を見たことは？」

「あります。太平洋戦争で使われていた潜水艦みたいでした」

「そう。ソ連が二次大戦後に初めて建造した潜水艦であるズールー級と呼ばれた潜水艦の改良型、フォックストロット級潜水艦の一隻が、『ザポリージャ』だ。設計自体が恐ろしく古い上に、ポンコツもいいところの老朽艦。それにも拘《かか》わらず、ウクライナはこの虎《とら》の子《こ》潜水艦をクリミア危機まで維持していた。対潜部隊の訓練用としてという意味合いが強いものの、黒海であれば、これほどの艦でも役に立つからだ」

　瀬良は、パソコンの画面に潜水艦のシルエットが載った資料を映した。

「これは、海自の艦艇を紹介する時に使っている資料だ。上から順に『くろしお』、『おやしお』、『はやしお』、『なつしお』、『おおしお』、初代『あさしお』。これらは古い潜水艦で、『ザポリージャ』と同様に水中性能よりも、浮上航行を重視した設計になっている。『ザポリージャ』は、サイズこそ大きいが、設計年からして、戦後初の国産潜水艦であった『おやしお』と同等程度の技術レベルだ」

自衛隊の潜水艦と比べれば、『ザポリージャ』が、恐ろしいほどの低性能だったことが芦沢にも理解できた。

「初代『あさしお』よりも下は、水中性能を重視した型で、『うずしお』、『ゆうしお』、そして『はるしお』に続く。これ以降は、海自でも現役艦となるおやしお型、そうりゅう型になる」

「先ほど供与について話していた『あさしお』は、初代『あさしお』の艦名を継いだ二代目で、はるしお型の最終艦にあたる。はるしお型は、『あさしお』の退役をもって全艦退役することになるが、設計レベルでは、ロシアの通常動力型潜水艦の現役主力艦である改キロ級と同等だ。黒海艦隊でも、改キロ級と、より古いキロ級が使用されている」

「日本では用済みとはいえ、ロシア艦と同レベルで、ウクライナにとっては非常に価値のある艦だということですか」

「価値があるという点はそのとおりだが、ロシア艦とは同レベルじゃない。それ以上だ」

これまでの説明を聞けば、同レベルと聞こえた。芦沢には、それ以上だという理由がわからなかった。

「『あさしお』は、改造されているんだ。『あさしお』は、改造により最新のそうりゅう型に採用されているスターリングエンジンを搭載した他、自動化装置とシュノーケルの遠隔制御装置を搭載し、最新装備のテストベッドとして使われてきた。一部の性能に関しては、後継のおやしお型よりも上だということだ」

「なるほど。しかし、それほどの艦だとなると、日本からの供与話として、リアリティが問題になりませんか。潜水艦は機密の度合いが高いのでしょう?」

「その点は、確かに懸念材料だ。しかし、だからこそ、ユージュマシュを絡ませることもできると思う」

もう芦沢には限界だった。

「はるしお型の前級にあたるゆうしお型は、そのうちの一隻が、陸揚《あ》げされて呉《くれ》で史料館の展示物として常時一般公開されている。中に入ることもできる。外国人だろうがスパイだろうが、自由に見ることができる状態なんだ。はるしお型も『あさしお』が除籍されてしまえば、全艦除籍されたことになるから、それほど機密を考える必要がなくなる。しかし、テストベッドとして取り付けた装備やアメリカと共通のセンサー類は外す必要があるだろう。特に、スターリングエンジンは、そうりゅう型にも搭載される最新装備だ。『あさしお』を供与するとしても、スターリングエンジンは外さざるを得ない。こうした装備の代わりは、ウクライナが独自で取り付けることになる。スターリングエンジンの代わりには、追加のバッテリーか何かを搭載する改造が必要だろうな。もし、実際に供与するとなれば、こうした改造は、ウクライナの造船メーカーがメインに担当することになるだろう。ウクライナの造船メーカーは、旧ソ連でも多数の軍艦を建造してきた実績がある。確か、潜水艦は造っていなかったはずだが、潜在的な技術力は十分だ。これは、十分にリアリティのある話になる。そして、ユージュマシュもトロリーバスや風力発電用の発電機なんかを作っている。そうした造船メーカーの下請《したう》け仕事をする企業として十分な能力がある」

「なるほど」

瀬良の案は、納得のできるものだった。

「ウクライナ政府とすれば、ユージュマシュに仕事を与えるという意味からも、供与話があるのなら、ユージュマシュを噛ませたいと思うかもしれません。それに、ユージュマシュは、ミサイルやロケットを作ってきた企業ですから、ウクライナ政府として、そうした秘匿を必要とする仕事をさせるにはうってつけのはず」

「どうだい。よさそうじゃないか？」

芦沢にも、これなら偽装工作として十分なだけでなく、ロシアの工作員が飛びついてきそうだと思えた。興奮で心臓が高鳴っていることがわかる。

「整理して、確認してみましょう！」

二人は、夜までこのプランの検証を続け、翌日の日曜日は、隅大使や外務省に報告するための文書作成に費《つい》やした。

この偽装工作が成功すれば、たとえ工作員を逮捕することができなくても、二人がユージュマシュに接触していた理由は、欺瞞《ぎまん》することができる。もしうまく逮捕することができれば、ウクライナ情報総局によるエージェント獲得と併《あわ》せ、ロシアの工作について、全容を摑むことが容易になるだろう。

それだけでなく、工作員を逮捕した結果、ユージュマシュの技術を北朝鮮に供与する工作の物的証拠を得ることができたならば、たとえエージェントが北朝鮮に行ったままだったとしても、ロシアの工作を公表して、国際世論をさらなるロシア非難に向けさせることができるかもしれなかった。

二〇一六・六・十五（水曜日）

慌ただしい週末が明け、もう水曜になっていた。工作を受けているユージュマシュ社員のエージェント化とウクライナに対する情報収集支援というマリャール大佐からの要望は、先週金曜の夜に報告を送ってある。それに対する外務、防衛両省からの回答は、まだ来ていなかった。

しかし、ロシアによる北朝鮮弾道ミサイル開発支援という情報に対して、防衛省だけでなく、外務省も高い興味を持って、対応するという方針が打ち出されていた。

結果として、芦沢が防衛駐在官室に持ち込んでいた小ぶりな机は、一般的な事務机にグレードアップされていた。隅大使から、他の業務の担当を外れ、瀬良とともに、この件に集中するよう指示が出されたからだ。

「米軍が我々の情報に注目しているらしい」

「本当ですか？」

「ああ、先日来た部品の外形情報を探れという指示も、どうも出元は米軍らしい。過去に撮影した衛星画像と照らし合わせるつもりなんだろう。米軍は、世界中を衛星で監視しているからな。特に、ウクライナ東部は重点監視されているはずだ」

「米軍の要請があったにせよ、防衛省が注目しているってことは、やはりイランではなく、北朝鮮へ流出した可能性が高いということですよね？」

「そうだろう。ボストチヌイ・ロケット&スペース社の所在地が、スヴォボードヌイだというのも、他の情報と補完関係にあるだろうな」

情報は、その漏洩を防止するため、接触する人員を限定することが通常だ。ウクライナで情報収集にあたる二人にも、ウクライナでの収集に必要と思われる情報しか通知されない。すべてを知る人間は、中央にいるごく一部だけなのだ。それでも、中央の動きから、全体を推測することはできる。

「それであれば、マリャール大佐からの要望に応え、ウクライナともっと積極的に取引することはできないんでしょうか？」

「具体的に、何ができる？」

むしろ、瀬良に考えてほしい問いだった。ウクライナの情報収集手段は乏しい。二〇一四年に発生したマレーシア航空一七便撃墜事件においても、ウクライナ政府が自前で準備できた情報は、レーダー航跡と地上からの写真程度だ。衛星画像などは、もっぱらアメリカが公開したものを使って、親ロシア派を非難していた。

ウクライナが頼みにするアメリカも、大統領選挙中であることや、オバマ大統領がロシアの反発を警戒していることなどから、消極的だった。

「情報収集衛星の使用ならできるんじゃないでしょうか。もちろん、先日の話を聞いて、そんなに簡単ではないということはわかりました。でも、ウクライナは情報には飢《う》えています。質、量が十分でなかったとしても、価値を認めてくれるかもしれません。たとえば、ウクライナ東部からロシアにかけてのエリアの画像を、定期的に一枚撮るだけでもいいんじゃないでしょうか。撮影をウクライナ上空で行ない、日本の上空に行った時に地上に送信すればいいんですから、物理的には、できるわけですよね」

「情報収集衛星は、世界中の撮影が可能だ。フィリピンの台風被害を撮影してフィリピン政府に提供したこともある。しかし、北朝鮮だけでなく、東シナ海、南シナ海での中国の活動を監視しなければならない。衛星はフル稼働状態らしい」

瀬良は、そう言って否定した。しかし、何やら考え込んでいるようだった。

「どうしました？」

「データ中継衛星を打ち上げるくらいだ。衛星自体の能力には余裕がある。いろいろと問題はあるだろうが、国外に受信設備があるなら、衛星の能力をもっと有効活用することは可能なはずだ」

「それはつまり……ウクライナに、地上設備を設《もう》けるってことですか？」

芦沢にも、瀬良の言いたいことは理解できた。日本周辺でしか送受信ができないことが、量的なボトルネックになっているなら、他の地域で送受信を行なえば、衛星の数は変わらなくとも、より多くの情報を収集することができる。

「そう。防衛秘密の問題や、何よりウクライナ政府に対して、衛星情報を提供するという政治的な問題のほうが大きいかもしれない。地上設備は、急には作れないはずだが、確か能力を向上させた地上局設備を作って、試験を行なう話があったはずだ。ウクライナまで持ってくることで費用はかかるが、日本上空でのデータ通信輻輳《ふくそう》を避けるためにも、こちらで試験をしたほうがいいくらいなはずだ」


（防衛省は二〇一六年から第七期地上システムの構築として能力を向上させた地上システムを製作し、二〇一八年より実地試験が行なわれている）


「わかりました。そのプランについても、報告してみます」

芦沢は、はやる気持ちを抑えられなかった。パソコンの画面を睨み、キーボードを打つ。自分が、北方領土交渉に影響を与えるかもしれない事案に立ち会えていることが嬉しかった。

「ところで、例の偽装工作については、どうなった？」

『あさしお』を供与するという偽装工作については、報告をまとめ、月曜の朝一で隅大使に報告した。対策の検討を指示したのは隅自身だったものの、大それたプランだったためか、それを読んだ隅はしばらく考え込んでしまった。そして、何か考えがあるのか、外務省への報告は一任してくれと言われてしまったのだった。

「どうやら、隅大使は、事務次官の交代を待っていたようです」

「事務次官の交代？」

「ええ。昨日付で、佐伯彬孝さんが退任し、新たに政務担当の外務審議官をされていた檜山進介《ひのきやましんすけ》さんが外務事務次官となりました。交代前の忙しい状況ということもあるとは思いますが、どうやら、隅大使は、佐伯さんではNGを出すだろうが、檜山さんならOKを出す可能性があると考えていたみたいです」

「なるほど。檜山さんとやらは、頭が柔らかい人なのか？」

「頭が柔らかいといいますか、いろいろと変わった方のようです」

檜山事務次官は、下品な宴会芸をしたり、派手な指輪にきつい香水を付けたりと、外務官僚としては異色の人物だった。戦後初の私立大出身事務次官でもある。芦沢は、外務省内で伝説となっている逸話《いつわ》を瀬良に聞かせた。

「それに、檜山次官は、隅大使の同期入省なんです。個人的に話しやすいというのもあるようです。今日話してみると言っていました」

「なるほどな。やらせてもらえるといいんだが」

芦沢は、是《ぜ》が非《ひ》にでも、この偽装工作兼ウクライナ当局と組んだ囮捜査を実施したかった。これがうまくゆけば、北方領土交渉にも大きな影響を与えられるはずだ。芦沢は、オーロラタワーから見た北方領土、そして、一家心中で亡くなった睦美の顔を思い出していた。

二〇一六・六・二十二（水曜日）

芦沢も瀬良も、情報機関員ではなく外交官だ。隅大使から、ユージュマシュの件に集中するように言われても、通常業務がなくなるわけではない。特に、瀬良は一人しかいない防衛駐在官として、関係する行事には欠くことができなかった。

瀬良は、ホールの中央に立って、招待客と歓談していた。一カ月前に駐在武官と国防関係者の集まりがあったばかりだが、今日は自衛隊記念日のレセプションが行なわれている。

自衛隊記念日は、本来「自衛隊法」が施行された一九五四年七月一日を記念して、七月一日に行なうべきものだ。しかし、大使館ではその他にも多くの行事がある上、駐在国の行事との関連も考える必要がある。そのため、自衛隊記念日レセプションは、各国の事情に応じ、七月一日前後の日程で実施されていた。

若い外交官は、自衛隊記念行事を大使館が実施することに一様に驚く。芦沢もその一人だった。しかし、諸外国では軍の創立記念日や戦勝記念日を祝うことは当たり前だ。外交官としてそれらに招待されれば出席しなければならないし、お返しとして自衛隊記念レセプションを行ない、関係者を招待しなければならない。

当然ながら、この日の瀬良は、隅大使以上にホストとして行動しなければならない。招待したマリャール大佐と話すのは、芦沢の役目だった。レセプションの進行具合を見計らって、芦沢はマリャール大佐に目配《めくば》せした。会場としている大使公邸には、ホールの他にも、会議室や極秘の会談に使える応接室が複数あった。そのうちの一つに彼女を案内する。芦沢は、隣接の給湯室からコーヒーを運んだ。カップに添《そ》えた抹茶《まっちゃ》味のキットカットを見て、彼女の瞳が輝いていた。ウクライナでは、おもてなしにお菓子は重要だ。チョコは、誰にも喜ばれるが、日本から持ってきた抹茶味のキットカットは、コストパフォーマンスが高く、誰にも喜ばれた。ひとしきりチョコについて歓談すると、本題に入った。

「エージェント共同運営の件、有益な提案をいただき感謝しています。リクルートの状況はどうですか?」

「こちらこそ、提案に賛同をいただき、ありがとうございます。日本と協力できることを大変嬉しく思っています」

二日前の月曜に、事務次官から大使に返答がきた。それを受けて、芦沢は、即座にウクライナ側にエージェントの共同運営提案を呑むと回答していた。

「一次接触は完了していますが、本格的な提案はまだです。現在は、詳細を告げずに、動向を観察している状況です。彼がロシア側のスパイになる可能性も考えられますから」

芦沢は、肯いて了解の意を示した。リクルートについては、ウクライナ側に任せるしかなかった。

「別件ですが、先日の話を受けて、こちらの提案を検討しました」

芦沢は、情報収集衛星の地上局をウクライナ領内に設置し、それを活用してウクライナに衛星情報を提供するプランを説明した。マリャール大佐は、キットカットを口にした時以上に、目を輝かせた。

「形式としては、新型地上局設備を使い、あくまで試験を行なうということにします。もちろん極秘として進めますが、地上局設備を製作する民間企業も携わらせなければならないため、外部にこの件が漏れないとも限りません。その際は、日本周辺での試験機材設置の場合、通常の衛星オペレーションに負担をかけてしまうことを理由にする予定です」

「わかりました。設置場所の希望、制限はありますか?」

「機密が保てる場所であれば、どこでもかまいません。重量は三トン、それに電力と専用のデータ回線が引ける必要があります」

「わかりました。ロシア人が少ない西部で、日本企業が進出している都市周辺で候補を探しましょう」

「なるほど。それなら日本人が目立たずにすみますね。ちょうどリヴィウにフジムラというフレキシブル基板を製造する企業が工場を建設したところです。先々月の開所式には隅大使も出席しました。リヴィウがいいかもしれません」

リヴィウは、ポーランドとの国境まで五〇キロほどしかないウクライナ西端にある都市だ。ウクライナ西部はロシア人の比率が低く、歴史的経緯からロシアを敵視している人が多い。SVRやGRUが嗅ぎつけたとしても、調査はやりにくいはずだった。マリャール大佐も肯いていた。

「日本側からの条件としては、オペレーションはあくまで日本側で行ない、そちらの情報要求に基《もと》づいて衛星情報を収集し、提供することとします。提供する衛星情報の詳細、具体的には、解像度や撮影範囲、頻度、それに期間などは今後の協議で決めたいと考えています」

「了解しました。日本の衛星を使うのですから、それは当然のこととして理解しています」

「この話がまとまれば、日本としても、通常の衛星オペレーションに負担をかけずに試験が行なえることになります。お互いにメリットのある協力なので、うまくまとめられるよう、頑張ります」

「芦沢さんの尽力に感謝します。日本とウクライナはロシアの西と東にあります。両国の軍事面における協力は、有益なものとなるでしょう」

マリャール大佐は、この提案に非常に乗り気でいるように見えた。芦沢は、立ち上がって手を差し出し、マリャール大佐の柔らかな手を握る。そして、再度座るように促すと、姿勢を正し、まだ彼女に告げていない話題に踏み込んだ。

「今日は、もう一つお話ししたい事項があるのです」

笑顔が一瞬で真剣な表情に変わる。

「ユージュマシュへの工作が続いていたことで、エージェントを使って工作の内容を調べることができそうになってきたのは、喜ばしいことです。ですが、工作の継続は、我々の動きを相手に察知される可能性が存在することにもなると思います」

「そうですね」

芦沢は、マリャール大佐に隅大使の懸念を伝えた。

「ですが、こちらもエージェントを運用するという積極策を採る以上、ある程度のリスクは許容しなければならないと考えています」

彼女の反応は、予想外のものだった。

「しかし、相手は、SVRかGRUでしょう?」

「ええ。どちらかははっきりしていませんが、我々は、SVRである可能性が高いと見ています」

「そうであれば、もし彼らに察知されれば、エージェントの生命にも関わりますよ」

「そうでしょう。ですが、エージェントになるということは、つまりそういうことです」

我々とは価値観、あるいは覚悟が違うのかもしれなかった。東部では、いまだに散発的な衝突も発生しているのだ。

芦沢は、嘆息《たんそく》するように小さく息を吐いた。心を落ち着け、再考する。価値観の異なる相手に自分の価値観を押しつけようとしても無理がある。目的は、ステッセリという名のエージェントの生命ではなく、ウクライナと日本という国家の利益であるとして説得の方向を切り替えることにした。

「わかりました。ですが、隅大使の懸念に対して、我々というより私と瀬良一佐が考えた策は、貴国と我が国にとっても益をもたらすと考えています」

「どのような案ですか？」

マリャール大佐の表情には、まだ懸念の色が残っていたが、それでも話は聞いてくれるようだった。芦沢は、退役予定の潜水艦『あさしお』を供与するという偽情報を流し、相手の工作員を逮捕するプランを説明した。

日本側の主目的はユージュマシュに接近した意図を欺瞞することだった。しかし、芦沢自身には、工作員の逮捕によってロシアに対する国際圧力を強化させたいという希望がある。芦沢は、自分の心のままに話した。

「残念な話ですね」

「え？」

第一声は、意外なものだった。しかし、話を聞いていた時の真剣な表情を崩し、マリャール大佐は、破顔して続けた。

「工作のための偽情報であることが残念です」

「なるほど。そういう意味でしたか」

芦沢は、飛び跳《は》ねた心臓を押さえるように、胸をなでおろした。

「瀬良一佐は言っていました。潜水艦の供与なら、ロシアの工作員が飛びつくはずだ、危険を冒してでも情報収集するはずだと。貴国としてみれば、非常に魅力的な話でしょうね」

「ええ。ウクライナ海軍としては、夢のような話です。だから、実際に夢物語であることが残念でなりません」

芦沢は、苦笑するしかなかった。日本政府は、ウクライナに各種の支援を行なっているものの、軍事面では小銃一つ供与していない。情報を渡すことでさえ躊躇《ためら》っているのが事実なのだ。

「確かに、この情報を嗅ぎつけたならば、ロシアの情報機関は無視できないでしょう。ユージュマシュ社員に接触している工作員に情報を流せば、細部を知りたがるに違いありません。しかし、私が夢物語だと言ったように、貴国による潜水艦供与は、リアリティに欠けると疑われないでしょうか?」

「大丈夫なはずです」

この懸念については、瀬良とも打ち合わせてある。

「日本側が積極的な意思を持っている段階ではないという設定でよいと思うのです。『ザポリージャ』を失った貴国は代艦が欲しい。日本に何らかの支援を求めた結果、退役予定の艦の供与が検討されているという設定ならば無理はない。最終的には断わるのだとしても、貴国からの求めがあれば、我々が検討するのは不自然ではありません」

「なるほど、そうですね」

マリャール大佐は、まだ思案顔をしていた。

「それに」

芦沢は、もう一つ付け加えることがあることを示すため、人差し指を差し上げてみせた。

「ウクライナ政府と日本政府の間に潜水艦供与話があれば、ウクライナ海軍大佐と日本の外交官が接触するのは当然のことです」

「なるほど」

マリャール大佐は、やっと感心した顔を見せてくれた。

「芦沢さんたちがユージュマシュに接触した過去を偽装するだけでなく、現在の我々の接触も偽装してくれるというわけですね」

芦沢は、肯くと彼女の返答を待った。

「わかりました。さすがに即答はできないので、持ち帰らせてください」

「もちろんです。よろしくお願いします」

今後の調整も芦沢と瀬良の仕事になるだろう。忙しい日々が予想されたものの、芦沢の心は躍《おど》っていた。

「呼ばれるということは、やはり例の供与案にウクライナ側も乗るつもりでしょうか?」

「その可能性は高いと思う」

日本大使館からウクライナ国防省までは、車で十五分ほどだ。車内の会話は、これだけだった。芦沢だけでなく、瀬良も緊張しているようだ。キエフ・パスとも呼ばれるターミナル駅前を通り、左に折れるとすぐに国防省の建物が見えてきた。ウクライナには、日本の霞《かすみ》ケ《が》関《せき》にあたるような官庁街はなく、各省庁の建物は、キエフ市内に点在している。

正門を通り、駐車場に車を駐めると、すぐに海軍の制服を着た二十代半《なか》ばと見える女性が現われた。快活な印象を与える女性だ。彼女が案内してくれるという。

「何だか、今までと様子が違いますね」

芦沢が囁《ささや》くと、瀬良は無言で肯いた。

芦沢と瀬良が、情報総局を訪れるのは二回目だった。会議室に通されると、マリヤール大佐に続き、四十絡《がら》みの冴《さ》えない風体《ふうてい》の男も部屋に入ってきた。目を赤くしている彼も海軍軍人だった。部屋に案内してくれた女性がコーヒーを持ってきた。ソーサーには、チョコレートも載っている。コーヒーを配り終えると、驚いたことに、彼女も席に着いた。

「こちらは、ヴィクトル・アザロフ中佐、そしてそちらは」

「エカテリーナ・ツィランキェヴィチ中尉です。カチューシャと呼んでください」

ずいぶんとくだけた感じがした。

瀬良と芦沢も自己紹介すると、マリャール大佐が口を開く。

「先日提案していただいた潜水艦供与を偽装する件、昨日、ポルトラク国防相に報告しました。国防相は、この作戦を強力に推進するべきだとの考えです。逮捕まで繋げるためには保安庁とも協力する必要がありますが、国防相が即座に保安庁長官に連絡して話をしております。保安庁サイドも、非常に乗り気です。我が国にとって、ロシアに対する国際的圧力を強めることのできる施策《せさく》は、最優先事項なのです」

「それは朗報です。隅大使も喜びます」

瀬良が応えると、マリャール大佐もいくぶん硬かった表情を崩した。

「実際に、この作戦を進めるためには、伺った話をもっと具体化させる必要があるでしょう。本日お呼びしたのは、そのためにこの二人を紹介したかったからです。アザロフ中佐は、艦艇が専門の技術士官です。『あさしお』をどのように改修する必要があるのか、ユージュマシュを含むウクライナ企業をどう関与させるのかなどの検討を担当します」

紹介を受け、アザロフ中佐が口を開いた。冴えない外見に反し、落ち着いた感じのする低い声だった。

「スターリングエンジンは取り外さざるを得ないとのことでしたので、その代わりに何を搭載するかが重要だと考えています」

芦沢は、その言葉に驚いた。

「この件は、偽装のための虚構です。その点は誤解しないでください」

アザロフ中佐は、まるで本当に供与が受けられると考えているように思えた。

「わかっています。ですが、このような検討は、技術者冥利《みょうり》に尽《つ》きるというものです。どうしてものめり込んでしまって……」

そう言うと、アザロフ中佐は頭を掻《か》いた。

「それに、真剣に検討したものでなければ、ＳＶＲの工作員も騙せないでしょう」

確かにそのとおりだった。

「我が国には、スターリングエンジンを運用した経験はありません。偽装のためであることもあり、日本も技術を導入したスウェーデンのコックムス社と協力することもできません。当然、ユージュマシュやその他の企業に一から作らせることは非現実的です。一方で、スターリングエンジンが補助エンジンであったことを考えると、追加のバッテリー搭載は改造箇所の増大をもたらしますし、運用における効果も限定的です」

すぐに通訳して聞かせると瀬良も肯いた。芦沢には理解できなかったが、アザロフ中佐の言葉は妥当なものだったようだ。

「そのため、スターリングエンジンに比べると、出力がかなり落ちると思いますが、我が国が独自で製造可能なＡＩＰ（非大気依存推進）機関の代用品を搭載するアイデアを使いたいと思います」

アザロフ中佐は、いかにも尋ねてほしいといった様子だった。

「どのような機関ですか？」

「原子力電池です」

「原子力電池……原子炉とは違うのですか？」

芦沢が初めて聞く言葉だった。瀬良も知らないようだ。

「原子炉ではありません。原子炉を載せられたら何よりですが、それでは通常動力潜水艦ではなく、原子力潜水艦になってしまいます」

アザロフ中佐は、一枚の紙を机の上に置いた。人工衛星の図面だった。

「これは、ソ連時代に打ち上げられたレーダー海洋偵察衛星、コスモス９５４の概略図面です。コスモス９５４は、一九七八年に地球に落下し、核物質がカナダに降り注いだため、日本でも話題になったのではないかと思います」

そう言われれば、聞いたことがあったような気がした。

「当時、コスモス衛星はウクライナ企業が製造していたわけではないのですが、部品の一部は製造に関与していたため、こうした図面が残っていますし、原子力電池についても知見があります。西側の衛星でも、太陽系外探査を行なっているボイジャーなどは、原子力電池を搭載しています」

ここのところ、なじみの薄い技術的な話は瀬良から聞かされることが多かったが、このアザロフ中佐の話は、それに輪をかけたものだった。芦沢は、必死で頭を回転させた。

「この原子力電池は、崩壊熱と呼ばれる核物質が自然に発する熱を電気に変換して利用するものです。そのため、出力は低いのですが、長期にわたってメンテナンスなしに電力を供給することができます。先日お話ししたとおり、原子力電池ではスターリングエンジンほどの電力供給はできないはずです。それでも、潜航時間を延ばすためには十分に有効だと思われます」

原理や構造を聞いても、芦沢の理解は追いつかなかった。

「原子力電池を搭載した潜水艦というのは、存在するのですか？」

「ないと思います。今お話ししたように、発電量が少なすぎます。発電量と搭載スペースの効率が悪く、原子力電池を搭載する通常動力型潜水艦を造るくらいならば、原子力電池の搭載を諦めて艦を小型化したほうが効率がよいのです。ですが、『あさしお』の場合、最初から空きスペースがあることになります。また、原子力電池は、冷却することで効率が高くなりますが、『あさしお』はスターリングエンジンの冷却用に海水の導入をしているはずです。その配管設備が有効に使えます。そのため、製造が容易な原子力電池の搭載は妥当です」

原子力電池を搭載することの妥当性は、なんとなく理解できた。しかし、問題になりそうなことはまだ残っていた。

「先ほど、製造が容易だと仰《おっしゃ》っていましたが、本当に簡単に作れるものなのでしょうか。それに、費用も気になります。核物質を搭載するとなれば、相当な費用がかかると思うのですが……」

「原子力電池が衛星用に実用化されたのは、一九六〇年代です。核物質は、単に熱源として存在しているだけなので、核物質を所用の比率まで濃縮できれば、後は熱電対《ねつでんつい》を用いて、ゼーベック効果によって崩壊熱を電気に変換するだけです。我が国でも、この程度のものは簡単に作れます。経済性の点でも、問題はありません。むしろ、核廃棄物であるストロンチウム九〇を消費できることを考えれば、核物質はエネルゴアトム社に無償で作らせてもよいくらいです」

技術的なことは、相変わらずよくわからなかった。経済性については、芦沢にも理解できたが、逆に瀬良が怪訝な顔をしていた。通訳するだけでなく、背景を説明してやった。

「発電量に占める原発依存率では、ウクライナはフランスに次ぐ世界第二位です。四十五パーセントほどが原発による発電なんです。火力発電用の燃料をロシアからの輸入に頼らざるを得ないため、原子力依存度が高くなっています。原子力発電を行なう国営企業のエネルゴアトム社にしても、廃棄物を引き取ってくれるなら、本当に無償で作るかもしれません」

瀬良の肯きを確認すると、芦沢は、別のことを質問した。

「ユージュマシュは、どう関与させる想定ですか。確か、原子力関連機器は製造していないと思いますが」

「補助動力装置であるスターリングエンジンは、バッテリーの充電を行なっているはずですが、これを原子力電池に置き換えると、出力が大きく下回るため、バッテリーと繋ぐためのパワーコンディショナーは交換せざるを得ません。ユージュマシュは、風力発電用の風車やそのパワーコンディショナーなどを作っていますから、この部分を担当させることが可能だと考えています。それから、先ほども話したように原子力電池本体は、エネルゴアトム社に作らせることが妥当です。潜水艦への搭載ですから、当然全体の取りまとめは造船メーカーに担当させることが必要です。ウクライナには、ソ連時代から多くの軍艦を建造してきたニコラエフ造船所があります。潜水艦の建造経験はありませんが、内部の改造だけですから、技術力は十分です」

「なるほど」

アザロフ中佐の目が赤い理由がわかったような気がした。この検討は昨日から始めたはずだ。おそらく寝ていないのだろう。

「どう思いますか？」

芦沢には、妥当な想定に思えたが、技術的なことは瀬良でなければわからない。

「いいと思う」

彼は、しばらく黙考《もっこう》した後で、呟くように答えた。

「この線で、防衛省に報告しよう。より詳細な想定と偽装のための資料を作るには、『あさしお』のデータが必要だ。それを送ってもらった上で今後の作業を進めよう」

瀬良の言葉を通訳して伝えると、アザロフ中佐の目が輝いた。

「それでは、この方向で進めましょう。工作員に漏洩させる方法などは、こちらに任せていただいてよろしいですか？」

紅潮《こうちょう》した頬のマリャール大佐が言った。

「もちろんです。囮捜査ですから、我が国が前面に出ることはできません。そちらに全面的にお任せします」

「ありがとうございます。ただ、この偽装をSVR側に信じさせるためには、お二人にも動いてもらう必要があると思っています。日本国大使館と国防省の接触だけでなく、先ほどの話に出たエネルゴアトム社やニコラエフ造船所にも行っていただきたいのです」

「わかりました。瀬良一佐は多忙なため、キエフの外には主に私が行くことになると思います」

「了解しました。そうした動きに関する調整など、雑事全般はツィランキェヴィチ中尉が担当します」

「よろしくお願いします」

彼女は立ち上がると、手を差し出してきた。瀬良に続いて握手する。彼女の身長は、一六五センチくらいだったが、手は予想以上に小さく感じた。ゆるいウェーブのかかった栗《くり》色の髪と明るい笑顔が印象的だった。

「頻繁《ひんぱん》に連絡する必要が出てくると思います。電話は盗聴の危険性があるため電子メールを使いたいと思います。こちらが暗号化のためのソフトウェアと、私とアザロフ中佐のメールアドレスです。二十四時間、いつでも大丈夫です。今後はマリャール大佐との連絡にも、このソフトウェアを使ってください。それと作戦名ですが……」

彼女は、マリャール大佐を見やった。

「こちらの希望なのですが、作戦名、あるいはこの偽装供与案件自体の名前を〝ザポリージャ〟

でお願いできないでしょうか。これはポルトラク国防相の意向です」

作戦名にまで国防相が言及していることに驚いた。それだけ彼らがこの作戦、あるいはロシアに奪われた潜水艦名〝ザポリージャ〟に思い入れがあるということなのだろう。

「もちろん結構です。〝ザポリージャ〟であれば、そちらが強い意向を持っていることが、SVRの工作員にも伝わるでしょう」

忙しくなりそうだった。時刻は十四時近くになっている。東京はすでに夜だが、外務省と防衛省には、まだ多くの人が残っているだろう。急いで大使館にとって返し、また、彼らの週末を奪う必要がある。しかし、その前に確認しておくべきもう一つの事項があった。

「ところで、エージェントのリクルートの件は、どうなっているでしょうか。今日が回答期限のはずだったと思いますが」

「そちらは、ドニプロに行っているチームが対応しています。〝ザポリージャ〟の件もあり、慎重を期して本朝まで提案を待っていました。反応についてはまだこちらに情報が来ていません。先ほどお渡ししたソフトを利用し、メールでご連絡いたします。本日中にはお知らせしたいと思っていますが、遅くなるかもしれません」

「大丈夫です。〝ザポリージャ〟について、東京に報告する必要があります。おそらく今夜は帰れないでしょう」

第三章　証　拠　六・二十八〜七・二十五

二〇一六・六・二八（火曜日）

瀬良は、大使館内にいたが、別の用件があって同席はしていない。目の前には制服姿のマリヤール大佐だけがいた。〝ザポリージャ〟がスタートしたため、接触すること自体は、あえて隠そうとしていなかった。彼女は、国防省から車で大使館に乗り付けていた。ドライバーだったツィランキェヴィチ中尉にも声をかけたが、周辺監視をすると言って車の中に留まっている。

この日は、マリャール大佐の希望により、日本茶、それも玉露《ぎょくろ》を出していた。ウクライナ人にも緑茶は好評だ。日本製や、安価な中国製緑茶が出回っている。芦沢は、低めの湯温で玉露を淹れた。お茶は喜ばれるだろうと思っていた。その一方、不安だったのは羊羹《ようかん》だ。そもそも、豆を甘くするという発想は、ウクライナ人にはないらしい。そのため、羊羹もこしあんのものを用意した。羊羹は、和菓子としては保存が利きやすいため、大使館が用意するお菓子として便利なのだが、美味しいと感じるウクライナ人は希少だった。

「お茶と合いますね」

マリャール大佐の感想も、芦沢が予想したとおりだった。後で別のお菓子を出したほうがよさそうだ。帰りにツィランキェヴィチ中尉にも渡そうと思っていたが、やはりチョコレートのほうがよいかもしれない。

打ち合わせる事項は多かった。エージェントの共同運用、情報収集衛星の地上局設置とそれによる画像情報提供、それに〝ザポリージャ〟。三つもの共同作業案件が進行している。

「エージェントは、ロシアに向けて出国することが決まりました。まずはモスクワに飛び、そこからスヴォボードヌイに向かうとのことです」

エージェントのリクルートに成功したとの情報がもたらされたのは、二十四日の深夜だった。芦沢と瀬良が、〝ザポリージャ〟に関する詳報を東京に送った直後に、ツィランキェヴィチ中尉からのメールで知らされた。おかげで芦沢はその日の帰宅を断念した。

ウクライナ国防省情報総局は、慎重に慎重を重ね、回答期限である二十四日の朝になって、リクルートの提案を行なった。それまでも、事前にアメリカや先進EU諸国、日本だったら、子供の治療が可能だという情報が耳に入るように工作していたようだ。エゴール・ステッセリが迷っていたのは、ボストチヌイ・ロケット&スペースが約束する高い給与でも、治療費が足りるとは思えなかったためだという。彼が、そこまで悩んでいることを把握した上で、情報総局はリクルートを持ちかけた。彼は、一分と待たずに決断したらしい。子供思いの、よい父親なのだろう。奥さんがウクライナ人であることも大きかったに違いない。

「すぐにですか？」

「違うようです。モスクワで、スパイが潜り込んでいないか調べるのか、あるいは、スヴォボードヌイに向かうことなく、他の場所に向かわせるのかもしれません」

「なるほど。問題となる通信方法ですが、何か進展はありますか？」

エージェントのリクルートに成功したという連絡をもらった直後、通信が問題になりそうだとの追加情報を受け取っていた。ボストチヌイ・ロケット＆スペースは、入社時の条件として、スヴォボードヌイに向かう際には、スマートフォンなどの携行が制限されると言っているとのことだった。実際に向かう先が、スヴォボードヌイではない、さらにいえば北朝鮮になるのであれば、当然そういった通信機器は持って行かせてもらえないだろう。そのような制限を受け入れられない人間をスクリーニングする意味もあって、条件が課されている可能性もある。

「通信機器などは、モスクワの支社に置いておくことができると言われたそうです。以後は行く先がスヴォボードヌイであっても、通信機器の携行ができないことになります。手紙は転送するとのことですが、間違いなく中は確認されるでしょうし、何より、どの程度時間がかかるのか、さらに言えば、本当に届けられるのかも怪しい」

「了解しました。可能性としては、考慮していた事項です。こちらでも対策を考えます」

「よろしくお願いします。最悪、符丁《ふちょう》を用いた手紙での情報伝達になる可能性があります。家族に宛《あ》てた手紙を符丁を使って書かせる方法については、こちらで準備を進めます」

エージェントがどこに連れられて行ったのかだけでも、早い段階で確認したかった。それは、芦沢や瀬良だけでなく、マリャール大佐も同じ思いのようだ。

「エージェントの件では、こちらからもお知らせする事項があります。息子さんの治療は、ウクライナ東部復興支援の枠組み《スキーム》の中で実施することが決まりました。高度医療支援のモデルケースとして行ないます。これなら、私がおおっぴらに動けます」

「なるほど。芦沢さんが二人も三人も必要になりそうですね」

「大丈夫です。日本の公務員は三百六十五日、二十四時間勤務です」

マリャール大佐は、恐ろしいことを聞いたというように肩をすくめて見せた。冗談が、冗談として通じなかったのかもしれない。芦沢の話が終わったとみて、今度は彼女が口を開いた。

「〝ザポリージャ〟のほうは、共同作業で作った偽資料を基に、提示の準備を進めています。ステッセリとともに工作を受けていた技術者、ステパーン・ダーシュコフに対して、工場長であるルィセンコに協力させ、おそらく明日、提示することになりそうです。実は、ユージュマシュにパワーコンディショナー周りを担当させるという案は、このダーシュコフが電気設計の技術者であったことも関係しています。彼が退社せず、ロシアのエージェントとしてユージュマシュに残りそうだという情報があったのです」

「なるほど。〝ザポリージャ〟の改造を担当させるわけですね」

「そうです。彼は当然このことをロシアの工作員に告げるでしょう」

慌ただしく、作戦がスタートすることになる。細々《こまごま》とした打ち合わせを続けた後、芦沢は、大使館の入っているビルを出た。羊羹と抹茶味のキットカットを持ってゆく。ウクライナでは、女性に声をかける際に手ぶらは厳禁だ。

「カチューシャ。これ、お土産《みやげ》です。後で食べてください。こちらは羊羹という、昔からある日本のお菓子です。口に合わないかもしれませんが」

「まあ！　ありがとうございます。コーヒーより紅茶のほうが合いますか？」

彼女は、車外に飛び出してくると、目を輝かせた。

「そうですね。日本茶が一番ですが、コーヒーよりは紅茶のほうが合うでしょう」

二人を見送ると、芦沢は、周囲を見回した。まだダーシュコフに情報は提示されていないものの、ユージュマシュへの接触をロシアに知られている可能性がある。それに、まだ知られていないとしても、今の景色を記憶に焼き付けておく必要があった。これからの変化を見逃さないために。

二〇一六・七・一（金曜日）

「昨日とは違う車ですね」

芦沢は、大使館まで迎えに来てくれたツィランキェヴィチ中尉に声をかけると、ボストンバッグをトランクに放り込んだ。

「泊まりになるので、省の車が確保できませんでした。それに、あのポンコツではムイコラーイウまでたどり着けないかもしれません」

昨日は、彼女の案内で、瀬良とともにキエフ市内のエネルゴアトム社のオフィスを訪問した。その時に使った国防省の車は、確かにポンコツという表現がふさわしいパジェロだった。エネルゴアトム社に対しては、真実を話してはいないということだったので、核物質の管理状況を視察するという、本来とは全く別の用向きにした。

今日は、ウクライナ南部にあるムイコラーイウまで足を延ばし、ニコラエフ造船所を訪問する予定だ。偽装工作の一環なので、国防省の車のほうがよかったのだが、ツィランキェヴィチ中尉の制服だけでも十分だろう。

キエフからムイコラーイウまで、直線距離では四〇〇キロほど。車では五〇〇キロ弱の道程となる。ほとんどが高速道路なので、七時間も走れば到着する。天気もいい。路面の悪さを除けば、快適なドライブになるだろう。

「それはよかった。レンタカーなら、私でも運転できる」

「そうですね。市街から出たら替わってください」

彼女は、愛嬌《あいきょう》のある笑顔で言うと、運転席に滑り込んだ。芦沢が助手席に乗り込むと、年季の入ったＢＭＷが石畳を蹴《け》った。

「尾行の確認は、誰がやるんです?」

「昨日の段階で尾行が付いたことは確認したので、今日は、他の局員は動いていません。私が確認します。だから、芦沢さんが運転してくれると助かります」

「なるほど。それもあって、レンタカーにしましたね」

彼女は、鼻っ柱に皺を作って笑った。

「昨日に続き、今日も尾行が付くなら、餌《えさ》に食いつかせるのも簡単そうですね」

「それは、どうでしょうか。昨日の尾行は、金で雇《やと》われただけの一般人だったようです。尾行も杜撰《ずさん》でしたしね。今のところは、探りを入れている段階だと思われます」

「なるほど。そのためにも今回のニコラエフ造船所行きが必要ということですか」

「ええ。ですが、局内には、逆に早めの仕掛けをすべきという意見もあります」

「どうしてですか?」

車がハイウェイM5号線に入ると、周囲には緑が増えてきた。左側には、ゴロセフスキー国立公園があった。その南側にあるウクライナ建築民俗博物館には、芦沢も休日に足を運んだことがある。昔の建物と生活風景が再現されている博物館だ。

「ステッセリやダーシュコフに接触している工作員は、アントーン・カワシキンと名乗っている男一人なのです。彼は、キエフにあるロシアの貿易会社に勤めていることになっていますが、ホテルに宿をとってドニプロに長期滞在しています。彼を逮捕したところで、自白は期待できませんが、物的証拠が手に入るかもしれません」

「〝ザポリージャ〟に対して本格的な動きが始まれば、応援が来るかもしれないということですか」

「ええ。応援が来ても、一網打尽《いちもうだじん》にできればよいのですが、応援がいれば、当然バックアップ役を置くでしょう。危険を察知されれば、証拠を隠滅《いんめつ》されてしまいます」

「カワシキン一人なら、証拠を押さえられる可能性が高い……」

「ええ。ただ、応援がない状況で、カワシキンが逮捕されるリスクを冒すかどうかが問題です」

「急に大きなチャンスが目の前に転がってこないと、彼自身は動かないかもしれないですね」

「と、いうような議論が、局内にあるんです」

「なるほど」

キエフ市内を出て、森と牧草地以外に見るものがなくなると、ツィランキェヴィチ中尉は、右の路肩に車を停めた。

「替わってくれますか？」

「ええ、もちろん」

ウクライナの夏は、気温は高いが湿度は低い。車外に出ても、不快な感じはしなかった。

「追い抜いていった白いバンを見ましたか？」

運転席に座ると、彼女は、カメラを取り出しながら言った。

「いましたね」

「市内から、ずっと後ろにいました。たぶん、少し先で待っていると思いますよ」

やはり尾行が付いていたようだ。

「ナンバーを確認して通報したら、造船所に入るまで仕事はありません。といっても、造船所も見学だけですけどね」

「楽な仕事ですね」

「そうですね。ですが、道路は〝事故〟が多い場所です。造船所に入るまで、気は抜けません」

二〇一六・七・六（水曜日）

芦沢は、国防省の入り口で、スーツの内ポケットから、緑色の公用パスポートを取り出した。公用パスポートは、通常の赤いパスポートと異なり、表紙が緑色になっている。青ではないのだが、通称青パスと呼ばれている。写真のある最初のページを開こうとしているうちに、門衛から行ってよいと合図された。

「顔パスＯＫになったみたいだね」

「何度も来ているからですかね。この車も外交ナンバーだし」

車を降りると、窓から見ていたのか、入り口のドアを開けたツィランキェヴィチ中尉が手招きしていた。激しい雨が降っている。芦沢は、後部座席に置いてあった段ボール箱を手に取ると、瀬良の差し出してくれた傘《かさ》の下、背中を丸めながら、小走りに急いだ。

いつもの会議室には、マリャール大佐とアザロフ中佐が待っていた。

「間に合いそうでよかった」

芦沢は、段ボール箱を開けた。ステッセリの出国日が迫る中、日本から、彼に渡す物が届いたのだ。

「これをエージェントに持たせてください」

色はシルバーで、大きめのバッグだった。マリャール大佐は、広げるとしげしげと眺めていた。

「特に、変わった点は見られませんね」

「材質が特殊です。微小なコーナーリフレクタというもので構成されているそうです。電波に対する、光学に対してもですが、再帰反射性を持っていると聞いています」

アザロフ中佐は、興味深げにバッグを見つめている。

「コーナーリフレクタ……ステルス艦で使用しているものですね」

芦沢が、マリャール大佐の言葉を理解できずにいると、瀬良が助け船を出してくれた。

「そうです。これを屋外に置いておくと、レーダー衛星の合成開口レーダーを使用して位置の確認ができます。レーダーの波長がLバンドなので、効率はよくないのですが、それでも十分に輝《き》点《てん》として写ります」

スペースシャトルを使用した、高精度測量を行なう実験で、同じ方式が使用されたという。もちろん、その時はバッグになど偽装してはいない。芦沢には、いまだにどうしてこんなもので位置が特定できるのか理解できなかったが、やはり軍人同士、マリャール大佐やアザロフ中佐は、納得の表情を見せていた。ツィランキェヴィチ中尉は、あまり興味を持っていないようだ。

「固定する必要はありますか?」

「いえ。軒下《のきした》では困りますが、何かに下げておけば大丈夫です。濡れたので乾かしているとでも言わせてください。もちろん、地面に置いただけでも大丈夫です。屋外で作業をさせられるなら、持って行けばちょうどよいでしょう」

「わかりました」

そう言うと、マリャール大佐は、バッグを開け、中に入っていたものを引っ張り出した。

「これは?」

「通信用のデバイスです」

それは、一メートル四方のレジャーシートのようなものだった。無地の灰色で、一端に小さなコネクタが付いていていた。

「使い方は、ステッセリに工夫させてください。屋外で、四隅《よすみ》に石でも置いて、飛ばされないようにしてもらえば、データの送信が可能になります」

「どのような送信方法ですか?」

やはりマリャール大佐も気になるようだった。

「これは、三分ほどかけてゆっくりと色が変わります。電気的な信号で白と黒に変更させられるのです。光学衛星で継続的に撮影することで、百文字までのメッセージが送れます」

「なるほど。ＶＬＦ通信と同じですね」

「そうです」

そう答えた瀬良に後で聞いたところ、潜水艦で使用される無線通信の一種らしい。

「こちらから通信は送れないので、彼には状況を継続的に報告するように伝えてください。付属のデバイスを使い、夜間に充電と信号の入力を行なえば、このシートだけで機能します」

このデバイスの優《すぐ》れた点は、デバイス自体からは、何らの信号も放射しないことだ。あくまで太陽光の反射でしか信号を出さない。色も三分間をかけてゆっくり変化するため、凝視《ぎょうし》していても、なかなか変化には気が付かない。設置の仕方に違和感を抱かれない限り、これを通信機だと見抜くことは難しい代物だった。

ステッセリにデバイスを渡すのは、情報総局の仕事だ。今までの話を聞いていると、情報総局は、ユージュマシュ社のドニプロ工場に、偽装した職員を潜り込ませているようだった。以前からユージュマシュを監視していたに違いない。北朝鮮のスパイを逮捕することができたのはそのためだ。渡したデバイスは、その職員から餞別《せんべつ》か何かとして渡してもらえばいい。

「そちらが連絡をとれる間は、基本的にこれらのデバイスは使用せず、接触の継続をお願いします」

「わかりました。そちらからのお話は以上ですか？」

「ええ。他にも打ち合わせるべきお話がありますか?」

細かい調整事項が多くなったため、簡単な要件は、メールで調整している。

「カワシキン逮捕に向けて、具体的な方法を詰めています。実は、芦沢さんに協力していただきたいと考えているのです」

芦沢は、瀬良と顔を見合わせた。

「どのような協力でしょうか?」

「先日、ツィランキェヴィチ中尉がお話ししたそうですが、ステッセリの出国後、早期にカワシキンを逮捕したいと考えています。ただし、逮捕容疑は、あくまで一般的な犯罪にしておきたいのです。ロシア当局が、疑念の目をステッセリに向けないようにするためです」

「確かに、それが望ましいですね」

「ええ。そのため、カワシキンが外部の人間を金で雇ったり、ダーシュコフに犯罪を起こさせるのではなく、彼自身が動くしかない千載一遇《せんざいいちぐう》のチャンスを見せたい。こちらとしては隙《すき》を作りたいと考えています」

「つまり、重要な情報を無防備に持ち歩く愚《おろ》かな外交官役を私にやれと?」

マリャール大佐は苦笑していた。

「ありていに言えば、そうなります」

アザロフ中佐は、デバイスを見ていて話を聞いている様子はない。ツィランキェヴィチ中尉は、少しばかり楽しそうに笑っていた。

「危険もありそうですね」

「はい。ですが、我々が、全力でサポートします。手伝ってはいただけないでしょうか？」

カワシキンが、ユージュマシュの技術を北朝鮮に流す活動をしていた証拠を押さえられるのなら、たとえ危険があってもやる価値はある。もちろん情報総局がサポートしてくれるというのも本当だろう。

ただし、勝手に決めてよいことではないが、隅大使の許可を求めたら、却下《きやっか》されることも間違いない。芦沢は、隣に座る瀬良を見た。

「聞かなかったことにしてやるよ。やりたいんだろ？」

さすがは自衛官だった。

「やりましょう」

芦沢が答えると、ツィランキェヴィチ中尉が破顔《はがん》した。

「感謝いたします」

マリャール大佐によると、細かな台本はまだ出来ていないものの、重要情報をダーシュコフに見せ、それを芦沢がハンドキャリーすることで、強奪を誘うというシナリオにする予定ということだった。

何がそうさせるのかわからないものの、ツィランキェヴィチ中尉は、嬉々《きき》としていた。彼女にも、何か強い想いがあるのかもしれない。

二〇一六・七・十五（金曜日）

「見事なものですね」

芦沢の視線の先では、ジャージ姿の瀬良が、床に正座し、細い筆を握っていた。一カ月ほど先に、ウクライナ中部のポルタヴァ州において、無償資金協力の一つとして学校施設の引き渡し式が予定されている。戦闘で損傷した学校施設を、修復する支援事業を行なったのだ。記念に設置するプレートに毛筆の文字を刻むことになったのだが、その書き手として、館員の中で一番の達筆だった瀬良に白羽《しらは》の矢が立った。

「キリル文字まで毛筆にするのは、やめてほしいな。何だか落ち着かないよ」

瀬良が練習で書いた半紙を眺めていると、メールの着信音が響いた。

「連絡が来ました。ステッセリがモスクワを発《た》つそうです」

「行き先は？」

瀬良は、書類仕事の時にかける老眼鏡の奥から、鋭い視線を投げて寄こした。

「スヴォボードヌイと聞かされているものの、ステッセリは怪しいと思っているようですね。スヴォボードヌイやボストチヌイ宇宙基地以外への出張があり、それを承諾《しょうだく》しないなら、解雇だと言われているそうです」

「会社を辞《や》めさせ、モスクワまで連れてきた上に解雇をちらつかせるか。酷《ひど》いもんだ」

「断われないように追い詰めるつもりなんでしょう。もちろんステッセリは、承諾しています。これから先は、情報総局も連絡が受けられなくなる可能性が高いと言っています。家族への手紙に符丁で情報を忍ばせる方法は伝えてあるそうですが、当てにしないでほしいそうです」

「それはそうだろう。ここからは、情報本部に仕事をしてもらおう」

防衛省情報本部には、六つの部が存在する。衛星のオペレーションは画像・地理部が実施している。まずは、ステッセリがどこに行かされたのかを、レーダー衛星で探ることになる。ボストチヌイ宇宙基地を含めたスヴォボードヌイ周辺なのか、はたまた北朝鮮なのか。

その後は、その場所を光学衛星で定点観測することになる。彼が送ってくる情報が、北方領土の運命に大きな影響を与えるかもしれないのだ。

「君の演劇のほうは、どうなんだ?」

瀬良が言う演劇とは、工作員であるロシア人、カワシキンを逮捕するための囮捜査のことだ。館内でも二人しか知らない話なので、演劇という隠語を使っていた。

「餌を投げ込めば、食いつきそうな雰囲気になってきたそうです。先日、ロシアの駐在武官に協力していただいたことが、食欲を刺激したようです」

瀬良は、モスクワの日本大使館にいる防衛駐在官と定期的に情報交換を行なっている。ロシアには、陸海空三自衛隊から一人ずつ、三人の防衛駐在官が派遣されているが、海自から派遣された防衛駐在官が、ロシア海軍の高官と懇意《こんい》になったと聞いていた。

先月、松輪島のドヴォイナヤ湾内に沈んだ零戦《ぜろせん》が発見された。その関連で、接触したらしい。カワシキンの食欲を誘うため、瀬良は、撒き餌《まえ》を使った。ロシアの駐在武官から、松輪島の調査情報が見たいと持ちかけて、対価を要求された際に、全艦が退役となるはるしお型潜水艦の情報なら渡せるとして、交換をしてもらったのだ。情報漏洩ではなく、防衛省とロシア国防省との正式な情報交換として、だ。

その情報と、ユージュマシュでパワーコンディショナーを設計しているダーシュコフが見た情報を照らし合わせれば、彼が設計中のパワーコンディショナーは『あさしお』用だと推測できるように準備してあった。

「そうなると、公演日も近そうだな」

「ええ。まだ具体的な日取りは決まってませんが、覚悟してほしいと言われてます」

「しかし、君にそんな度胸があるとは思わなかったよ」

瀬良は、立ち上がると老眼鏡を外した。その目は、どこか優しげだった。

「荒事《あらごと》が苦手そうに見えますか？」

「そういう意味じゃない。外交官が、派遣国の治安機関とおおっぴらに協力するのはまずいだろう？」

「そうですね。でも、ウクライナ側は、囮捜査であることを決して口外しないと言ってくれています。偽装工作を行なっていたところ、偶然ロシアの工作員が不法行為を働いてきただけなら、何の問題もありません」

「理論武装は出来ているということか」

「はい」

芦沢は、立ち上がると瀬良から半紙を受け取った。

「スキャンしたら、ついでにコーヒーを淹れてきます」

九月二日に、ウラジオストクでの首脳会談が予定されている。カワシキンを逮捕し、証拠を押さえることで、ロシアの工作を証明できれば、日露交渉にも有利な展開を期待できる。芦沢は、毛筆で書かれた「日本国」の文字を見つめた。

二〇一六・七・二十（水曜日）

ロシアのエージェントとなっているステパーン・ダーシュコフの顔を見るのは初めてだった。彼は、『あさしお』の図面を見て興奮していた。矢継ぎ早に質問してきたが、私はただの書記官なのでわからないと言ってはぐらかす。

「ダメだ。触らないで」

彼がパソコンに触れようとしたので、芦沢は、強い調子で制止した。

ダーシュコフが、今与えられている資料だけでは、十分な設計ができないと言ってきたのは、ちょうど瀬良と相談していた十五日金曜日だった。彼は、工場長のルィセンコに、全体計画を見せてほしいと言ったらしい。

報告を受けた情報総局は、全体計画という餌を使えば、工作員のカワシキンを逮捕できるはずだと判断した。カワシキンに応援を呼ぶ時間を与えないため、ダーシュコフに全体計画を見せると伝えたのは昨日の午後だという。芦沢には、一昨日の段階で、計画を実行すると伝えられた。ボルィースピリ国際空港九時四十分発のウインドローズ・エアラインに乗り、十時五十分にドニプロに着いた。空港からタクシーに乗り、ホテル経由で、ユージュマシュ社に着くまでは何も起こらなかった。

工場長のルィセンコの部屋には、彼の他に三人の男が待っていた。情報総局か保安庁の人間だろう。彼らは、名前を名乗ることもなく、キエフの大使館を出て以降、今まで怪しい尾行はなかったと教えてくれた。そして、ダーシュコフが情報の有用性を確認して報告した後、おそらく今夜中に動きがあるはずだとも言った。カワシキン本人は、まだ動いていないという。

ドニプロからキエフに飛ぶ航空便は、十八時発の便が最終だ。ダーシュコフに資料を見せる時刻が十六時になると伝えられた段階で、情報を持った人間が、ドニプロに泊まると考えているはずだった。重要な情報を持った人間が、交通事故の可能性もある陸路長距離の夜間移動をするはずなどないからだ。

一方で、芦沢がホテルに寄ったことを、監視していた人間がいるかもしれない。情報総局や保安庁も完璧な仕事をできるとは限らない。今夜は、緊張を解くことができないだろう。

芦沢は、ルィセンコの部屋でサンドイッチをつまみながら今夜の最終打ち合わせを行ない、ひと休みしてからダーシュコフと対面していた。

「あなたに見せることができる図面は、この十八枚だけだ。渡すこともできない。今見て、理解してほしい。どの図面を見たいか言ってくれれば、その図面を表示する」

芦沢の言葉を聞き、ダーシュコフは額《ひたい》に血管を浮かせながら画面を見つめていた。彼が納得したのは二時間近くが経過した十七時五十分ごろだった。

「この計画は、非常に重要なものです。あなたの能力に期待しています」

芦沢は、そう告げると、スーツケースにパソコンを入れ、電子キーをロックした。そして、スーツケースと自分の左腕を手錠《てじょう》で繋ぐ。こうすれば、隠し持った鍵を探し出さないかぎり、強奪するためには、芦沢を殺して腕を切り落とすか、特殊合金製の手錠を時間をかけて切断しなければならない。

ユージュマシュ社の車でホテルまで送ってもらい、部屋のドアをロックし、芦沢は、やっとひと息付くことができた。ホテルハーモニーは、決してセキュリティの高いホテルとは言えない。意図しての選択だったが、それを疑われることはないだろう。このホテルが、ユージュマシュ社に一番近かったのだ。

パソコンを取り出して暗号化ソフトを起動すると、ツィランキェヴィチ中尉から最新状況を知らせるメールが届いていた。ダーシュコフと会っている間にカワシキンが動き出し、芦沢の乗った車をつけてホテルまで尾行したという。情報総局が睨んだとおり、カワシキンは、自分が動かざるを得ない手薄な状況のようだった。

二十時までは、部屋で待機する予定になっている。その間に、カワシキンの手を、もう一本ぎ取る予定だった。ダーシュコフのことだ。カワシキンは、極力自分の手を汚さずにことを進めたいはずだ。しかし複雑な仕事は、金を積めば実行する人間が捕まるというわけではない。芦沢が、警戒して動いていることは、カワシキンも理解しているだろう。強盗をよそおい、殺して奪うことができるような動きは取っていないし、情報を抜き取ったことさえ悟られたくないはずだ。芦沢に気付かれないようにパソコンを奪い、データをコピーし、そしてまたパソコンを戻すつもりなら、ダーシュコフにやらせる可能性が高い。そして、ダーシュコフが不測の事態で動けないなら、自らが動くしかない。

芦沢が、ミネラルウォーターで喉の渇《かわ》きを治めていると、メールが届いた。ダーシュコフが、車で人をはねて逃げているという。

「情報総局には当たり屋もいるのか……」

十九時五十五分に届いたメールには、ただひとこと『予定どおりに行動』と書かれていた。芦沢は、再びスーツケースにパソコンを入れ、手錠で自分の左腕に繋ぐ。ホテルを出ると、兼レストランとでも呼ぶべき近くのナイトクラブ、ブルームーンに向かった。ウクライナにあるこの手の店は、なぜか英語名が多い。距離は二〇〇メートルほど、殺して奪うつもりだったとしても、決心も実行も難しいほどの短距離だ。

たった二〇〇メートルでも、芦沢には、ずいぶんと遠い距離に感じられた。何とか無事に到着すると、壁際《かべぎわ》の席に腰を下ろした。手錠は外し、左足首にはめ直した。腹ごしらえするために、チキンとウクライナの郷土料理、バレニキを頼む。バレニキは、水餃子《すいぎょうざ》に似た食べ物だ。特に、肉をつめたものは、風味が異なるものの、水餃子そのものといっていい。甘く味付けしたバレニキを、デザートとして食べることもある。

周りを見回すと、芦沢のように食事をしている者は少なく、カクテルやビールを飲んでいる者が大半だった。

それらしき女性が何人かいる。キエフのような大都市なら、レストランとクラブは別の店になっているが、ドニプロは地方都市だ。キエフを東京とするなら、札幌のような街だった。そして、クラブにはその筋の女性がいる。それでも、バレニキを食べている東洋人には誰も声をかけてこなかった。ちらちらと視線は飛んできている。

バレニキに加えて、塩気のあるチキンを食べたせいで喉が渇いた。この後のことを考えるとアルコールは飲みたくなかったが、場の雰囲気から浮くのもまずかった。何より、女性が声をかけにくい状況は好ましくない。ビールを頼み、周りを窺う。

芦沢が店に入った後、三人ほどの男性客が入ってきていたが、芦沢はカワシキンの顔を知らない。彼が入ってきたのかどうかはわからない。それに、ツィランキェヴィチ中尉が来ることになっていたが、見当たらなかった。

「ココ、座ってＯＫ？」

芦沢が店の奥を窺っていると、背後から英語で話しかけられた。芦沢が入ってきた時から、入り口付近のカウンターにかけてカクテルを飲んでいた女性だ。ブロンドの髪に、これでもかというほどラメの入ったアイシャドウを、歌舞伎《かぶき》の隈取《くまど》りかと思うくらい塗りたくっている。服は、胸元が大きく開いていた。いかにも、その手の女性という外見だったが、声には聞き覚えがあった。

「ロ、ロシア語でかまいませんよ」

芦沢は、驚きで舌を嚙みながら答えた。見事に変装したツィランキェヴィチ中尉は、しなを作りながら腰掛ける。彼女は、胸の前で自分の背後を指差すような仕草を見せた。彼女の後ろにカワシキンがいるのだろう。芦沢は、そちらに視線を向けないように視線を下げたが、そうなると自然と彼女の胸元に目が行ってしまう。

芦沢は、「やりすぎじゃないか？」と小声で呟いた。

「この場では〝普通〟ですよ」

そう言うと、椅子に斜めにかけたまま、わざと胸元を強調するポーズをとった。確かに、こうしていれば、背後のカワシキンには、その手の交渉をしているように見えるだろう。すぐに席を立つのも不自然なので、しばらく酒を飲みながら、ドニプロをどう思うかなどと、たわいもない話をした。

　そろそろ頃合いという時間になって、彼女が立ち上がった。トイレに行ってくるという。店の奥、カワシキンがいるはずの方向に歩いて行ったので、芦沢は視線を背《そむ》けた。それでも、視界の片隅を歩いてゆく彼女に、頭の薄い男が声をかけているのが見えた。

「出ましょう」

　戻ってくると、彼女は少しばかり頬を紅潮させていた。


「飲みすぎじゃないのか？」

　店を出ると、彼女は芦沢の右腕にしなだれかかって歩いていた。

「足はしっかりしてますよ」

「そうじゃない。顔が赤いよ」

　彼女は、にやりと笑っていた。

「二〇〇〇もくれましたよ」

「え？」

「鍵を開けておけば、二〇〇〇フリヴニャくれるって言うじゃないですか。もちろん、受け取ってきました。夜中に、忍んでくることは確定ですね」

　彼女は、獲物を狙う猫のような目をしていた。外に出る時は、常に手錠でスーツケースを繋いでいても、女連れで寝ている時までそんなことはしない。カワシキンは、彼女が売春婦なら、金で釣れると考えたのだろう。ドアの鍵を開けさせ、夜半に侵入するつもりなのだ。

ツィランキェヴィチ中尉は、カワシキンの買収策に乗れば、状況を予想しやすく、確実に身柄を拘束《こうそく》できると踏んで、二〇〇〇フリヴニャを受け取ったのだ。


「緊張した」

ホテルのフロントは、ツィランキェヴィチ中尉を連れていても何も言わなかった。そうしたことが珍しくないのだ。部屋に戻ると、どっと疲れが出た。時刻は二十二時すぎだ。

「これからが本番ですよ」

ツィランキェヴィチ中尉は、ミネラルウォーターを一気飲みしていた。アルコールを抜くつもりなのだろう。

「計画は、変更になるのか?」

「いえ。カワシキンの行動は変わるでしょうが我々のほうは変わりません。元の計画では、カワシキンが従業員を買収して部屋の合鍵を手に入れるだろうと予想していましたが、それを私が開けておくことになるだけです。このフロアに上がってくるだけなら、裏口あたりの鍵を壊《こわ》して侵入してくる可能性もあります」

「従業員が騒いだりしないのか?」

「大丈夫ですよ。もともと、このホテルはあまり程度がよいとは言えません。それに、泥棒に気付いても、騒がないように言い含めてありますから」

「なるほど。このホテル自体が罠《わな》というわけか」

「そうです」

彼女は、楽しげに笑っている。そして、ハンドバッグから拳銃と小型の通信機を取り出すと、外にいる局員と計画の修正について相談を始めた。


「芦沢さん」

芦沢が、戻ってきた時のスーツ姿のまま、ベッドでうとうととしていると、ツィランキェヴィチ中尉に揺り起こされた。彼女に肩を摑まれ、部屋の角に背を付けさせられる。時計を見ると、部屋に戻ってから一時間も経《た》っていない。

「思った以上に乱暴なやつのようです。裏口の鍵を壊して、もう侵入してきました。こちらの準備が整ってません。そこから動かないでください」

部屋の灯りは消され、フットライトだけが灯っている。芦沢は、彼女の指示どおり、壁にへばりついた。その横で、彼女は拳銃を構えたまま、インカムを通して、小声で他の局員と通話していた。

「このフロアに上がって来ました。合鍵は持っていません。ドアを破壊してくるようなら、他の局員とともに制圧しますが、できれば今はやりすごしたいですね」

やりすごすと言っても、いったい、どうやってやりすごすつもりなのかと思案していると、甘い嬌声《きょうせい》が耳に響いた。シュールな絵だった。ツィランキェヴィチ中尉が、拳銃を構えたまま、あえぎ声をあげていた。かすかにドアノブを回す音が聞こえたが、それ以上は、何も起こらない。二分以上もあえぎ続けた後、彼女は拳銃を下ろし、静かに息を吐いた。

「非常階段に抜けたそうです。ドアが開いていたなら、スーツケースごと奪うだけだったのか、二人とも殺すつもりだったのかはわかりませんね」

「これからどうする？」

「急いで準備しましょう」

彼女は、インカムに向かって外の準備を急ぐように伝えると、やにわに、ただでさえ露出の多い服を脱ぎ始めた。

「ちょっと！」

「芦沢さんも脱いでください」

彼女は、そう言うと、バスローブを投げてよこした。

「どう展開するかわかりません。裸じゃなくちゃ、変じゃないですか。それとも、日本人はスーツを着たままセックスするんですか？」

もともと布の少ない服を着ていた彼女は、あっという間に全裸になると、白いバスローブを羽織った。芦沢も、慌てて着替える。こんな状況だというのに、バスローブの隙間《すきま》から覗く彼女の素肌が眩《まぶ》しかった。

「準備完了しました。いつ来ても大丈夫です」

二十分ほどで、外の準備も整ったということだった。このフロアには、情報総局と保安庁の人間しかいないらしい。非常階段に潜んでいるカワシキンがこの部屋に入れば、彼らが外から包囲する。

「私は、どうしたらいいかな?」

「何も。すべて我々がやります。寝ていてもかまいませんよ」

「無理だよ」

「そうですよね。銃撃戦になるかも……」

「いや。それもあるけど……」

彼女は、バスローブの帯さえ締めていなかった。胸は半分はだけている。芦沢の口調で、視線のやり場に困っていることをやっと悟ってくれたようだ。彼女は、自分の胸元を見つめると、肩をすくめた。

「意外に、余裕があるじゃないですか」

彼女は、くすくすと笑っていた。彼女は、明るく屈託《くったく》のない女性だったが、どうやら専門はこうした荒事らしい。銃を扱う姿は堂に入ったものだった。

カワシキンが動き出したのは、それから二時間ほども経過した午前一時すぎだった。隠しカメラの映像を見ている局員が、状況を彼女にも伝えているらしい。

「来ます。動くとかえって危険になります。私が指示した時以外は、動かないでください」

芦沢は、暗闇の中で肯くと、眠ったふりをした。目を開けていたところでやることもない。隣では、ツィランキェヴィチ中尉が寝たふりをしたまま、隠した拳銃を握りしめているはずだった。

静寂の中、先ほどよりもはっきりと、ドアノブを回す音が聞こえた。今度は鍵がかかっていない。まぶたを閉じていても、廊下の灯りが室内に差し込んだことがわかった。

スーツケースは、目立つ場所に置いてある。カワシキンが、それを手に取って出てゆくなら、発砲することなく取り押さえる。芦沢に銃を向けるなら、先にツィランキェヴィチ中尉が撃つと言っていた。情報総局も保安庁も、怪我なく取り押さえることは、可能であれば、という程度にしか考えていないようだ。

芦沢が、バスローブを汗で湿らせていると、再び廊下の灯りが室内に入ってきた。

「動くな！」

ツィランキェヴィチ中尉の声が響くと、ドアが激しい音を立てた。芦沢は、ゆっくりと目を開けた。

横では、ベッドに仰向《あおむ》けで寝たまま、ツィランキェヴィチ中尉が銃口をカワシキンの背に向けている。廊下では、三人の男が、伏せるほどに低く屈《かが》み、銃を構えていた。

カワシキンは、ゆっくりと両手を広げ、銃とスーツケースを放した。廊下の脇から、もう一人の男が現われ、手放された銃を室内に蹴り入れる。そして、カワシキンに手錠をかけた。

それを確認すると、ツィランキェヴィチ中尉はゆっくりと銃を下ろした。

「終わりました。もう大丈夫ですよ」

彼女の言葉に、芦沢は身を起こすと静かに頭を振った。

「いえ。ここからが最も大切です。お願いします」

「そうでしたね」

彼女は、拳銃の安全装置をかけると、気合いを入れ直すかのように自分の頰を叩いていた。

二〇一六・七・二十五(月曜日)

ステッセリからウクライナ情報総局への連絡が途絶え、四日目になっていた。モスクワを発《た》ったらしい。芦沢は、彼の所在情報が入ってこないかとやきもきしていた。ステッセリの子供に手術を受けさせるため、今夜にはキエフを発たなければならない。日本に戻っても、外務省で状況は確認できるはずだったが、できれば飛行機に乗り込む前にステッセリの所在を知りたかった。もちろん彼の妻子に告げることはできないものの、知っていれば、妻子にどんな顔をすればよいか迷うことはないはずだ。

所在情報を流してもらえないだけで、情報本部は、すでに摑んでいるのかもしれない。この日、三度目となった通信担当官詣《もう》でから戻ってくると、瀬良から、大使が呼んでいると告げられた。

「お呼びだと伺ったので参りました」

書類から目を上げた隅大使は、いつものような和やかな表情ではなかった。

「今夜の便で帰国する予定だったね。ステッセリ氏の妻子を送り届けたら、なるべく早く事務次官のところに顔を出してください。少なくとも二十七日中には、一度顔を出すように。例の件絡みらしいが、私もそれ以上詳しいことは聞いていません」

「わかりました。物的証拠は得られませんでしたが、ステッセリの所在がわかれば、ロシアの関与は明らかになります。北方領土交渉を有利に進める材料にもなるはずです。詳細を報告してきます」

芦沢の、というよりツィランキェヴィチ中尉とウクライナ当局の活躍により、カワシキンを逮捕できたが、彼がロシアの工作員として動いていた証拠は得られなかった。

逮捕の翌日になって、ツィランキェヴィチ中尉から、逮捕するよりも先に、彼の宿泊していたホテルを押さえるべきだったと、謝罪の言葉とともに、説明された。保安庁の職員がホテルの部屋を確認すると、彼の使っていたパソコンは、デジタルフォレンジック防止ソフトが走っている最中だったという。削除した情報を、二度と復元できないようにするソフトだ。保安庁の職員は、慌ててソフトの稼働を止めたものの、復元できたデータに証拠となるものはなかったという。

それを材料に、ロシアを非難することはできないが、ステッセリが北朝鮮に行かされているのが判明すれば、北朝鮮の弾道ミサイル開発をロシアが支援していることは明らかとなる。それを踏まえて外交を進めることは、きわめて有用だった。

「それと、書類のキャリーもお願いしますね」

「わかりました」

今では、必要なデータのほとんどを、インターネットを介《かい》してやり取りしている。それでも、運ばなければならない紙の書類は存在する。外交文書として送ることも可能だが、保全だけでなく費用のことも考慮して、出張で帰国する館員がいれば、書類をハンドキャリーすることが普通だった。

ウクライナから日本への直行便は飛んでいない。ヨーロッパか中近東で乗り換えることになる。芦沢が予約した航空券は、二十一時発のトルコ航空だった。乗り継ぎ時間も短く、キエフ、イスタンブール間の便でトラブルがなければ、ベストな選択だった。乗り継ぎも含めて約十六時間のフライトになる。時差も計算すると、移動で丸一日を潰さなければならない。

「情報総局との件、よろしくお願いします」

防衛駐在官室に戻ると、書類仕事をしていた瀬良に言った。

「獺祭《だっさい》か田酒《でんしゅ》、手に入らなければ久保田《くぼた》でもいいだろう」

「厳しい注文ですね」

芦沢は、どうやって手に入れようか考えた。

「私が飲むんじゃないぞ。マリャール大佐用だ。それをもらっただろう」

先日、マリャール大佐からお土産としてワインをもらった。キンズマラウリは、スターリンが愛したグルジアワインだ。有名になりすぎたこともあって、模造された粗悪なグルジアワインが多く出回っている。マリャール大佐は、これは本当に価値のあるキンズマラウリだと言っていた。この件が片付いたら開けることにして、部屋の隅に置いてある。


二十時四十分、ボーディングにギリギリで間に合った芦沢は、四つのミッションを持って、ターキッシュエアラインのエアバスに乗り込んだ。

外交書類のハンドキャリーと日本酒を入手することに不安はなかった。何のために、何をしなければならないのか、明確にわかっている。ステッセリ妻子のアテンドも、本省のスタッフが、細かいことは手配してくれている。

三日前にキエフの病院に転院していたステッセリの息子、レオニードと彼に肝臓の一部を提供する予定の母親、オクサーナ・ステッセリは、今芦沢の隣に座っている。

実は、病院スタッフの準備が遅れ、空港で大慌てすることになってしまった。レオニードは、不安げな表情を見せながら機内を珍しそうに見回している。オクサーナは、芦沢以上に準備に奔《ほん》走《そう》したせいか濃い疲れを顔に貼り付けていた。

「イスタンブールまで二時間少々、乗り継ぎも同じくらいです。これを乗り切れば、後は何も心配しなくても日本まで到着します。トルコ航空からトルコ航空への乗り継ぎですし、場所もイスタンブールです。大丈夫ですよ」

「ありがとうございます。飛行機は慣れていますが、国外に出ることは初めてで……」

ウクライナは、鉄道が発達していない分、バスや航空路が整備されている。国内移動でも航空機を使うケースは多い。

「ちょっとだけセキュリティが厳しいことと、出入国手続きと税関があるだけです。国内と大差ありませんよ」

芦沢は、少しでも不安を和《やわ》らげられるよう、笑顔で答えた。そして、オクサーナの奥にいるレオニードに声をかけた。

「レーニャ、乗り換える飛行場に着いたら、飛行機の模型を買ってあげるよ」

「本当？」

「もちろん。本当だよ。機内で買えるかと思ってたけど、無理みたい。でも、空港に行けば売っているよ。今の空港でも売っていただろ。買う時間がなかったけどさ」

珍しいことに、トルコ航空は機内販売を行なっていなかった。

「この飛行機の模型がいいよ」

「わかった。イスタンブールなら、売っているはずさ。買ってきてあげるよ」

レオニードは、屈託のない笑みを浮かべていた。ステッセリも、この笑顔のために、自らの身を危険にさらしているのだろう。

エアバスA330型機は、タクシーウェイから滑走路上に向かっていた。芦沢は、四つめのミッション、報告に思いを至らせた。

報告については、ほとんどが不明だった。隅大使には檜山外務事務次官から直接電話があったらしいが、誰が、どの程度の報告を求めているのかも不明だった。芦沢は、怪訝に感じながら、ブランケットで身を包んだ。

第四章　NSC　七・二十七〜九・二十九

二〇一六・七・二十七（水曜日）

成田《なりた》到着時刻は十九時すぎだった。本省スタッフと協力し、レオニードを虎《とら》の門《もん》病院に入院させ、オクサーナを徒歩圏にあるホテルに送り届けると、日付は二十七日に変わっていた。彼女と同じホテルに宿をとった芦沢は、ほどなく眠りに就《つ》くことができた。ウクライナ時間では、まだ明るい時刻だったものの、さすがに疲れていた。

日が昇り、レオニードとオクサーナの件で世話になっている中・東欧課に挨拶《あいさつ》し、古巣のロシア課にも顔を出すと、檜山外務事務次官の元を訪れた。相当待たされることを覚悟していたが、二十分ほどで事務次官室に通された。

「時間がないから、指示だけ言うぞ」

挨拶もそぞろに、時間がないと言う檜山は、パターを振りながら、早口で言った。

「辞令は出さないが、しばらく第四国際情報官室で仕事をしろ。五日後、八月一日にＮＳＣがある。それに出ろ。お前が摑んだ件が話し合われる」

「ＮＳＣというと、国家安全保障会議ですか？」

「そうだ。四大臣会合が開催される。テーマは『アジア太平洋情勢について』。ロシアの肩入れで、北朝鮮の弾道ミサイル能力が進展する可能性が議題だ」

「ということは、ステッセリの所在が明らかになったんですか？」

「そんな名前だったか？　一昨日、防衛省からウクライナと共同運用しているエージェントの所在情報が入ってきた。北朝鮮北部、慈江道《チャガンドウ》舞《ム》坪《ピョン》里《リ》付近にいるようだ」

「わかりました」

芦沢は、歓声を上げたい気持ちを抑えて、言った。

「二つほど言っておくぞ。防衛省からの情報で、ＮＳＣが開催されることになったが、エージェントを運用しているのはこっちだ。防衛省より目立つようにしろ」

「わかりました」

今度は、小さな声で答える。足の引っ張り合いに駆《か》り出されそうな雰囲気だったが、芦沢として、自分がやってきたことは、しっかりと主張するつもりだった。

「もう一つ、ロシア課長から聞いているが、あまり余計なことはしゃべるなよ」

トランプ候補のことだろう。

「わかりました」

三度続けて同じ言葉を口にしていたが、檜山に伝わったニュアンスは、全く違っていただろう。今度の言葉は、芦沢の不満を隠してはいなかった。それでも、檜山は、気が付かなかったかのように素振りを続けている。

「一つ、質問してよろしいでしょうか？」

「何だ？」

「なぜ、第一国際情報官室ではなく、第四国際情報官室なのでしょうか？」

第一国際情報官室は、情報収集衛星の情報運用を行なっていた。檜山は、素振りをやめ、芦沢に向き直った。

「お前にやってもらいたいのは分析だ。虫眼鏡《むしめがね》で写真を見る仕事じゃない」

檜山の言葉は、もちろん比喩だったが、言いたいことはわかった。もっと広範な分析をしろということだった。

「わかりました」

芦沢は、四度目となるセリフを口にすると、頭を下げ、檜山の下を後にした。


第四国際情報官室に着くと、室長の大森《おおもり》に挨拶した。今まで一緒に仕事をしたことはなく、どんな人物かわからなかった。

「私は、中東が専門でね。君の件は、事務次官から席を置かせてやってくれと言われているだけなんだ。君の仕事には関知しない。報告も、私ではなく、事務次官にしてくれ」

大森は、それだけ言うと、部屋の隅にあった机を指し示した。芦沢は、彼に頭を下げると、その机に向かった。居候《いそうろう》では当然かもしれなかったが、居心地《いごこち》のよさは期待できそうになかった。

二〇一六・八・一（月曜日）

白い壁面が眩しい。芦沢は、極度の緊張を感じながら、官邸の小会議室でかしこまっていた。NSCとも呼ばれる国家安全保障会議、その四大臣会合は、名称のとおり、首相、官房長官、外務大臣、防衛大臣で構成される。雲の上の人たちに報告を行なうのだ。当然といえば、当然だった。

それでも、報告は淡々と進んでいた。

「……以上のように、ロシアが北朝鮮の弾道ミサイル開発を背後で支援していることは明らかです。運用中のエージェントは、ＩＣＢＭのエンジンとなりうる新型エンジンの開発・試験に従事させられている模様です。また、この支援は、ウクライナ企業ユージュマシュ社の技術を横流ししているものであるため、ウクライナ東部及びクリミア半島問題でロシアを批判する西欧世論を操作する意図もある可能性があります。在ウクライナ日本大使館は、ウクライナ当局と協力し、この件に対する情報収集を図るとともに、ロシアの工作を証明する努力を行なってきました。ウクライナ当局は、工作員を逮捕するに至りましたが、残念ながら物的証拠を押さえることはできておりません」

一呼吸置いて質問がないか聞いてみたが、口を開く者はいなかった。芦沢は、静かに演台を降りた。

「この情報は、きわめて重要です。同盟国であるアメリカにも通報したいと思います」

岸和田史夫《ふみお》外務大臣が、阿部首相に向かって言った。

「その必要があるな。北朝鮮が最も敵視している国はアメリカだ。北朝鮮の弾道ミサイル、そして核兵器開発は、アメリカにとって最大級の安全保障上の課題となる。それは、ひいては我が国の安全保障にも繋がる」

会議は、この情報をアメリカに開示するという、その一事を決めて閉会となった。芦沢には、物足りない気がしたが、この場での決定は、日本の安全保障にきわめて広範な影響を与える。軽々《けいけい》に行なうものでもないのだろう。

芦沢は、首相官邸から外務省に戻ると、財布だけを持って出かけた。昼食を食べるついでに、レオニードの入院する虎の門病院に寄ってみた。

「こんにちは、レーニャ。この病院はどうだい？」

病室には、いつものとおりオクサーナがいた。

「芹沢さん。いつもありがとうございます」

「今日は、もう二つも検査をやったんだ。午後も三つやるんだって」

レオニードは、呆《あき》れたような仕草をしながら、頬を膨らませていた。芦沢は、苦笑するしかなかった。

「オクサーナさんのほうは、どうですか？」

「私もいくつか検査を受けました。レーニャと比べたら少ないですけど。それと、明日から自己血貯血のための採血を行なうそうです」

「そうですか。レーニャの面倒も看《み》なければいけないのに、大変ですね」

「そんなことないですよ。みなさん、よくしてくれます」

「入院はいつごろですか？」

「一週間くらい先になりそうです。レーニャの検査に時間がかかるらしくて。ドニプロの病院でもらってきた検査結果では、いろいろと足りないと言われました」

「そうですか。仕方ないですね。ところで、旦那《だんな》さんと連絡は取れていますか？」

ステッセリには、オクサーナにも真実を告げないように指示してある。彼は、彼女にも、ロシアに出稼《でかせ》ぎにゆくと伝えているだけなのだ。

「一度、手紙が来ました。こちらからは、直接手紙を送ってはいけないと言われましたので、レーニャのゴッドファーザーに一度手紙を送って、そこから送ってもらうことにしています」

「そうですか」

ゴッドファーザーとは、洗礼に立ち会ってくれる霊魂《れいこん》上の父親とされる。ウクライナ正教会だけでなく、ロシア正教会やカトリックでも同様の制度がある。

芦沢は、三十分ほど雑談すると、外務省に戻るため病院を出た。

レオニードに、ロシア語で見られるテレビが欲しいとせがまれたが、さすがにそれは無理だった。芦沢は、ゲームを買ってきてあげると約束して、病院を後にした。言葉が理解できなくとも遊べそうなゲームを探す必要があるだろう。

二〇一六・八・三(水曜日)

二日前の月曜に続き、芦沢は急遽開催されたNSCに臨《のぞ》んでいた。この日のNSCは、北朝鮮が二発のノドンとみられる弾道ミサイルを発射したことを受け、北朝鮮による弾道ミサイル発射事案についてと題して開催されていた。

芦沢は、会議前に事案があったと聞かされただけで、何の情報も持たないままこの場にいた。発表の予定もない。壁際の席で、槙峰《まきみね》二等空佐のブリーフィングを聞いている。

「発射時刻は、本朝七時五十三分。これはアメリカの早期警戒衛星による探知時刻です。早期警戒衛星による探知目標は二つですが、韓国軍、在韓米軍、そして我が国のレーダーのいずれも、探知した目標は一つです。そのため、発射は二発だったものの、一発は発射直後に爆発した可能性が高いと思われます。発射地点は、平壌《ピョンヤン》の南西にある北朝鮮西岸の殷栗《ウンニュル》付近です。レーダー探知された目標は、東北東、概《おおむ》ね三沢《みさわ》基地方向に約一〇〇〇キロ飛翔し、日本のEEZ（排他的経済水域）内に落下しております。飛翔距離などから、発射された弾道ミサイルはノドンであったものと思われます。現在までのところ、付近を航行していた船舶の被害情報はありません」

概要報告に対して質問は出なかった。芦沢にとっても、それほど興味を引かれる内容ではなかった。

「ノドンであったと見られること、特異なプロファイルでの発射ではなかったことを鑑《かんが》みると、今回の発射事案は、不具合修正の結果を確かめるなどの目的で行なわれたものであり、軍事的にはあまり大きな意味のあるものではなかったと思われます」

軍事的にはというからには、槇峰が、政治的な意味についても報告するのだろうかと思えた。しかし、槇峰はそこに言及することなく、演台を降りてしまった。

参加者である四人の大臣からは、特段の質問や意見が出ることもなく、会議は終了した。このNSCの意義は、政府として、国民に、弾道ミサイル発射事案に対処する姿勢を示す点にあったのだろう。実質的な意義は乏しいものだった。

ただ一つ、芦沢には、気になったことがあった。NSCの終了後、部屋を出ようとする槇峰に声をかけた。

「外務省の芦沢と申します。一つ、伺ってもよろしいでしょうか?」

「一昨日ブリーフされていましたね。何でしょう?」

芦沢は若い。軽くあしらわれてしまうかもという思いは、杞憂《きゆう》だった。

「先ほど、今回の発射が軍事的には、大きな意味がなかったとおっしゃっていました。政治的には、どのような意味があったとお考えですか?」

「それを考えるのは、あなた方の仕事じゃないですか?」

意外な回答だった。芦沢は、防衛省が政治的意味を考えても不自然ではないと思っていた。ウクライナで接触している軍人を見ても、マリャール大佐だけでなく、ツィランキェヴィチ中尉でさえ、政治的影響を考慮して行動している。

「もちろん、我々も考えます。ですが、防衛省でも考えていらっしゃると思ったのですが……」

槙峰は、その表情にうっすらと不快の色を浮かべていた。

「確かに、それをする人もいる。だが、私は、自分の仕事ではないと思っているがね。もういいかな?」

やはり、歓迎はされていないようだ。それでも、収穫なしに引き下がっては損だ。

「わかりました。ただ、そうだとしても、感じてらっしゃることがあれば、お聞かせいただけないでしょうか。外務省視点ではなく、防衛省の視点での見解を伺いたいと思います」

槙峰は、面倒くさそうな顔を見せたが、口は開いてくれた。

「政治的にも、意味はないよ。金正恩《キムジョンウン》がこの発射を指示していたのかどうかさえ怪しい。ただ、今回のは、ノドンだからわからないが、またロシアが観測しているとすれば、そこには何か意味があるかもしれないな」

彼が何気なく話した言葉は、芦沢にとっては、意外なものだった。

「『また』というのは、どういう意味でしょうか？」

「知らないのか？　外務省にも資料が行っているはずだが」

そう言われても、少なくとも、芦沢のいる第四国際情報官室には回ってきてはいなかった。外務省内の情報伝達に問題があるとしても、それを彼に告げても意味がない。

「申し訳ありません。私が不勉強でした。教えていただけないでしょうか？」

槙峰は、ため息をつくと、興味深い事実を話し始めた。

「ロシア艦艇が、北朝鮮のミサイル発射を観測しているようだ。外務省に送った資料には、分析結果として、そう書いてあるはずだ。それに、分析結果を載せてはいないが、艦艇の行動については、ホームページにも載せてある」

「防衛省の？」

芦沢は、息せき切って尋ねた。

「いや、そうしたリリースは統幕《とうばく》（統合幕僚監部）のホームページだ」

芦沢を煙たげに見ていた槙峰は、芦沢がやにわに見せた剣幕に驚いたのか、パソコンを開くと、関連する資料を見せてくれた。

「北朝鮮は、ことしに入ってから弾道ミサイルの発射を頻繁に行なっている。年当初は、多連装ロケット弾やスカッドなど短距離のものが多かった。四月に入るとムスダンやSLBMの発射が活発化する。そして、五月三十一日に行なわれたムスダンの発射以降、弾道ミサイル観測が目的と思われるロシア艦の航行が確認されるようになった」

槙峰の見せてくれた資料によると、五月三十一日のムスダン発射前日に、着弾点付近に向かうグリシャ級コルベット二隻が確認されていた。その後も、六月二十二日の射高一〇〇〇キロを超えるロフテッド軌道による発射に対しては、スラヴァ級ミサイル巡洋艦を含む多数の艦艇の活動が確認されている。七月九日の失敗に終わったSLBMの発射に対しても、翌日になってから、観測を行なっていた可能性があるウダロイ級駆逐艦とソブレメンヌイ級駆逐艦が確認されている。七月十九日と八月三日に発射されたノドンに対しては、タランタル級哨戒艇《しょうかいてい》やウダロイ級駆逐艦が関連すると思われる動きを見せ、八月二十四日に行なわれたSLBMのロフテッド軌道射撃に対しても、ウダロイ級駆逐艦が姿を見せていた。

「ロシアが、北朝鮮の弾道ミサイル開発に注目しているということですか」

「注目していることは間違いないが、それだけではない可能性もある」

「それだけではない？」

「ああ。六月二十二日に行なわれたムスダンの発射が特徴的だった。ムスダンは、最大射程四〇〇〇キロにも及ぶと見られるIRBMだ。日本列島を遥《はる》かに越え、太平洋のど真ん中まで飛翔させることも可能なミサイル。そのムスダンの観測をするなら、太平洋に出るのが普通だろう。しかし、スラヴァ級ミサイル巡洋艦を始め、多数の艦艇は、この発射の前に、太平洋から日本海に入っている」

芦沢には、槙峰が何を言わんとしているのか理解できなかった。次の言葉を聞くまでは。

「その状況で、ムスダンは、ロフテッド軌道で発射された。一発は、失敗したようだが、もう一発は、射高一〇〇〇キロにも及んだ反面、水平距離は四〇〇キロしか移動していない。日本海に入ったロシア艦の目と鼻の先に落ちたというわけだ」

ロシアは、ユージュマシュの技術を北朝鮮に渡している。発射実験でも協力している可能性は、当然、考えるべきものだった。

「ロシアは、ロフテッド軌道で発射されることを知っていたということですか？」

「その可能性が高い。発射されるミサイルがスカッドだと予想していた可能性もあるが……それなら、高性能レーダーを搭載したスラヴァ級は必要ないし、そもそも、今さら観測する必要もない」

この時ほど、特徴的ではなかったものの、他の発射事案についても、ロシア艦は、北朝鮮から発射情報を得て、観測を行なっていたようだ。芦沢が、長々と引き留めた礼を言うと、うんざりという顔を見せていた槙峰は、ほっとした表情を見せた。

ロシアが、北朝鮮の弾道ミサイル開発を支援する目的で、発射実験を観測していたらしいという情報は、今までの情報を補完するものとして重要だった。今後の発射が行なわれる時には、ロシア艦の動静もチェックするべきだと思われた。

二〇一六・八・二十四（水曜日）

「先日は、ありがとうございました」

芦沢は、二つの意味を込め、槙峰に声をかけた。一つは、ロシア艦が北朝鮮の弾道ミサイル発射を観測していることを教えてくれたこと。もう一つは、その後の十二日に、二隻のロシア艦が、日本海に入ったという情報を、いち早く教えてくれたことだ。そのタランタル級哨戒艇は、宗谷《そうや》海峡を西に抜けて入ってきた。もちろん、単にウラジオストクに帰港するだけかもしれなかった。しかし、北朝鮮の弾道ミサイル発射を観測する可能性も考えられた。

そして、この日の早朝に、北朝鮮は潜水艦発射弾道ミサイル一発を発射した。新浦《シンポ》付近から東北東に向けて発射されたＳＬＢＭは、五〇〇キロほど飛翔し、日本海に落下している。タランタル級が、ウラジオストク沖合にいたなら、やはり観測を行なっていたのだろう。

「まただったな」

「やはり、そうでしたか。ロシアが、高い関心を持っているだけでなく、発射情報を北朝鮮から得ていることは、間違いなさそうですね」

「君のブリーフィングは予定にないみたいだが、話を振ろうか？」

「いえ、それには及びません。ＳＬＢＭについて槙峰二佐がブリーフされるなら、併せて報告していただけないでしょうか。私が口を出すのも差し出がましいと思います」

「そうか。わかった。ひとこと追加しておこう」

　この日のＮＳＣは、もともと予定されていたものだ。ＰＫＯ部隊が派遣されている南スーダンの首都、ジュバの情勢が危険となったことから、その対応策を決定する必要があった。北朝鮮がＳＬＢＭを発射したため、会議の目的には、この問題も追加された。

「本朝発射された弾道ミサイルについては、航跡情報から発射地点が陸上ではなかったことが判明しています。また、陸上において発射準備が進められていた痕跡もありません。さらに、発射地点に北朝鮮の大型船舶、およびバージ（艀《はしけ》）が存在していなかったことも確認されています。このため、ＳＬＢＭ、潜水艦発射弾道ミサイルであったと思われます」

「開発が進んできたようだな」

　阿部首相は、渋い顔を見せていた。

「はい。今まで行なわれたＳＬＢＭの発射実験では、飛距離は数十キロに留まっていました。一〇〇キロ以上飛翔させたのは、今回が初めてとなります」

　槙峰は、今回の発射実験の詳細とＳＬＢＭの迎撃は難易度が増すことを報告すると、ロシア艦についても言及してくれた。

「なお、今までと同様に、今回の発射でも、ロシア艦艇が着弾点付近に向かっていたことが確認されています。ロシアは、事前に、北朝鮮から発射情報を得ていたものと思われます」

「ユージュマシュ社の情報を提供をしているくらいだ。この分野でも協力しているのだろうな」

阿部首相が口にした印象は、誰もが思うものだった。その言葉に肯いた須賀《すが》官房長官は、弾道ミサイル関連の報告が終わったことを確認すると、エージェントの件に話を振ってきた。

「その後の情報は入っていますか?」

これには、芦沢が答えなければならなかった。

「新型エンジンの地上での燃焼試験準備を進めているとのことです。エージェント自身はスケジュールを聞かされていないものの、準備の進捗《しんちょく》状況からして九月後半だろうとの見解を報告してきています」

「そうですか。では、引き続き、よろしくお願いします」

もし、地上燃焼試験に成功すれば、次は長射程の弾道ミサイル発射が行なわれることになるだろう。核弾頭の開発と併せ、アメリカに核ミサイルが到達する状況になれば、アメリカと北朝鮮の関係は、大きく変わる可能性がある。

それは、日本にとってきわめて大きな影響を与える事態だった。


（アフリカ情勢についての会議は、南スーダンのジュバで戦闘が行なわれたことに伴《ともな》って開催が予定されていた。この問題は、二〇一七年になって稲田《いなだ》防衛大臣の辞任原因となった日報問題を発生させるに至っている）

二〇一六・八・三十一（水曜日）

芦沢は、四回目となるＮＳＣに陪席《ばいせき》していた。この日のＮＳＣは、新たな弾道ミサイル発射があったからではなく、一カ月ほど前から調整されていたものだった。『防衛装備の海外移転の許可の状況に関する年次報告書及びアジア情勢について』と題して開催され、表向きは、フィリピンに海上自衛隊練習機ＴＣ90型機を供与することについて話し合うものとされている。

しかし、実際には、練習機の供与だけではなく、情報収集衛星の情報提供とウクライナ西部リヴィウでの地上機材試験実施について、ＮＳＣとして正式決定を行なうものだった。

すでに動いている案件であり、関係省庁及びウクライナ政府とも調整が進んでいるものであったため、芦沢は、それほど問題視されることはないだろうと思っていた。

「情報提供は問題ないと思いますが、試験にかこつけた国外への部隊展開には、問題があるのではないですか？」

意外なことに、懸念を表明したのは須賀官房長官だった。問題視された場合に、真っ先に矢面《やおもて》に立たされる立場だからだろうか。

「説明が不十分だったかもしれません。部隊の海外展開は誤解です」

「防衛省の事業だったはずかと思いますが、違いますか?」

「そうです。技術研究本部の事業です。しかしながら、部隊の海外展開は問題になるだろうと認識されておりましたので、本試験は、メーカーに実施させると聞いております。技術研究本部は、国内から指示を出し、結果を報告させるとのことです」

「間違いないですか?」

芦沢が説明しても、須賀官房長官は、まだ不満があるようだった。井奈《いな》防衛大臣に問いかけている。

「はい。法的な問題はありません」

「そうですか。しかし、それでも何かトラブルが起きた時のことを考えると不安が残ります。政府の意向に沿《そ》わない行動をされたら政治問題になりかねない。対策を考えるべきではないですか?」

須賀官房長官の言葉を無視することはできない。かといって、この場で策を示すことも無理だった。

「了解いたしました。防衛省とも協力して、検討します」

その後の会議は、淡々と進んだ。

できることは、順調に進んでいると言ってよかった。それでも、芦沢は、不安を強くしていた。ウラジオストクでの日露首脳会談は、二日後に迫っている。北朝鮮のミサイル開発を支援するプーチンが、大きな動きを取ってくるのではないかと不安だった。ロシア、もっと明確に言えば、プーチンの意図が読めないことが不安だった。

ロシアは、今年に入ってからツァリコフ国防第一次官とイワノフ国防次官の択捉・国後島視察や松輪島への調査団派遣など、千島方面への関心を強めているだけとは思えない行動をとっている。芦沢は、瀬良と意見を交換させる中で、軍の動きというものは、相手の国の意図を読むよい材料だということを学んでいた。政治的な発言と違い、多大な労力を要するためだ。千島方面でのロシア軍の動きは、その背後に大きな意味があるはずだった。

だが、漠然《ばくぜん》とした不安では、何かを動かすことなどできるはずもない。芦沢は、焦燥《しょうそう》を抱《かか》えたまま、壁際の席で目を閉じた。


外務省から、長期宿泊中のホテルに戻る途中、虎の門病院に寄った。レオニードの手術は、八月十六日に実施され、手術自体は成功していた。レオニードは、手厚い治療もあって、大きな問題は起きなかった。最大の問題は、彼の退屈だった。おかげで、芦沢は、毎日病院に通っている。しかし、病院通いの理由は、それだけではなかった。低確率だが、発生する可能性があると言われていたドナーの合併症を、オクサーナが発症したためだ。彼女は、抗生剤投与を中心とした治療で回復に向かっていたが、今もまだ入院中だった。

「どうですか?」

芦沢が顔を見せると、彼女は、派手に喜びの表情を見せた。

「よかった。お話ししたかったんです。明日退院できるそうです」

「そうですか。それはよかった。ホテルも取らないといけませんね。入院前に泊まっていたところでいいですか？」

「芦沢さんも、まだあそこにいらっしゃるんですか？」

「ええ。私もあそこに泊まっています」

「でしたら、同じところでお願いします。やっぱり知っている方が近くにいることが一番です。ここにもすぐに来られますし」

ウクライナ人は、というより東欧の人に一般的なことだが、彼らは一度仲よくなると、徹底的に仲よくしてくれる。民族的にそうした考え方なのだろうが、苦しいソ連時代をすごしたことで、互助の意識が強いという側面もあるらしい。

かわいそうなことに、合併症を発症したオクサーナは、レオニードとは別の病室に入院させられていた。手術後、二人とも寂《さび》しい環境に置かれているのだ。

芦沢は、小一時間ほど、レオニードとゲームをして遊ぶと、ホテルに戻った。道すがら、乾いたキエフの夏が恋しく感じられた。

「こんなに蒸《む》し暑いとたまらないな」

二〇一六・九・四（日曜日）

「おはよう。お母さんは来てないの？　ホテルからは出ているみたいだったけど」

病室に入ると、レオニードが一人でスマートフォンをいじっていた。ゲームをしていたようだ。

「今日は、教会でお祈りをしてから来るって言ってたよ」

「教会？」

「うん。オチャノミズってところに行くって言ってた」

「お茶《ちゃ》ノ水《みず》、ニコライ堂か。日曜の礼拝に行ったんだな」

お茶の水にあるニコライ堂は、日本における正教会の中心となる大聖堂で、正式名称を東京復活大聖堂という。ニコライ堂という通称は、日本に正教会の教えを伝え、この聖堂の建設を推進した聖ニコライにちなんだものだ。日本人の信者だけでなく、ウクライナやロシア、そしてギリシャなど各国の正教会信者が多く礼拝に訪れる。

「神様に感謝してくるって言ってた」

「そうだね。レーニャの病気もよくなってきたし、お母さんも退院できたからね」

「うん……」

母親が来なくて寂しいのだろうか。レオニードは、元気がなかった。

「どうした？　何か心配かい？」

彼は、周囲を見回すと小声で言った。

「お父さんは、大丈夫かな？」

「手紙が来……」

芦沢が答えようとすると、彼は手を伸ばして口元を押さえようとした。小声で話したいようだった。芦沢は、屈んで彼の耳元にささやいた。

「この病院には、ロシア語を話せる人なんていないさ。大丈夫。手紙が来たんだろう？　元気でいるよ」

「そうだけど、僕のことやお母さんのことしか書いてなかった。お父さんのことは、何も書いてなかったよ。どこに行っていて、何をしているのかな？」

それは、ステッセリが手紙に書くことのできない情報だった。芦沢は、彼が北朝鮮の舞坪里にいることを知っていたが、話すことはできない。

「ロシアに出稼ぎに行ったんだろ？　やっぱりモスクワじゃないのかな」

「わかんないけど、たぶん違うよ。お父さんは、ロケット用のでっかいエンジンを作ってるんだ。危ないから、町の中では使えないんだって」

「そうか。でも日本には『便りがないのはよい知らせ』っていう言葉があるんだ。連絡がないっってことは、大丈夫だから心配しなくていいって意味だ。お父さんは、レーニャのことが心配だから、レーニャのことばかり書いてきたんだ。きっと元気で働いているよ」

「そうなのかな。お父さんは、危ない仕事をしているんじゃないかな。もう会えないような気がして、心配なんだ」

わずか九歳の彼が、ステッセリが危険を冒していることを察知しているのに驚いた。そして、そのことをみだりに話すべきではないと感づいていることにも。

芦沢は、下手な慰《なぐさ》め言葉しか思い付けなかった。レオニードは、なおも心配そうにしている。芦沢にできることがあるとすれば、気を紛《まぎ》らわせることだけだ。

「何のゲームをしてるんだい？　僕があげたゲームはやってないの？」

芦沢は、レオニードにニンテンドー３ＤＳをプレゼントしていた。しかし、彼が今手にしているのはスマートフォンだ。

「ポケモンＧＯをやってるんだ。お母さんのスマホを借りてるんだよ。おじさんにもらったゲームもやってるよ。でも、今はこれが面白いんだ！」

ポケモンＧＯは、日本でも七月にサービスが開始されたばかりだったが、爆発的にヒットして、社会現象になっていた。

「そうだ！　おじさん、外を歩いてポケモンを捕まえてきてよ。いつもは、お母さんに頼んでいるんだけど、教会に行ったから遅くなるよ！」

「ん……」

オクサーナのスマートフォンを預かることには気が引けたが、彼の願いを断わるのも酷《こく》だった。正教会の礼拝は、確かに時間がかかる。

「じゃ、この病院の中を歩いてくるよ。で、時々戻ってくる。外は暑いしさ」

芦沢は、暑さを言い訳にして、病院内に留まることにした。オクサーナが戻ってきたら、すぐにスマートフォンを返せるように。

「それでもいいけど、三十匹は捕まえてね！」

「三十匹って、どのくらいで捕まえられるのかな？」

「僕は、昨日三十四匹捕まえたんだ。動けないから、大変なんだよ。おじさんが歩けば簡単だよ」

簡単には思えなかったが、彼の意識をステッセリから引き離してやりたかった。

「わかった。三十匹だな。待ってろ！」

病院内でポケモンGOをしているところを見つかったりしたら、怒られてしまうだろう。芦沢は、看護師の姿が見えないことを確認すると、レオニードに手を振り、廊下に出た。

二〇一六・九・五（月曜日）――長門《ながと》会談まで百一日

事務次官室に入るのは、帰国直後の時に続いて二度目だった。当然ながら、呼ばれたから来た、という事情も前回と変わらない。

「首脳会談のニュースは見ているな？」

檜山は、肘《ひじ》掛けのついた革《かわ》張りの椅子に深く掛けていた。

「もちろんです。省内のレターも、目にすることのできるものは、すべて目を通しました」

ウラジオストクでの日露首脳会談は、九月二日、先週の金曜に、第二回となる東方経済フォーラムに併せて実施されていた。会談後、阿部首相は道筋が見えてきた、手応えを感じたと述べ、交渉状況は順調だとアピールしている。

芦沢は、辞令のないまま第四国際情報官室に席を置き、北朝鮮の弾道ミサイル開発に関わる情報分析を行なうことを命じられている。しかし、芦沢が提出した情報分析資料は、弾道ミサイル開発を支援したロシアにフォーカスしたものが多かった。報告書は檜山に提出している。全部を読んでくれたとは思わなかったが、その一部でも読んでくれたことは間違いなさそうだった。

「ルビコン川を渡った」

「長門市での首脳会談開催を発表したことですか」

「そうだ。これで、後戻りはできなくなった」

「はい……」

芦沢は、提出していた報告書のなかで、北朝鮮の弾道ミサイル開発支援を行なうロシア、さらに正確に言えば、プーチンの意図が読めないことに警戒すべきだと書いていた。北方領土問題の解決を、阿部首相とロシアのトップであるプーチンの決断によって進めようとしている日本にとって、プーチンの意図が読めないということは、直接関連する問題でなくとも、注視すべき事実だった。

「交渉は、順調に進んでいる。もちろん、リマで詰めなければならない課題もあるが、長門ですべてを固められるだろう」

長門での首脳会談の前に、ペルーの首都リマで行なわれるAPEC《エイペック》（アジア太平洋経済協力）首脳会議の場を利用して、あと一回の日露首脳会談が予定されていた。

「しつこいほどに懸念しているのはお前くらいだ」

「すみません……」

謝罪の言葉を述べつつも、檜山が読んでくれているということは嬉しかった。そして、それ以上に、読む価値があると檜山が認めている、つまり檜山の心のうちにも懸念があるという事実も、嬉しかった。

「何があると思う？」

「わかりません。ですが、極東情勢の悪化によって、アメリカがロシアに接近することを狙っているとしたら、それによって、クリミア危機後に悪化した米ロ関係の改善を狙っているとしたら、工作の規模、つまり人的・金銭的費用が、得られる効果に見合いません。それに、北朝鮮に対する影響力では、圧倒的にロシアよりも中国です。アメリカは、ロシア以上に中国に接近してしまうでしょう。何か、別の意図が、あるいはもっと劇的な効果を及ぼす副次要素があるのではないかと思いますが、それはわかりません」

これは、今までに上げたレポートにも書いていた。

「そうか。しかし、そうだな……何かあると仮定しよう。今、それがわからない、予測できないのは、なぜだ?」

この問いには、芦沢は推測による回答を持っていた。ただし、それを語ることにはためらいもあった。虎の尾を踏んでしまう可能性もある。相手は、課長ではなく次官なのだ。

「思うことがあるなら、言ってみろ。お前も知っていると思うが、俺も相当やんちゃしてきた人間だ。普通の外務官僚をはみ出したところで、何も言わないぞ」

芦沢は、ロシア課からウクライナ大使館に飛ばされた。それでも、何度も出世レースからドロップアウトしたと言われながら、そのたびに復活してきた檜山と比べれば、旅の序盤で小石につまずいた程度でしかないのだろう。何より、檜山は、下《した》っ端《ぱ》官僚にすぎない芦沢のレポートを見てくれているのだ。芦沢は、意を決すると口を開いた。

「待っているのだと思います」

「何をだ」

わざと不明確な形で発せられた回答に、檜山は不快感を隠さなかった。

「トランプの勝利です」

「それか」

檜山は、「また」という言葉を省略したのだろう。顔に表われた不快は、怒気《どき》に近くなっていた。

やはり虎の尾だったのかもしれない。しかし、今さら足を上げても、踏んだ事実を忘れてはもらえない。芦沢は、檜山を説得するつもりはなかった。部屋に呼ばれた時から、作戦は、檜山に保険を掛けさせることだった。

「もし、プーチンがトランプの勝利を待っているのだとしたら、次のリマ会談で判明するはずです」

「一般投票は十一月八日か……」

リマでの首脳会談は、ＡＰＥＣを利用して、十一月十九日に予定されている。アメリカ大統領選挙の結果が判明するのは、それより十日以上も早い十一月八日だ。この日に行なわれる一般投票で、当落は判明する。アメリカの大統領選挙のシステムは複雑で、その後の選挙人投票の結果が出なければ、正式に選挙結果は確定しない。しかし、一般の投票姿勢を踏まえて選挙人投票が行なわれるため、一般投票が終われば、どの候補者が当選するのかは確定する。

檜山は、その浮沈の激しさから、不死鳥とまで言われているが、一方では、彼をこうもりのようだと評する者もいる。機を見て敏《びん》に、時の権力者に近寄るからだ。そうした人間だからこそ、大きな状況変化の可能性があるなら、保険を掛けるはずだった。

檜山は、黙考していた。

「可能性だけでも、耳に入れておくべきかと思います」

誰の耳かは、言う必要がなかった。岸和田外相では、保険として不十分だ。岸和田外相のところで止められてしまえば、状況変化後に外務省が批判を受けることに変わりはない。

「次のNSCは十二日か？」

「はい。『宇宙に係る国家安全保障上の課題について』と題して開催される予定です。ウクライナ、リヴィウへの情報収集衛星用地上局の設置に関連して、細部の条件と先日三十一日のNSCで須賀官房長官から検討を指示された、政府の意向を担保として支えるものについて話し合われる予定です」

「よし。それまでに、例の新型エンジンの燃焼試験が行なわれれば、そのNSCで、首相の耳に入れておけ。ただし、あくまで可能性があるというだけだぞ。燃焼試験がまだであれば、もう少し待とう。一般投票まで、まだ二カ月以上ある」

檜山は、自ら首相の耳に入れようとはしなかった。可能性はあるとしても、その可能性が高いとは思っていないのだ。芦沢が報告すれば、外れた場合は、芦沢の汚点とされる。芦沢には、それでもよかった。一若手官僚にすぎない芦沢が、首相に直接報告するなら、リスクは許容しなければならない。

「わかりました。燃焼試験があれば、次回NSCで報告します」

芦沢は、深々と頭を下げた。

「それと」

檜山には、まだ何か言いたいことがあったようだ。

「その、担保の話だが、自衛官OBを使う方向で進めているそうだな」

「はい。四菱《よつびし》電機に再就職している自衛官OBを現地に送り込んでもらう方向です」

それを聞いて、檜山はにやりと笑った。

「それだけでは、官房長官の懸念は拭えないかもしれないな。俺にもう一つ案がある。マスコミからは癒着《ゆちゃく》と言われるかもしれないが、必要なはずだ」


二〇一六・九・十二（月曜日）――長門会談まで九十四日

「いくら何でも、立て続けすぎだな」

一週間とあけずに次のNSCとなると、さすがに阿部首相もぼやきを漏らした。

「仕方ありません。それだけ、安全保障上の重要課題が多いということなのですから」

応じた須賀官房長官の様子は、普段と変わらない。

檜山と相談した日から、一週間が経過していた。相談の時に予定されていた次のNSCは、この日のものだったが、北朝鮮が五回目となる核実験を行なったため、九日にも急遽NSCが開かれている。もっとも、九日のNSCは、実態の伴わないものだった。

その日、豊渓里《プンゲリ》で実施された核実験は、出力一〇キロトンと推定される過去最大のものだった。日本は、各国と協調して実施している制裁のみならず、独自のものも科している。その最中、北朝鮮は、どこ吹く風と構わず、実験を強行した。

制裁を意に介しない国に対して、〝武力による威嚇《いかく》又は武力の行使は、国際紛争を解決する手段としては、永久にこれを放棄〟している我が国は無力だった。NSCは、状況を認識したのみで、対処案を検討するにも至らなかった。

翻《ひるがえ》って、今日のNSCは、実《み》のあるものにする必要があった。『宇宙に係る国家安全保障上の課題について』と題された会議は、ウクライナとの間で実施する情報収集衛星絡みの事項について、調整された細部の取り決めを承認するものだった。

「以上のとおりとなります」

瀬良が、マリャール大佐と調整したこの日の本題に関しては問題がなかった。芦沢の報告に対して、簡単な説明でこと足りる以上の質問も異論も出てこなかった。

懸念されたのは、須賀官房長官からの〝宿題〟だ。

「続いて、本事業に関する政府としての指導を担保するための措置について報告します。試験用機材の製造は、四菱電機です。そのため、本試験での現地作業も、多くは四菱電機が行なうこととなります。このことを踏まえ、四菱電機に対し、防衛省との連携を円滑に行なわせるため、自衛官OBを現地に派遣させるようにいたします」

芦沢は、説明を続けるつもりだったが、横やりが入った。

「海外でのトラブルは、技術的なもの以上に、文化摩擦《まさつ》などが原因になることが多いです。メーカーに自衛官OBを加えたところで、それらの防止には効果が乏しいと思います」

これもやはり、年の功と呼ぶべきなのか、あるいは経験の差と呼ぶべきものなのだろう。須賀官房長官の懸念は、檜山事務次官が予想したとおりのものだった。

「その点も、考慮いたしました。外務省が行なうODAなどの支援事業でも、同じように文化摩擦などが発生することがあります。それらを防止するため、よく採られる方法の一つとして、商社を嚙ませるというものがあります。対象国の事情に詳しい商社をプライム、元請けとすることで、そうした事項にも配慮させるのです。今回も、同様の措置を採りたいと思います。製造メーカーが四菱電機ですので、四菱商事となる予定です」

芦沢は、即座に「加えて」と言葉を続け、質問を封じた。

「六月に退任した佐伯彬孝前外務事務次官を顧問として四菱商事に送り込みます。これによって、外務省としても、四菱商事にこと細かな配慮をさせる態勢を採りたいと考えております」

この発言で、須賀官房長官も「そこまでするなら、よいでしょう」と納得した。

ステッセリから、まだ燃焼試験が行なわれたとの情報は入ってきていない。舞坪里から、実験のため東倉里《トンチャンリ》にある西海《ソヘ》衛星発射場に移動するという情報がもたらされているものの、その後の情報は途絶えているという。芦沢は、トランプ候補に対する工作と北朝鮮の弾道ミサイル開発、さらに北方領土交渉の関係を報告したい衝動に駆られたが、暴走は許されない。大人しく、自分の席に戻った。

二〇一六・九・二十九（木曜日）　——長門会談まで七十七日

燃焼実験の実施は、ステッセリからの報告が入るよりも先に、北朝鮮の朝鮮中央通信が公表した。九月二十日のことだった。朝鮮中央通信は、静止衛星運搬ロケット用大出力エンジンと報じ、平和利用であるとの主張をしていたが、同時に推力八〇トンとも報じており、ＩＣＢＭ級エンジンであることを示している。

その後、舞坪里に戻ったステッセリからも、報告が入ったことから、この日になってＮＳＣが開催された。議題は『東アジア情勢について』というぼかされたものとなっているが、北朝鮮の弾道ミサイルについて討議されるものだった。

芦沢も出席していたが、ステッセリからの情報も含め、報告はほとんど防衛省サイドからなされた。

「……以上のように、このＲＤ２５０改エンジンの地上燃焼試験が、成功裏に終わったと思われることから、今後北朝鮮の弾道ミサイル開発は、急速な進展を見せる可能性が非常に高いと考えられます」

「いよいよ、この日が来てしまったな」

「外務省が運用するエージェントからの情報で、ユージュマシュ社の技術が用いられていることがわかっておりました。そのため、成功する可能性が高いと予測はしておりましたが、残念です」

防衛省のブリーファー槙峰二佐も、沈痛な表情を浮かべていた。

「本件に関して、我々は情報を持っていましたが、諸外国の反応はどうですか？」

須賀官房長官は、やはり広い視点で、状況を眺めていた。

「北朝鮮が、試験の画像を公開したことから、専門家の中には、すでにＲＤ２５０との関連を指摘する声が出ています。これは、ＲＤ２５０系のエンジンでは、ターボポンプの配置が非常に特徴的であることが主な理由です。画像情報からの推測ですが、今後ユージュマシュ社やウクライナ、ロシアとの関係を指摘する情報も出てくると思われます」


〈北朝鮮の新型エンジンが、ＲＤ２５０の流れを汲《く》むものであることが、日本において一般的に知られるようになったのは、二〇一七年七月に実施された火星一四型の発射後だ。一部には、二〇一七年の三月に行なわれた地上燃焼試験の後に、欧米の情報を紹介する形で報じられている。しかし、ユージュマシュやウクライナ、そしてロシアの関与を疑う声が、世界的に広く指摘され

るようになったのは、やはり火星一四型発射後の二〇一七年八月だ）

「だとすると、証拠を押さえられなかったことは残念ですね」

須賀官房長官の言う証拠は、ロシアの工作である証拠だ。芦沢は、精一杯努力したつもりではあったが、残念な結果であることは、彼以上に痛感している。

「申し訳ありません」

芦沢は、立ち上がって腰を折った。

「君のミスだと責めているわけではありません。在ウクライナ大使館の努力がなければ、この会議は、今とは全く違ったものになったでしょう」

確かに、須賀官房長官の言葉どおりであったろう。芦沢たちのもたらした情報は、防衛省にイージス・アショア導入の検討を急がせる結果となっているし、アメリカとの北朝鮮問題協議でも、より適切な検討を可能としていた。

しかし、これはあくまで北朝鮮のアクションに対して反応するものであり、後手であることには変わりがない。そして、今後に及んでくる政治的な影響については、完全な後手に回ることは避けたかった。檜山事務次官からの指示を実行するのは、この場でしかありえなかった。

「しかし、証拠があれば、公《おおやけ》にロシアを非難することが可能でした。いまだに、この工作を実施したロシアの意図を図りかねている状況ですが、非難することが可能であれば、どのような意図があったとしても、ロシアの意図を阻害することもできたと思われます」

「欧米に接近し、対ロ制裁の解除あるいは緩和《かんわ》を狙っていることは間違いないだろう」

そう言ったのは、岸和田外相だ。彼の言ったとおりの狙いがあることは、芦沢自身が報告していることだ。だが、それだけとは思えないことが問題なのだった。そのことは、岸和田外相にも報告されていることだったが、彼はそれを重要視していないのだろう。

「そのとおりです。しかし、ロシアが、ウクライナの責任を追及したとしても、対ロ制裁が完全に解除されるとは考えられません。ロシアが、クリミアを奪い、東部ウクライナを実質的に奪っている事実は変わっていません。その一方で、ウクライナに入っていた工作員は一人のみですが、ロシア国内や北朝鮮との交渉を考えれば、かなり規模の大きな工作です。ロシアが支出する人的・金銭的費用が、効果と吊り合わないのです。アメリカをはじめとした欧米各国が、北朝鮮への影響力行使を期待する可能性についても、十分とは言えません。ロシアよりも中国の影響力が絶大であるためです。別の意図がある、あるいは吊り合いが取れるだけの他の要素があると思われます」

「見当は付かないのかね?」

阿部首相の言葉は、芦沢に推測のすべてを語らせる誘惑に満ちていた。しかし、外務省内の反応を見ても、推測を証拠なしに語ったところで、説得できるとは思えなかった。無用な反感を持たれるだけだろう。芦沢は、檜山事務次官と話したとおり、警告を発しておくに留めることにした。

「ロシア、プーチンの狙いは読み切れません。しかし、ロシアが同時に行なっている工作と連動している可能性は高いように思われます。アメリカ国務省からの情報では、ロシアはアメリカ大統領選挙に影響を与えようとしています。選挙結果によっては、ロシアがさまざまな問題で対応を変えてくる可能性があります」

「なるほどな。今のところ、親ロシアと言われるトランプが勝つとは思えないが、覚えておく必要はありそうだな」

芦沢は、無言で頭を下げた。現時点では、及第点だろう。

第五章　当確　十・二十九〜十二・十五

二〇一六・十・二十九（土曜日）　――長門会談まで四十七日

　そのスクープを見て、芦沢は目を見張った。共同通信が、関係者からの情報として報じたものだった。北方領土交渉の関係者は、きわめて限定されている。外務省か官邸内の人間でもごく一部だ。芦沢も、今では触れることはできない。もし彼らでないとすれば、首相の特命を受けて動いている数人だけだ。

　共同通信は、日本政府が、返還後の北方領土を日米安保条約の対象外とする案を検討していると報じていた。以前から、日米安保の適用はロシアが強く懸念している部分だ。そのため、識者の一部には、日米安保の対象外とすべきという意見はあった。

　しかし、日米関係への懸念から、政府がおおっぴらに検討したことはなかった。誤報でないのならば、日米関係に悪影響が出る可能性がある以上、このスクープは、アメリカの反応を見るための観測気球であることは間違いなかった。関係者の誰かが、わざと漏らしたのだ。おそらく、首相も承知した上での意図的リークだった。

「そこまで交渉が進展しているのか……」

芦沢は、騒がしい第四国際情報官室のデスクで、パソコンの画面を見つめたまま、独りごちた。日ソ共同宣言で日本に返還されることが盛り込まれ、ロシアも返還に抵抗する可能性が低い二島、歯舞群島と色丹島は、軍事的な意味がほぼゼロと言っていい小島だ。返還交渉が大詰めを迎えた今、日米安保の対象から除外するとする観測気球を上げているということは、ロシアが国後島と択捉島についても何らかの譲歩をする可能性が高いのだと判断できた。

芦沢が目を閉じると、水揚《みずあ》げに沸《わ》く根室港の様子がまぶたに浮かんだ。そして、睦美の笑顔と炎を上げる家も。二島返還に留まらず、国後・択捉についてもロシアの譲歩を引き出し、北方領土問題の解決が図れるなら、それは大変な成果だった。芦沢の心は躍った。

先月末のNSCの後も、北方領土交渉は、古巣のロシア課が積極的に動いていた。課員の動きを見れば、それはわかる。しかし、交渉の中身は聞かせてもらえなかった。外部の報道で同僚の動きを知るというのも変なものだが、それは仕方のないことでもあった。

ここのところ、芦沢が関わることができているウクライナ情勢や北朝鮮の弾道ミサイル開発では、大きな動きがなかった。その一方で、不安もあった。個人的に注目しているアメリカ大統領選挙は、不気味な、だがまだゆっくりと浅いうねりが見えていた。

九月二十六日に最初のテレビ討論会が行なわれ、十月九日に第二回、十九日に三回目のテレビ討論会が行なわれていた。クリントンが優勢と見られているものの、トランプがじりじりと肉薄していたのだ。そして、外務省・政府も、万が一トランプが勝った場合を想定した動きを始めている。もしトランプ候補が勝利した暁《あかつき》には、国防長官や安全保障担当の大統領補佐官に就任すると噂されるマイケル・フリンが来日し、自民党本部で講演を行なった上、須賀官房長官とも会談を行なったのは、十月十一日だ。

「怖《こわ》いな……」

芦沢にとっては、よい材料が出てきた半面、不安の影も濃くなっているのだった。

二〇一六・十一・十五（火曜日）——長門会談まで三十日

「正直に言って驚いた。みなさんもそうだと思う。が、芦沢君は違うかな？」

国家安全保障会議、日本版NSCの冒頭、阿部首相の言葉のおかげで、出席者の視線が芦沢に集まった。発言を求められているわけではなかったが、ひとことを期待されていることはわかった。

「トランプ票を増加させるだろうと予測はしておりましたが、勝利するとは思っておりませんでした。私にとっても、トランプ候補の勝利は驚きです」

八日に行なわれたアメリカ大統領選挙一般投票の結果、大方の予想に反し、トランプ候補が勝利した。選挙期間中、彼は、在日米軍の駐留経費負担など、日米同盟の今後に大きな変化を与えそうな発言をしていた。この日のNSCは、『我が国の安全保障に関わる諸課題について』と題されていたが、それはつまり、〝トランプ大統領出現による〟我が国の安全保障に関わる諸課題を話し合うための会議だった。

しかし、会議は盛り上がりに欠けた。あまりにも不確定要素が多かったからだ。端的に言えば、実際に大統領になったトランプが、どのような姿勢をもって日本に接してくるのか予想が付かなかった。選挙期間中の発言は、どの候補も選挙民に対するアピールの側面が強く、実際に大統領になった場合に、そのまま実行されるわけではない。阿部首相は、トランプの当選が確定するやいなや、電話会談を行ない、直接会談の予定も取り付けている。トランプの実像がわかるのは、真の関係構築が出来てからだった。

「やはり、首相が個人的な関係を構築されるのが先決でしょうね。まずは互いに胸襟《きょうきん》を開いて話し合っていただく。その上で、アメリカの安全保障政策における我が国の貢献についても、伝えるべきことは伝え、理解を得ることが重要だと考えます」

須賀官房長官の発言が、すべてを集約していた。この会議が、三日後、十八日に予定されている阿部・トランプ会談のための準備でもあるからだ。

「そうだろうな。とはいえ、最初からあれこれ言うことはできない。その〝伝えるべきこと〟が重要だ。私としては、在日米軍の駐留経費について、日本が十分に支出していること。そしてもう一つ、米軍に駐留を許す、そのための場所を提供することで、アメリカの極東政策に貢献していることについては、今回の会談ではっきりと伝えてきたいと思っている」

阿部首相は、在日米軍が日本を守るためだけに存在しているのではないことをトランプに理解させようと考えているのだろう。在日米軍は、日本防衛のための拠点であると同時に、アメリカにとって、アメリカ防衛のための前進基地でもある。しかも、北朝鮮の核・弾道ミサイル開発が進めば、アメリカ防衛のための前進基地としての性格が強まる。芦沢が会議に呼ばれた理由も、こうした考えが背景にある。

「私も賛成です。中国の海洋進出を抑えるために、在日米軍は必須です。それに、対北朝鮮には、在韓米軍もありますが、北朝鮮が核・弾道ミサイル能力を伸ばしている今、在日米軍基地は重要性を増しています。九月に行なわれた新エンジンの燃焼試験が成功裏に終わった以上、来年には北朝鮮の弾道ミサイルは大幅に能力を向上させるかもしれません。今日も、芦沢書記官に臨席してもらっていますが、エージェントから得られた情報も含め、トランプ氏に伝えるべきかもしれません」

芦沢の仕事が重要視されることは嬉しかった。しかし、外務省職員としての芦沢は、素直には喜べない。井奈防衛大臣の横で、岸和田外務大臣が苦い顔をしていた。それに、今トランプにステッセリが送ってきた情報を伝えることはまずい。

「伝えても支障はないのかな?」

首相の視線は芦沢に向けられていた。これも嬉しくはない。芦沢は、岸和田外相が口を挟むことを期待したが、彼は苦虫《にがむし》を嚙み潰したような顔のまま、机上の資料を睨んでいた。芦沢は、気乗りしないまま答えた。

「三つの点で、今伝えることには問題があります。第一に、一般投票で勝利したため、トランプ氏が次代のアメリカ大統領となることはほぼ確実ですが、現時点では、まだ大統領ではありません。情報管理の点から、トランプ氏に伝えることには問題があるでしょう。第二に、トランプ氏に伝えるのであれば、エージェントを共同運用するウクライナとの取り決めにより、ウクライナ政府と協議する必要があります。第三に、エージェントは今も北朝鮮領内におります。ロシアに近いトランプ氏の側近から、ロシア側に情報が漏れれば、エージェントが危険になると思われます」

芦沢は、レーニャの笑顔を浮かべていた。ベッドに横たわったまま「これでサッカーができる」と言っていた彼のことを思うと、ステッセリの命を守りたかった。

「なるほどな。エージェントがソースとなっている情報は控えよう。しかし、北朝鮮の弾道ミサイル技術が大幅に伸張する可能性は伝えておきたいな」

阿部首相の言葉に答えるべきなのは井奈防衛大臣だった。しかし、彼女は、どう言ってよいのか迷っているようだった。その間に岸和田外相が口を挟んだ。

「エージェントをソースとした情報を取り除いた、防衛省の分析資料なら問題ないでしょう。北朝鮮側が画像も公開しています。多少脚色した分析資料としてもかまわないはずだ」

岸和田外相の言葉は的確だった。彼は、芦沢のことを煙たがっていたが、状況はよく掌握《しょうあく》していた。

「そうだな。防衛省のほうで資料を作ってくれ。トランプ氏に渡すかどうかは現場で考えるが、持って行きたい。アメリカ政府から伝わっているかもしれないが、もし知らなければ伝えておいたほうがいい」

今や、北朝鮮の核・弾道ミサイルは、日米関係の重要要素となっていた。

「では、最後にトランプ氏に対するロシアの工作とその影響について、話しておきましょう。トランプ氏に対する捜査情報は、どの程度入ってきていますか」

ＮＳＣの議長は、首相ということになっている。しかし、実際に会議の船頭《せんどう》役を果たしているのは、須賀官房長官だった。

「国務省からは、ＦＢＩが七月から捜査に着手していると情報が入っています。ロシアがインターネットを利用した世論誘導を行なっていた疑惑については、確度が高いようです。しかし、これはロシアを非難することにはなっても、トランプ陣営には法的にはもちろん、道義的にも責任のある疑惑ではないため、大統領就任の障害にはならないでしょう。選挙対策本部長であったポール・マナフォート氏を通じたマネーロンダリング、資金提供疑惑については、可能性は高いものの、高度な偽装が施されており、ロシアの関与を証明することができるかは疑問があるようです。もしロシアの関与が証明されれば、トランプ氏の大統領への就任が問題になる可能性があります。トランプ氏が、資金源をロシアとして認識していなかったとしても、支持率は悪化するでしょう。先月来日したマイケル・フリン氏やトランプ氏の娘であるイヴァンカ氏の婿《むこ》であるジャレッド・クシュナー氏についても、ロシア関係者のとの接触が多いため調べてはいるようです。ですが、疑惑と言えるものは現在のところ、把握されていないようです」

（二〇一八年十月現在、インターネットによる世論操作は、ロシア外交官をペルソナ・ノン・グラータ＝好ましからざる人物として国外退去させるに及ぶなど、ロシアの関与があったことは確実となっており、トランプ大統領も認めている。しかし、刑事事件とはなっていない。ポール・マナフォート氏の疑惑は、マネーロンダリングなどでの刑事訴追となっているが、背後にロシアが存在することは証明されていない。マイケル・フリン氏は、訴追され司法取引に応じて罪を認めているが、このNSC＝国家安全保障会議時点よりも後に、ロシアの駐米大使とロシア制裁問題を話し合ったことによる）

答えたのは、当然岸和田外相だった。

「では、このまま就任する可能性が高いということで大丈夫かな？」

「大丈夫でしょう。捜査がどう進むにせよ、きわめて高度な政治案件です。相当な時間がかかります。大統領選挙の結果が確定するのは一月ですが、それまでに捜査が確定情報を出せる可能性はほぼないとのことです」

「わかった。次期アメリカ大統領と認識して会談しよう」

阿部首相の言葉で、会議は終了すると思われたが、続きがあった。

「ところで、この疑惑を最初に嗅ぎつけたのは芦沢書記官だそうだね」

場違いな会議で過剰な評価をもらい、芦沢は恐縮した。せめて、誤解は解いておかないと、省内での風当たりが強くなる。

「嗅ぎつけたのではなく、可能性を指摘しただけです。私は、ロシアによるヤヌコーヴィチ元ウクライナ大統領への工作を調べていました。その中で、ヤヌコーヴィチの選挙アドバイザーをしていたポール・マナフォート氏が、ロシアの工作に協力した疑惑を認識していました。そこから、ロシアがトランプ氏に対する工作を行なっている可能性を考慮したのです」

「そうか。勘がよいのだろうが、縁もあったということか。この件で、何か懸念することはあるかな?」

このような場で言ってよいのか躊躇われた。しかし、首相がじきじきに言葉をかけてくれたのだ。千載一遇のチャンスと言えた。芦沢は、背筋を伸ばして口を開いた。

「北方領土交渉に影響が及ぶことを懸念しています。ロシアが北朝鮮の弾道ミサイル開発を背後から支援する理由は、北朝鮮がアメリカと対立していることのみとは思えません。北朝鮮の核・弾道ミサイル能力が進展すれば、地理的関係からアメリカにとってロシアの重要度が増します。プーチンが、何らかの形でトランプ氏の支持を得て、北方領土交渉を有利に進めようとする可能性があるのではないかと考えています」

「それは考えすぎだ。日米関係は強固だ。トランプがロシアとの関係が強いとしても、日露どちらの立場に立つかという選択で、ロシアをとることなど考えられない」

　岸和田外相は憮然《ぶぜん》とした表情で言った。覚悟はしていたものの、風当たりはさらに強くなるだろう。二人の言葉を聞いた上で、阿部首相も笑って言った。

「私が、懸念があれば言えと言ったことを受けての言葉だろう。しかし、さすがにそれは取り越し苦労というものだ。北方領土交渉に対しては、ダレスの恫喝《どうかつ》以降、アメリカは領土問題は日露二国間の問題だという立場だ。ダレスの恫喝も一九五六年、もう半世紀以上昔の話だし、内容も日本が譲歩することを阻んできたものだ。大丈夫だよ」

　ダレスの恫喝は、二島返還での北方領土問題解決を受諾《じゅだく》しようとした日本に対して、それを呑むならば、国務長官がアメリカは沖縄を返還しないと述べ、圧力をかけたものだ。芦沢も、アメリカがロシアの側に立つなど考えたくない。しかし、北朝鮮の弾道ミサイル開発支援とトランプ候補に対する支援に、何か関係があるような気がしてならなかった。

「交渉も、すでに大詰めに入っている。日本国の首相として、私は重大な決断を行なう覚悟を決めた。プーチンもそのはずだ。ＡＰＥＣで最終的な確認を行なえば、一カ月後の日本での会談は、歴史的なものとなる」

　四日後にはＡＰＥＣの場を利用した日露首脳会談が予定されている。次は一カ月後の山口、東京での日露首脳会談だ。阿部首相は、自身の外交の集大成を自らのお膝元である山口で演出するつもりでいる。あと一カ月、ここまできてどんでん返しがあるとは考えにくい。それはわかる。それでも、芦沢は、ＫＧＢ出身の策士プーチンが、何かを企《たくら》んでいるような気がしてならなかった。

二〇一六・十一・十九（土曜日）――長門会談まで二十六日

ＡＰＥＣのため、ペルーの首都リマに入っている阿部首相は、プーチンとの日露首脳会談に臨んでいる。もうそろそろ、会談が終わる時刻だった。

リマとキエフには、七時間の時差がある。土曜の深夜、大使館に詰めている職員は、当直の他には芦沢しかいない。十五日に行なわれたＮＳＣの後、レオニードとオクサーナのケアを本省スタッフに任《まか》せ、芦沢はウクライナに戻っていた。

芦沢は、パソコンの脇にワイングラスとモルドバワインを置き、会談の情報を待っていた。檜山事務次官の計らいで、特別に速報のメールを転送してもらえることになっていた。

ワインは、モルドバ産のオラシュルスブテランだ。〝黒い乙女《おとめ》〟という意味のモルドバ土着品種の葡萄《ぶどう》、〝フェテアスカ・ネアグラ〟を使って造られている。モルドバワインは、長い歴史を持ち、知名度こそ低いものの、高い品質を誇《ほこ》る。しかし、一時期、その生産は危機に瀕《ひん》した。主な消費者であったロシアが購入を止めたからだ。

ロシアは、モルドバの中でも工業が発達し、ＧＮＰの多くを稼ぎ出していたドニエストル川沿岸域を事実上独立させた。ウクライナ東部や、ジョージアにおけるアブハジア、南オセチアで行なった方法と同じように、独立運動を支援し、モルドバから分離させたのだ。

モルドバは反発し、分離独立を阻止しようとした。ロシアは、そのモルドバに圧力をかけるため、軍を介入させただけでなく、モルドバワインの輸入を禁止した。

経済的に豊かな沿《えん》ドニエストル地域を失い、残された産業は、ワインを主とした農業だけとなっていたモルドバは、国家的な危機に陥《おちい》った。これを救うため、モルドバワインの新たな販路開拓に力を貸したのが日本政府だった。もっと具体的に言えば、モルドバを救ったのは、兼任でモルドバも担任する在ウクライナ日本大使館だった。結果として、最近では日本でもモルドバワインが流通し始めている。

芦沢は、大使館に赴任する前から、この話を聞かされていた。以後、たまにはウクライナワインも口にしているものの、極力モルドバワインを飲んでいた。

つまみは、ドライフルーツの入ったカッテージチーズと街灯にぼんやりと照らされた街並み。首脳会談でプーチンが卓袱台《ちゃぶだい》返しを行なうのではないかという懸念さえなければ、旨《うま》い酒だった。

阿部首相は、リマ入りの前にニューヨークに寄り、トランプタワーでトランプと会談している。檜山事務次官も、阿部首相から詳しい話は聞けていないということだったが、それでもトランプが特異な発言はしなかったようだ。先日のNSCでも取り上げられたように、会談は、互いに顔合わせをすることが目的であり、そもそも深刻な議題があったわけでもない。それでも、暴言が多いトランプとの会談だったこともあり、外交関係者は、胸をなでおろしていた。

逆に、この日行なわれている日露首脳会談に懸念を抱いている外交関係者は、芦沢を除けば皆無と言ってよかった。一カ月後には、山口、東京での首脳会談も決まっている今、卓袱台返しなどありえないと考えているためだ。瀬良でさえ、考えすぎではないのかと言っている。

プーチンは、基本的に寸土《すんど》たりとも渡したくはないと思っているはずだ。それでも北方領土問題で交渉の場についている理由は、主に経済的な理由で苦しいからに過ぎない。ロシアは、ソ連が締結した条約などの義務を引き継ぐ継承国となっているため、歯舞と色丹を引き渡すと定めた一九五六年の日ソ共同宣言は、現在も有効な宣言だ。これさえなければ、四島とも引き渡したくないのが、プーチンの本音だろう。

（二〇一八年九月十日、東方経済フォーラムに併せて実施された日露首脳会談において、プーチンは個人的な意見としつつも、「一切《いっさい》の前提条件を付けずに年内に平和条約を結ぼう」と発言し、日ソ共同宣言で約した二島返還さえ反故《ほご》にしたい姿勢をあらわにしている）

灯りを落としていることもあり、赤ではなく黒なのではと思えるほど色の濃いオラシュルスブテランのボトルが空くころ、ようやくメールが転送されてきた。

アルコールのせいもあってぼんやりしかけていた頭が、一瞬で覚醒《かくせい》するほどの内容だった。プーチンは、北方領土におけるロシアの完全な主権を認めるように発言を変えてきたという。しかも、ロシアの主張は、多くの国、特に〝戦勝国〟から支持されるだろうと言ってきた。しかし、歯舞・色丹の二島については、引き渡す考えがあると発言したらしい。要は、一九五六年の日ソ共同宣言から一ミリたりとも引かないということだ。

芦沢は、一分析担当にすぎなかった。これまでの交渉状況を聞かされてはいない。しかし、これを吞むなら日本の完全敗北であり、多くの外交官が、交渉に心血《しんけつ》を注ぐ必要などなかった。ロシアの主張をすべて受け入れたにすぎない。そのような交渉ではなかったはずなのだ。

プーチンは、この場になって卓袱台を返し、全面降伏を要求してきた。懸念していたとはいえ、芦沢は交渉がうまくまとまることを期待していた。拳を固めて机を叩く。空になったワイングラスがはじけ飛んだ。

「ブリャーチ！（日本語のクソにあたるロシア語）」

やはり、トランプの勝利が関係しているのかもしれなかったが、どう関係しているのかまでは読めなかった。砕けたグラスを片付け終わり、呼吸も落ち着いてきたところで、再度メールの着信音が響いた。

画面を覗き込む。送信者は、檜山事務次官だった。阿部首相は、会談後の記者会見で「解決に向けて道筋が見えてはきているが、そう簡単ではない。着実に一歩一歩前進していきたい」と交渉決裂に対して予防線を張る発言をしたという。急遽、岸和田外相を訪ロさせ、交渉をもとの筋道に戻す努力は行なうものの、状況は厳しいと書かれていた。

その上で、多少なりともこの事態を予測していた者として、プーチンの意図を分析せよと指示が来ていた。しかし、プーチンは具体的な理由については語ることなく、ただ要求のみを伝えてきたらしい。新たな情報がなければ、新たな分析は難しかった。

「それでも、やってみるしかない」

芦沢は、独りごちて窓の外を見た。闇の中に、睦美の幻が浮かんでいた。

二〇一六・十一・二十二（火曜日）――長門会談まで二十三日

リマでの日露首脳会談以後、芦沢は、プーチンの意図を読み解くため、情報の再整理を行なっていた。瀬良にも相談したいと思っていたが、前日の月曜日、彼は出張で不在にしていた。〝ザポリージャ〟の件でも世話になった隣国ベラルーシも担当するロシア担当の防衛駐在官と情報を交換するためだ。

「状況を整理してみました」

昼すぎに戻ってきた瀬良に、すぐさま話しかけた。

「十月十七日に、在日本ロシア大使館で日ソ国交回復六十周年を記念した日露フォーラムが開催されています。この時には、パノフ元駐日ロシア大使やアファナーシエフ現ロシア大使から怪しげな発言はありませんでした。首脳会談レベルでは、九月二日の東方経済フォーラムの際の日露首脳会談において、〝新しいアプローチ〟に基づく交渉を具体的に進めるとされており、交渉は順調に進んでいました。その他、各種情報も再チェックしてみましたが、先日のリマでの首脳会談まで、ロシア側関係者、政府系メディアなど、進展していた交渉に対してどこからも否定的な情報は出ていません」

芦沢は、ニュースクリップのコピーを見せながら、瀬良に状況を説明する。

「アメリカ大統領選挙については、今月八日に一般投票が行なわれ、トランプ候補が次期アメリカ大統領となることが確定しています。やはり、外交に転換をもたらす要素として、トランプの勝利が、何かしら関係している可能性があると思います」

「しかし、トランプがロシア寄りであることと、ロシアが選挙に工作し、トランプが有利になるよう画策した事実以外に、具体的に影響を及ぼしそうな情報があるのか？」

瀬良は、コーヒーをすすりながら言った。

「表向きは、ありません。ですが、リマ会談において、プーチンは、ロシアの主張が〝戦勝国〟から支持されると言ったそうです。北方領土問題に関しては、中国はもとよりロシア支持ですし、イギリスやフランスは、ウクライナ危機以後、ロシアに対する制裁に熱心です。北方領土問題でロシアを支持すれば、クリミアを理由として制裁を科すことと齟齬《そご》をきたしてしまいます。オバマのアメリカも、同様にロシア側に付くとは思われませんが、大統領がトランプに替われば、ロシア寄りになる可能性は否定できません。プーチンの言う〝戦勝国〟は、やはりアメリカだと考えるべきかと思います」

「確かに、他の国とは考えにくいが……。表向きはというからには、裏もあるのか？」

ここからが、核心だった。

「はい。リマでの首脳会談について、一般には報道されていませんが、阿部首相の意見に対してプーチンが反発したのは北朝鮮に関する対応でした。実は、遡って確認してみると、九月の東方経済フォーラムの際の日露首脳会談でも、阿部首相が北朝鮮問題を取り上げたとたん、プーチンが無表情となってこの話題を避けています。この時は、これを危険なサインとは考えられませんでした。この情報は公開されています。新聞でも報道されました」

芦沢は、瀬良に新聞記事のコピーを見せた。

「それは北朝鮮の関係だ。アメリカ、トランプのことが気になっているのだろう？」

「そうです。アメリカ、トランプのアメリカが、ロシアに接近する場合、当然ながらアメリカ国内外から強い批判が出るでしょう。たとえ強烈な批判に晒《さら》されても、ロシアに接近する理由付けができるとしたら、どんな事象がある場合でしょうか？」

「やはり、安全保障上の重大事だろう。北朝鮮の核・弾道ミサイル問題ということか」

「はい。ユージュマシュへの工作を通じて、ロシアは北朝鮮の弾道ミサイル能力を向上させました。ロシア、プーチンは、〝敵の敵は味方〟だと考えて北朝鮮を支援しただけでなく、アメリカ大統領選挙への工作と併せ、アメリカがロシアに接近することを狙っていたのではないかと思うんです」

「筋書きとしては通っているが……」

瀬良は、渋い顔をして考え込んでいた。

「具体的に、トランプのアメリカは、プーチンのロシアとどんな取引をすると思っているんだ？」

「九月二日の東方経済フォーラム、それに先日のリマＡＰＥＣでの日露首脳会談でも、日露ともに、北朝鮮を地域の不安定化要因だと認めています。ですが、東方経済フォーラムの際の首脳会談時、プーチンは『北朝鮮が核問題を合法化しようとしていることは認められない』と言っていました。ここが微妙なところなのですが、弾道ミサイルに対しては非難していないんです。ロシアは、北朝鮮の弾道ミサイルを既定のものとして、アメリカとの接近を図るのではないでしょうか。たとえば、アメリカが北朝鮮の弾道ミサイル潜水艦を追うため、そしてイージスで弾道ミサイルを警戒するために、アメリカの艦艇に対して、国後水道の通過やオホーツク海に入ることを認めるといった餌を使って、アメリカとの接近を図るんです」

「国後水道か……どうだろうな」

瀬良は、そう言うと、出張に持っていったバッグから新聞を取り出した。

「ロシアに派遣されている海自の防衛駐在官からもらってきた。今朝出たばかりのロシア海軍太平洋艦隊機関紙『ヴォエバヤ・ヴァーフタ』だ」

芦沢は、マーカーで囲まれた記事に目を走らせる。

「択捉島に地上発射型対艦ミサイルのＰ８００バスチオン、国後島にも３Ｋ60バールを配備、ですか……」

「そう。択捉のバスチオンは、従来から配備されていた地対艦ミサイル3K96リドゥートの更新だが、国後には従来、地対艦ミサイルを配備していなかった。国後水道やオホーツク海にアメリカ艦艇が入ることを認めるとは考えにくい」

安全保障上の重大事、北朝鮮の核・弾道ミサイルを考えるとしたら、芦沢一人ではおぼつかない。瀬良が戻ってくれれば、筋書きに肉付けできるのではないかと考えていたが、今のところ、肉付けするどころか骨も細ってしまったようだ。

「もっと現実味のあるシナリオを考えてみたらどうかな？」

「現実味のあるシナリオというと？」

瀬良にも、何か考えがあるようだった。

「前にも話した極東版ＥＰＡＡだよ」

「極東版ＥＰＡＡ……日本にイージス・アショアを配備するシナリオですね」

「そう。本家ＥＰＡＡに対してロシアは反対した。ロシアの弾道ミサイルが迎撃され、核抑止《よくし》が機能しなくなるという主張だ。もし、北朝鮮の核・弾道ミサイルに対して、極東版ＥＰＡＡが構築されるなら、同じようにロシアは反発するだろう。たとえ自衛隊装備として配備したにせよ、安保法制が施行《しこう》された今、自衛隊はアメリカに向かう弾道ミサイルを集団的自衛権の行使として迎撃できる。しかし、トランプと取引し、極東版ＥＰＡＡを認める代わりに、北方領土に対するロシアの姿勢を支持させるということはあるかもしれない」

「確かに……」

芦沢は、瀬良との会話を思い出していた。ＥＰＡＡは、ヨーロッパ防衛を建前としながら、アメリカをイランの大陸間弾道ミサイルから防衛することを目指している。そして、防衛省も、同様のシステム、イージス・アショアと呼ばれる地上配備型イージスの導入を検討しているという。

北朝鮮がユージュマシュの技術を使って弾道ミサイル能力を向上させれば、アメリカはその防衛策を考えなければならない。九月二十日に行なわれたＲＤ２５０改の地上燃焼試験は成功した。北朝鮮がアメリカまで到達する実戦的弾道ミサイルを開発するのも時間の問題だった。

芦沢は、過去に行なわれたミサイル発射時の狂騒を思い出していた。沖縄や秋田《あきた》上空をミサイルが飛び越えることで、一般の日本人もようやく北朝鮮のミサイルを本気で懸念するようになった。その時の報道を思い返しているうちに、ふと何かが違うと気付いた。

「沖縄上空を通過したミサイルは当然ですが、秋田上空を通過したミサイルも、アメリカには向かっていなかったですよね？」

「秋田上空を飛翔したミサイルか。二〇〇九年のテポドン二号改の発射だな。あれは、衛星を打ち上げる建前だったし、アメリカに向かってはいなかった。二段目のブースターは、ハワイより手前に落下し、衛星軌道への投入に失敗した衛星も、南太平洋に落下したとみられている」

瀬良は、ウクライナの防衛担当者と話す際に使用している資料を見ていた。

「極東版ＥＰＡＡとして、自衛隊が日本防衛のためにイージス・アショアを配備しても、本家ＥＰＡＡのようにアメリカを防衛するための役には立たないのではないですか？」

「イージス・アショアの施設を、どこに建設するかで大きく変わってくるだろうな」

瀬良は、パソコン上で地図ソフトを起動していた。

「北朝鮮からアメリカ本土に向かうミサイルは、北東方向、ロシア沿海州《えんかい》からオホーツク海方面に飛翔する。ハワイやグアムに向けたミサイルは、日本上空を通過するが、米本土向けのミサイルは、日本上空を飛ばない。一方で、自衛隊のイージス・アショア施設は、中国地方と東北地方に置くことになるだろう。イージスSM―3の射程を考慮すると、日本防衛のためには、二つのイージス・アショアで足りると言われているからね。それに、二基のイージス・アショアを連携させれば、レーダー捕捉の誤差が少なくなって、命中率も向上する。アメリカに向かうミサイルを迎撃するとすれば、東北の施設からだが、位置も方位もよくはないな」

パソコンに表示されている地図は、芦沢が頭の中に思い描いたものと異なっていた。

「その地図、変わってますね」

「正距方位図法《せいきょ》。地図中心からの距離と方角が正確に表示される。その代わり、面積と形状は中心から離れるほど歪んでしまう。しかし、弾道ミサイルでの攻撃、防衛を考える場合、この地図が最適だ。宇宙空間を飛翔する弾道ミサイルは、長距離を飛翔するし、基本的にコースを変えられないからね。よく目にするメルカトル図法の地図は、実際の直線が曲線で描かれてしまう。成田からアメリカに向けて飛行する航空機が、メルカトル図法の地図上では大きく北に迂回《うかい》するようなルートをとるのは、実際には、そのコースのほうが直線に近く、短距離だからだ」

瀬良は、平壌を地図の中心として表示していた。

「これを見ればわかるとおり、東北にイージス・アショア施設を置く場合、ロサンゼルスなどアメリカ西海岸に向かうミサイルは、迎撃ミサイルをアップグレードすれば、迎撃できる可能性もある。でも、ニューヨークやワシントンがある東海岸に向かうミサイルは、無理だろうな。方位が悪い。それに、何より近すぎる」

「近すぎる？」

方位が悪いというのは、芦沢にも何となく理解できた。北朝鮮からアメリカに向かうミサイルを迎撃する場合、東北地方からだと、弾道ミサイルを横から狙うことになる。しかし、距離が近すぎるというのは理解不能だった。

瀬良は、ソフトを操作し、地図の中心をイラン西部に持ってきた。

「本家ＥＰＡＡ関連の施設は、トルコ東部にレーダー基地、ルーマニアにイージス・アショアのミサイル発射施設。ここまではすでに配備済み。そしてポーランドに二カ所目のイージス・アショアのミサイル発射施設。ここはこれから。ヨーロッパ防衛のための施設として、トルコや東欧、つまりヨーロッパの東側に配備されているということは、メルカトル図法で考えると、ヨーロッパの東側でブロックするためのように見えるはずだ。しかし、こうして正距方位図法で見てみると、関連施設は、ブロックするための横方向のラインではなく、イランから北西方向に、直線的、多段的に配備されていることがわかる」

「そうですね」

「そして、地図の縮尺を変えると……」

瀬良は、そう言って地図の表示範囲を広くした。ユーラシア、アフリカ全土が映り、さらに引いた表示としてアメリカ大陸まで表示される。直線的に配備されたＥＰＡＡ関連施設の先には、アメリカ東部、ワシントンやニューヨークがあったのだ。

「これが、ヨーロッパ防衛は建前で、アメリカをイランの大陸間弾道ミサイルから防衛することが狙いだと言った理由だ。計画の初期では、アメリカ防衛のためと大々的に主張していたから、当たり前ではあるけどな」

芦沢は肯いて見せたが、まだ東北だと近すぎるという言葉についてはわからなかった。

「このＥＰＡＡ施設の位置関係を見てみよう。ＥＰＡＡとしてトルコに置いたレーダーと同じ種類のレーダーが、これまた同じような距離にすでに置かれている。平壌から約一二〇〇キロ、青森《あおもり》県の車力《しゃりき》だ。これと同じ方法で考察すれば、イージス・アショアの発射施設は、イラン北西部からルーマニアとポーランドくらいの距離に置けばいい。ルーマニアの施設は、イラン北西部から約二〇〇〇キロ。そしてポーランドの施設は約二五〇〇キロだ。それに対して、東北にイージス・アショア発射施設を置く場合、車力のレーダーと変わらない距離になってしまう。太平洋岸に置いたとしても、一四〇〇キロ程度だ。迎撃ミサイルの事故を考慮したり、捕捉誘導用レーダーの人体への影響を考えれば日本海側の秋田辺りが適切だ。そうなると距離は一二〇〇キロほどしかない。弾道ミサイルの迎撃では、目標の加速が終わらないと予想要撃点の計算ができないため、迎撃ミサイルの発射は、加速の終了後か、終了間際《まぎわ》でないと無理だ。自《おの》ずと、迎撃ミサイルの発射地点は、弾頭ミサイルの発射地点からある程度離れている必要がある。イージス・アショ

〈 イラン北西部を中心にした正距方位図法の地図 〉

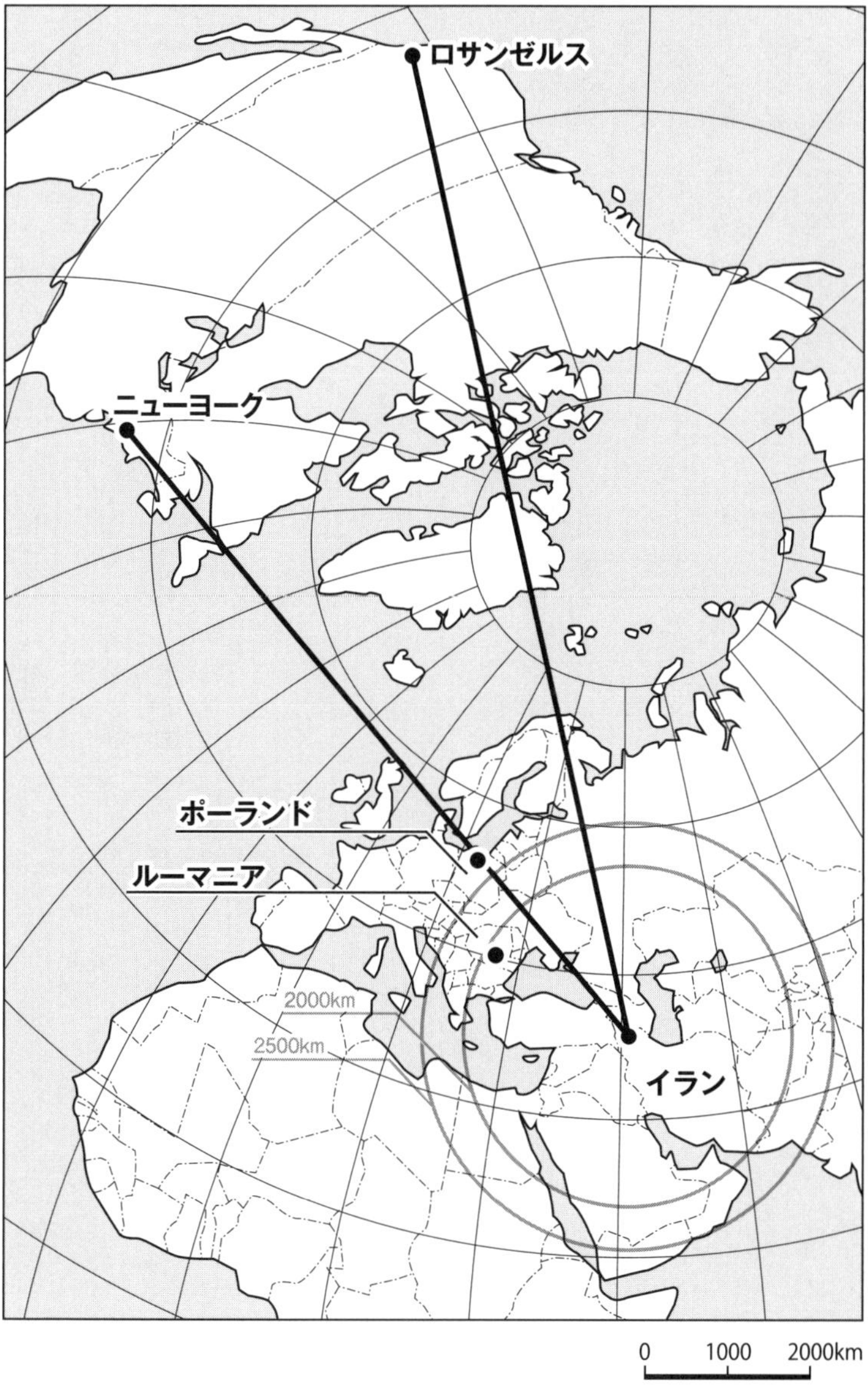

アの場合、ルーマニアやポーランドの位置を見ればわかるとおり、二〇〇〇から三〇〇〇キロは離れている必要がある」

「なるほど。それで、東北地方は近すぎるということなんですか」

「そう。防衛省がイージス・アショアの施設を三カ所建設するなら、最も北の施設は北海道に持って行けるかもしれないな」


（二〇一八年十月現在、イージス・アショアの建設予定は、秋田、山口の二カ所となっている）


「しかし、こうしてみると、極東版ＥＰＡＡを認める代わりに、北方領土問題でロシアを支持させるというのは、ありそうには思えませんね」

「確かにそうだな。本家ＥＰＡＡは、イランだけでなく、ロシア南西部からアメリカに向かう弾道ミサイルを迎撃することもできるだろうが、極東版ＥＰＡＡは、北朝鮮からアメリカ西部に向かう弾道ミサイルの迎撃でさえ、あまり効果的とは言えない。ハワイとグアムの防衛ができるだけだ」

瀬良は、そう言うと再び平壌を地図の中心に持ってきた。平壌から二〇〇〇キロと二五〇〇キロの位置に同心円が描かれている。

「ダメか……」

芦沢は、肺の空気を全て吐ききるようにして嘆息した。

「そう答えを急がなくてもいいだろう。頭の整理はできたはずだ。整理した情報を元に、また考えてみればいい。私も考えるよ」

「そうですね。ちょっと歩いてきます」

芦沢は、上着を持って部屋を出た。


二〇一六・十一・二十三（水曜日）　――長門会談まで二十二日

目覚まし時計がけたたましく鳴っていた。

昨日は、瀬良と相談した後もプーチンの意図を考え続けた。自宅に帰っても、考え続けた。ベッドに入ったのは午前二時過ぎだ。

寝不足のせいで頭が重かった。芦沢は、冷水で顔を洗うと朝食代わりのリンゴを手に取った。

リンゴは、大使館の外を歩きながら思索《しさく》をしていた時に買ったものだ。美術館前の路上を延々と歩いていると、ムィハイロ広場の近くまで来ていた。路上のワゴンに山積みされたリンゴを、腰の曲がったおばあさんが売っていた。視線が合うと、もうすぐホロドモールの日だから、お供《そな》え用にリンゴはどうかと声をかけられた。聞くと、ホロドモール記念碑前にある銅像に、お菓子やリンゴをお供えするらしい。ホロドモールの日は、今度の土曜日二十六日だった。ウクライナだけでなく、日本以外のリンゴは小ぶりだ。芦沢は、朝食に食べる分と併せて十個ほど買うと、銅像の足下に一個だけ置いてきた。

そのリンゴを食べやすいように半分に切った。小ぶりなリンゴは、少し酸味の強そうな香りを漂わせた。

かぶりつく前に、何気《なにげ》なくリンゴの断面を見ると、何かに似ていた。何だろうと思い返すと、寝る前まで見続けた地図だとわかった。瀬良が、考えるための資料としてくれた平壌を中心とした正距方位図法の地図だ。二〇〇〇キロと二五〇〇キロの位置に、赤色で同心円が描かれている。赤いリンゴの皮が、その円に見えたのだ。芯の周りにも、微《かす》かな線があり、似ていると思えたようだ。

「中心が平壌なら、このあたりが択捉、いや松輪島かな」

リンゴの断面を見ながら、愚《ぐ》にも付かないことを呟いていると、頭の中で何かが閃《ひらめ》いた。

「択捉？　松輪島？」

自分でも、何を言っているのかわからなかった。脳裏に浮かんだものが何であるのか、自分自身でも、まだ明確には認識できていなかった。それでも、魂《たましい》が叫んでいた。ここには何かあると。

「アメリカ・ファースト、従来の政治構造……」

芦沢の口からは、独り言がこぼれていた。アメリカ大統領選挙と北朝鮮の弾道ミサイル、そして北方領土を繋げて考えると、意外なものが、いや驚くべきものが浮かんできた。リンゴを放り出し、ベッド脇に置いてあった地図を、改めて見る。

「間違いない！」

芦沢は、大急ぎでリンゴを平らげると、家を出た。


「瀬良さん！」

今か今かと待ち構えた瀬良が出勤してくると、地図を差し出した。

「どうした？」

「見てください。平壌から二〇〇〇キロの位置には、択捉があります。それに二五〇〇キロ付近には、例の松輪島があります」

「確かに……、これが偶然ではないと言いたいのか？」

瀬良は、荷物を置くと、ゆっくりとコートを脱いでいる。芦沢は、その間も話し続けた。

「ええ。偶然ではないのかもしれません。もし、ここにイージス・アショアの施設があれば、EPAAと同様に、北朝鮮からアメリカに向かう弾道ミサイルの迎撃に最適ですよね？」

「おいおい。何を言ってるんだ。択捉は、北方領土の一部だからともかくとして、松輪島は日本政府・外務省としても領有権を放棄しているだろう？」

「もちろん、それはそうです。ですが、アメリカ本土防衛を想定したイージス・アショアの設置地域として、位置は適切ですよね？」

芦沢は、念押しするように尋ねた。瀬良は、立ったまま答える。

「位置は、確かに適切だ。現在稼働中のイージスSM—3ミサイルでは、アラスカ防衛しかできないが、開発中のブロックⅡAミサイルにアップグレードすれば、北朝鮮からアメリカ本土に向かう大陸間弾道ミサイルも迎撃できる可能性がある。だがな」

芦沢は、掌を差し出し、瀬良の言葉を遮った。瀬良の言いたいことはわかっている。

「ロシアが、トランプに対して、択捉島や松輪島にイージス・アショアの施設建設を許可すれば、北朝鮮の大陸間弾道ミサイルからアメリカ本土を防衛できます」

芦沢は、わざとアメリカと言わず、トランプと表現した。

「それはそうだが、ロシアにメリットがない」

瀬良は、驚きから覚めたのか、それとも呆れたのか、ゆっくりと椅子に腰をかけた。

「メリットはあります。松輪島にはありませんが、択捉にはあります。択捉の使用をロシアがアメリカに許可し、アメリカがそれを受け入れるとしたら、それは、アメリカが択捉に対するロシアの主権を認めたことになります」

「バカな……」

瀬良は、絶句していた。

「確かに、理論的にはそうなる。そうなるが……、そんなことが起こりうるか?」

瀬良は、自問自答していた。芦沢は、それ以上言葉を発せず、瀬良が呑み込んでくれるのを待った。

「仮に、ロシアがそれを持ちかけたとして、アメリカが日本を切り捨てて北方領土に対するロシ

〈 北朝鮮・平壌を中心にした正距方位図法の地図 〉

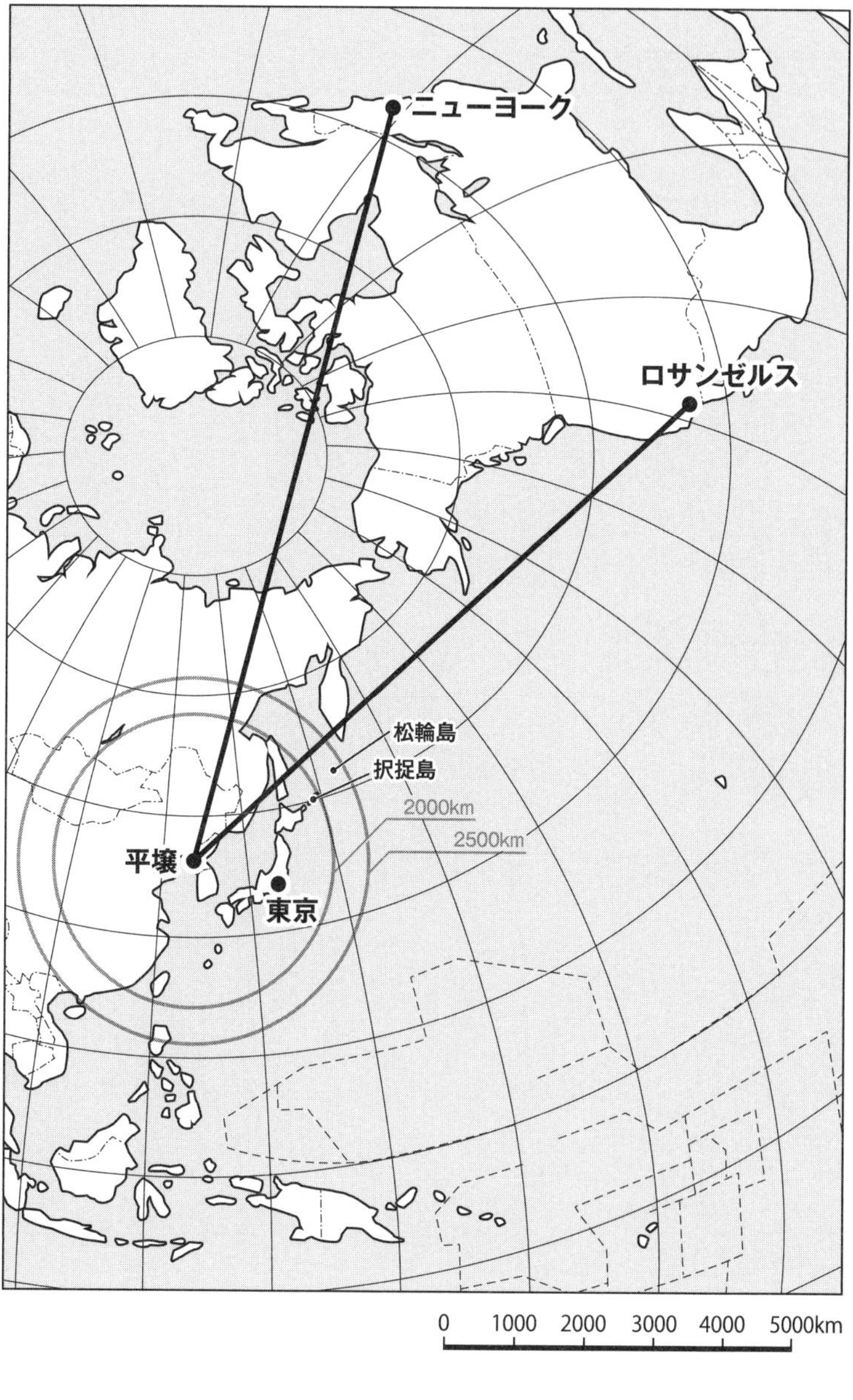

アの主権を認めてしまうことなんてあると思うか？」

「ダレスの恫喝があった一九五六年は、冷戦初期です。このころは、東西対立の中、当時のソ連に対して、とにかく一歩も引かないというのがアメリカの態度でした。それ以前、サンフランシスコ講和条約締結時のアメリカの解釈は、歯舞群島は千島に含まないとするものでした。つまり、ヤルタ会談で千島・南樺太《からふと》の割譲をソ連に認めている手前、歯舞以外は致し方なしと見ていました。最近では、二〇一〇年に、当時のメドヴェージェフ大統領の国後島訪問に対して、日本の主張を支持して、フィリップ・クローリー国務次官補が『アメリカは北方領土に対する日本の主権を認めている』と発言しています。しかし、これでさえ、クローリー次官補が、前日の会見で『北方領土に関して、アメリカは日本を支持している』とあいまいな発言しかしなかったため、日本側が抗議して為《な》された発言です。冷戦当時とは変わり、アメリカ国務省、そして国防総省も北方領土には拘《こだわ》っていません。ましてや、ロシア寄りのトランプが大統領になれば、言葉では日本を支持しながら、択捉への米軍施設建設をロシアの許可の元に進めるくらいは、しても驚くことではないように思います」

「いくらなんでも……」

瀬良は、まだショックから立ち直っていないようだった。

「それに、瀬良さんも言っていたじゃないですか。松輪島を補給拠点にすることは、軍事的観点でみると疑問があると。真意は別のところにあるんじゃないかと言っていました」

「確かに、そんなことを言ったな」

瀬良は、過去の自分の発言を思い起こしているようだ。彼は、無言のまま考えていた。

「改めて考えてみると、アメリカにイージス・アショア施設を建設させるつもりなら、確かに松輪島は適しているな。北朝鮮からの距離もそうだが、孤立した島で、ロシアも活用してこなかった。アメリカに施設を作らせても、監視は容易だし、北朝鮮からの弾道ミサイル迎撃以外の目的で使用することの防止も容易だろう。ロシアが重視する、オホーツク海から発射するSLBMには、近すぎて択捉島や松輪島のイージス・アショアでは迎撃できない。その一方で、両島には大戦時の空港跡地や港湾跡地があり、イージス・アショア施設を作るためのインフラとしては十分なものがある。EPAAの配備状況から学習し、松輪島をセットで提供することで、択捉を使用する価値を十分に与えるつもりなのか」

「もし、こうした企みがあったのなら、松輪島に調査団を派遣したり、択捉・国後に軍高官が相次いで訪問したことも納得できます」

「そうだな。現時点で、ロシアが実効支配している択捉島や松輪島に弾道ミサイル迎撃基地を建設するなら、イージス・アショアではなくGBIの基地を建設することが適当だろうが」

「GBI?」

「現在稼働中の大陸間弾道ミサイルに対応した迎撃ミサイルだよ。イージス用の迎撃ミサイル、SM―3よりも大型で、ICBMの迎撃用としてアラスカとカルフォルニアに配備されている。イージス・アショアのレーダー情報で発射することも可能だ。SM―3を発射するイージス・アショアとセットで配備する可能性もあるかも知れない」

（二〇一八年一月十五日にロシアのラブロフ外相は記者会見において、日本のイージス・アショアに反対する理由として、イージス・アショアは、ロシアへの攻撃にも使用可能であるとした。イージス・アショアに使用される垂直発射システムは、巡航ミサイルを発射することが可能となるような改造が容易なためだ。その場合、ＩＮＦ《中距離核戦力》全廃条約にも違反することになる。この発言は、ＧＢＩであれば問題ないとも読める。ただし、二〇一八年十月になって、アメリカはＩＮＦ全廃条約の破棄を表明している）

一個のリンゴから、とんでもないものが出てきた。しかし、ロシア軍による松輪島調査、高官の択捉・国後訪問、ユージュマシュの技術を北朝鮮に流出させる工作、そしてアメリカ大統領選挙に対する工作によってトランプを勝利させること、これらあまりにも多くの事象が一本の線で繋がってしまうと、絵空事だと否定することは難しいように思えた。

「もしこれが真実なら、リマでの首脳会談で、プーチンが、北方領土におけるロシアの完全な主権を認めるように発言を変えてきたことも、ロシアの主張が〝戦勝国〟から支持されると発言したことも納得できます。プーチンは、トランプが選挙戦に勝利したことをもって、作戦を変えてきた」

「しかし、裏付けはとれない」

瀬良の言うとおりだった。謀略は、あまりに大仕掛けで、証拠を集めるとしたら年単位の努力が必要だろう。しかし、阿部首相が北方領土交渉の集大成と位置づける山口県長門市での首脳会談まで、あと一カ月もなかった。

「ブリャーチ（クソ）！」

芦沢は、机を叩くと天を仰いだ。

「芦沢君、人にはそれぞれ役割がある。君が北方領土交渉にひとかたならぬ思いを抱えていることは知っている。しかし、思いを抱えているからといって、それでどうにかなるものではないんだ。この分析を報告するだけでも、君は十分に与えられた役割を果たしているさ」

「でも、結果がすべてです。このままでは、プーチンの思うがままじゃないですか！」

「では、何ができる？」

言い返せなかった。

「今、君が行なうべきことは、これをいち早く報告し、多くの人に検証してもらうことだ。たとえ裏付けはとれなくとも、可能性が高いという認識が広がれば、対策も自ずと見えてくるはずだ。私も、できる限りのことはしてみよう」

瀬良の言うとおり、時間はなかった。山口・長門での首脳会談まで、あと二十二日しかない。

芦沢は、報告書の作成にとりかかった。

「まずは、ドラフトを作って隅大使に報告します」

瀬良は肯いていた。

「それがいい。図の作成を手伝おう。地図ソフトがないと難しいだろう」

「ありがとうございます。北朝鮮の核・弾道ミサイル対策について話し合う予定の次回ＮＳＣにも臨席するよう言われています。まだ期日が決まっていませんが、日露首脳会談より前になるはずです。その時に直接報告できればベストです」

二〇一六・十一・二十七（日曜日）――長門会談まで十八日

「綺麗《きれい》。和風なんですね」

ツィランキェヴィチ中尉とレトロな雰囲気のカフェで待ち合わせ、プレゼントを渡した。日本から戻ってくる時、和風のカチューシャをお土産として買ってあった。カチューシャとしては幅広で、和柄《わがら》の織物があしらわれており、細い帯のようにも見える。

「君にピッタリだと思ってね」

「黒髪じゃありませんが、和風は似合いますか？」

彼女は、さっそく着けて見せてくれた。

「似合っているよ。でも和風だからというだけじゃないんだ。日本では、こういうタイプの髪留《かみど》めをカチューシャと呼ぶんだ」

「私と同じ名前ですか。でも、どうしてです」

「百年くらい前に、トルストイの小説をもとにした演劇が日本で評判になった。その時のヒロインがこの髪留めを着けていたらしい。彼女の名前がエカテリーナだったことが由来のようだよ」

「トルストイの作品で、ヒロインがエカテリーナということは、『復活』ですか？」

「だったかな。トルストイは詳しくないよ」

「ロシア語圏で外交官をするなら、トルストイは精読しておいたほうがいいですよ。教養はその人の評価を高めます」

耳の痛い言葉だった。芦沢は、苦笑すると今後の努力を誓った。

「ところで、また日本に帰る機会はありますか？」

「またも何も、今度の水曜に帰る予定だよ。どうしてかな？」

「買ってきてほしいものがあるんです。ちょっと重いはずですが、お金は渡しますから、お願いしてもいいですか？」

「何だろう？　手に入れられる物ならかまわないよ」

彼女がスマホの画面に表示させたものは、妙齢の女性が欲しがる物としては異質だった。

「大和《やまと》と武蔵《むさし》？」

「ええ。日本海軍の艦艇は、最高に美しいです。ネットでも写真を見ることはできますが、この本はとびきりの写真を大型本にした写真集です」

彼女は、髪と同じ栗色の瞳を輝かせていた。芦沢も、美しい船だと思ったものの、何だか気圧されてしまった。優美さは垣間《かいま》見えるが、基本的に無骨な戦闘艦だ。海軍軍人であるとはいえ、彼女の趣味が今ひとつ理解できなかった。写真集だからなのか、値段も高い。一冊五〇〇〇円近くもする。

「それとこれも」

そう言って彼女が見せてくれたのは、同じシリーズの写真集だった。

「潜水艦か」

すでに古本しか手に入らないようだったが、逆にそのためか一万円もの値段が付いている。

「はい。伊《い》４００は、素晴らしい潜水艦です。日本海軍の船は、どれもこれも美しい。ソ連時代には、セバストポリにもオデッサにも、多くの艦艇がありましたが、これほど美しい艦艇はありませんでした。この目で見てはいませんけどね」

ウクライナの独立は一九九一年だ。彼女が物心ついたのは、独立後の混乱の時代だっただろう。

「私は、オデッサ近くのオチャコフという街で生まれ育ちました。オデッサと同様に、黒海に面したリゾート地で、漁港や海軍の基地もあります。おかげで、自然と海に親しんで育ちました」

「私も同じだよ。根室は、漁港と多少の観光で保っている。海とともに生きる街だ。残念ながら、潤っているとは言えないけどね」

「オチャコフもですよ。リゾートがあるとはいえ、豊かとは言えません。海軍基地のおかげで他の街よりもいくらかましですけど」

彼女は、少しばかり陰りのある表情を見せていた。長いまつげが印象的だった。故郷を思い出しているのだろう。

「だからというわけじゃありませんが、あの話が本当だったらいいなと何度も思いました」

あの話というのは〝ザポリージャ〟のことだろう。

「伊400の系譜を継ぐ艦が、我々の旗、空と麦畑の下にあったのなら……」

ウクライナ国旗は、上半分が空色、下半分が黄色だ。空と麦畑を表わしている。瀬良が何度も言っていたように、ウクライナ海軍にとって『あさしお』は、救世主ともなる艦なのだろう。

「マリャール大佐も言っていたけど、カチューシャにとってもそうなんだね」

「当たり前です。あの艦があれば、また戦争が起きても、前回のような悔しい思いはしなくて済みます」

前回というのはクリミア危機のことだろう。ウクライナ人は、クリミアを奪われたことを、ドネツクやルハーンシクを奪われたこと以上に憎々しく思っている。クリミアは、古来美しい土地として知られている。多くのウクライナ人にとっても、憧《あこが》れの地だ。

芦沢は、ツィランキェヴィチ中尉の〝ザポリージャ〟に対する思い入れにも驚いた。

「悔しい思いをしなくて済むか……」

その言葉は、脳内で反響した。

突然、芦沢は、椅子を蹴って立ち上がった。作戦が終結した今でも、〝ザポリージャ〟は有効なのだ。

「ありがとう、カチューシャ」

彼女の両手をとって握りしめる。ツィランキェヴィチ中尉は、目を丸くしていた。

「ゴメン、急用が出来た」

芦沢は、あたふたと荷物をまとめ始めた。

「どうしたの?」

「今は話せない。でも、また相談するかもしれない。その時は頼むよ」

「わかったわ。きっと、また驚かされそうな話ね」

芦沢は、言葉は使わずに、笑顔を返した。

「でも、一つだけ忘れないで」

彼女は、微笑《ほほえ》みを消し、真剣な表情に戻っていた。

「何かな?」

「今日のデートの埋め合わせもすること!」

意表を突かれて固まってしまった。すっかり仕事の頭になっていたため、目の前にいる彼女とのことを完全に忘れていた。思考を切り替え、ちょっとおどけて答える。

「かしこまりました、お姫様」

「約束ですよ」

彼女も、ヒマワリのような笑顔に戻った。

「請け合うよ。うまくいったら、埋め合わせどころか、ありったけの写真集を買ってきてあげるから」

芦沢はカフェから飛び出すと、タクシーを捕まえた。

「国立美術館近くの日本大使館まで。急いで行ってくれ」

一〇〇フリヴニャでも十分すぎる距離だ。芦沢が二〇〇フリヴニャ紙幣を渡すと、運転手は、アクセルを踏み込んだ。


二〇一六・十二・一（木曜日）――長門会談まで十四日

「明日のNSC、俺は参加しない。それに、今日はお前とも会ってはいない」

NSC参加のために帰国すると、芦沢はすぐさま外務省に向かい、檜山に報告した。内容は、隅大使を通じて、事前に檜山に渡されている。

「会ってはいない？　どういう意味ですか？」

「報告書はこれでいい。しかし、今の話は聞かなかった、NSCでお前が何をしゃべろうとも、そんな話は知らなかったということだ」

報告中も、檜山は異論を挟むことなく聞いていた。それなのに、会ってもいないし、一切知らなかったことにすると言う。

「報告するなということですか？」

「そうじゃない」

檜山は、眉間に皺を寄せ、目をつむっていた。

「今日の夜、岸和田外相はサンクトペテルブルクに発つ。明日は、プーチンに親書を渡した上で、翌日にはモスクワでラブロフ外相と会談する予定だ。ＮＳＣには参加できない」

「それならば、なおのこと……」

芦沢の言葉は、檜山に遮られた。

「これは俺の保身のために言うんじゃない。いや、正直に言ったほうがいいな。これは俺の保身のためだけに言うんじゃない。ＮＳＣでお前がこの話をする時、その場に俺がいれば、もし俺が何も話さなくても、それは外務省の意見になる」

檜山は、芦沢の眼前に人差し指を突き付けた。

「だが、岸和田外相も俺もいなければ、それはお前の意見だ。俺の言いたいことがわかるか？」

芦沢は、奥歯を噛みしめ、肯いた。

この提案は、あまりにも重大すぎるのだ。最終的に決断するのは首相だが、それを提案したのが外務省なのか、一人の外交官なのかが重要だと言いたいのだろう。首相が却下すれば、それでいい。しかし、もし首相が提案を採用し、結果的に失敗に終われば、誰かが責任を取らなければならない。提案したのが外務省となれば、岸和田外相も檜山も責に問われる。しかし、一人の外交官が暴走しただけであれば、そいつを閑職《かんしょく》に飛ばせば終わる。そういうことなのだった。

しかし、檜山は、今行なっている報告もなかったことにするという。芦沢が提案するなら、それを止めるつもりもないということだった。そうであれば、芦沢は、止まるつもりなどなかった。

「この報告はなかった、という前提の元で、一つだけ聞かせてください」

檜山は、目を閉じたまま、腕組みをしている。

「何だ？」

「次官個人は、どう思いますか」

「外れていれば、日露関係はきわめて悪化するだろうな。だが、喧嘩《けんか》を売ってきたのは向こうだ。買ってやるのが礼儀ってもんだ。もし当たっていれば、プーチンの泣き面《つら》が拝《おが》めるかもしれんぞ」

檜山は、目を開けると、にやりと笑った。


二〇一六・十二・二（金曜日）――長門会談まで十三日

この日のNSCは、寂しい円卓席の周りを、多くの陪席者が取り囲んでいた。NSCには、首相、官房長官、外務大臣、防衛大臣が参加する四大臣会合の他に、副総理や国交大臣、国家公安委員長などが加わる九大臣会合と、緊急事態の際にさらにメンバーを拡大して行なわれる緊急事態大臣会合がある。円卓は、詰めれば十五人ほどが座れる大きなものだったが、四大臣会合でありながら三人しか席に着いていない。岸和田外相は、リマでの首脳会談を受け、緊急でロシアを訪問していた。目的は、北方領土交渉を、何とか従前の路線に戻すことにある。しかし、首脳会談で覆《くつが》えされた話を外相が元に戻してくることなど、できるはずもない。岸和田外相の実際の使命は、プーチンが語ることのなかった真意を、少しでも確認してくることだった。

本来であれば、会議は、その岸和田外相が持ち帰った情報を踏まえて実施されるべきだ。しかし、山口での首脳会談が迫っているためと、名目上の議題でもある北朝鮮情勢への対応も急がれる。そのため、NSC四大臣会合は、岸和田外相抜きで実施された。

一方で、議題が広範に及ぶため、説明のための陪席者は多かった。芦沢も、その一人だ。しかし、外務省からの参加者に檜山事務次官は入っていなかった。本来なら檜山は、〝芦沢の暴走〟に歯止めをかけなければならない立場だ。

会議は、防衛省が北朝鮮の弾道ミサイル発射と核実験について報告することから始められた。NSCは、九月二十九日の〝東アジア情勢について〟と題された四大臣会合以降、北朝鮮関係を扱っていない。そのため、その時までに報告された内容のまとめと十月に二回実施されたムスダンと思われる弾道ミサイル発射について報告された。

それに続き、対応策としての日本独自制裁案が示された。NSCの大臣会合は、形式上は大臣による会議だ。しかし、すべての議題で、多忙な大臣が資料を読み込んでディスカッションを行なうことには無理がある。多くの議題は、NSCの事務局にあたる国家安全保障局がまとめた資料について担当が報告し、承認されてゆく。国家安全保障局は、外務省や警察庁、防衛省などと連携し、会議の準備を行なう。芦沢がこの場にいるのも、形式的には国家安全保障局の手伝いだ。

制裁の主な内容は、これまでの第三国船籍船に限っていた北朝鮮寄港船の入港禁止を、日本船籍を含むすべての船籍船に拡大することや、北朝鮮入りした朝鮮総連幹部などの再入国禁止措置の対象拡大、団体・個人の資産凍結対象の拡大などだった。これらは、ＮＳＣの成果として発表される。発表資料もすでに作成されているため、会議は淡々と進んだ。

独自制裁に関する議題が終了すると、陪席者の多数が退席した。だが、本当の会議はここからだった。須賀官房長官が音頭を取る。

「ここから、外務省から報告が上がっている件を討議します。北朝鮮の核・弾道ミサイル開発が、アメリカ大統領選挙に対するロシアの工作と連動し、北方領土交渉に影響を与えた可能性についてです。外務省の芦沢君から説明してもらいましょう」

芦沢は、リマでの日露首脳会談の後、瀬良とのディスカッションを通じて行なった分析結果を報告した。

「冒頭に防衛省から報告があったとおり、ムスダンの発射実験が継続していますが、そのほとんどが失敗に終わっています。逆に、九月二十日に実施された新型エンジン、ＲＤ２５０改の地上燃焼試験は成功しています。このエンジンの元になったウクライナのユージュマシュ社製のオリジナルＲＤ２５０は、ソ連の大陸間弾道ミサイル用として使用されていたものです。このため、防衛省の分析によると、北朝鮮はムスダンの開発から、この新型エンジンを利用した大陸間弾道ミサイルの開発に舵《かじ》を切る可能性が高いと見られます」

（二〇一七年五月以降、毎月のように発射実験が繰り返された北朝鮮の火星シリーズ長距離弾道ミサイルのエンジンは、ＲＤ２５０をベースに開発されたものと分析されている）

この情報は、以前のＮＳＣでも報告されている。質問が出る様子はなかった。

「証拠を押さえることができませんでしたが、このＲＤ２５０改の開発には、ロシア対外情報庁、ＳＶＲの工作があったことが明らかです。ＳＶＲは、ロシア経由で、技術者と廃棄された部品を北朝鮮に送り込みました。この件では、ウクライナ国防省情報総局と共同でエージェントを運用中であり、継続して開発状況の情報が入ってきています」

瀬良とのディスカッションの後、大使館から外務省に上げた資料が、そのまま出席者の手元に送られていた。多忙であった阿部首相は、資料を初めて見るのか、しきりに先のページを気にしていた。前置きは、簡単に抑え、先を急いだほうがよさそうだ。

「一方で、次期アメリカ大統領選挙が進んでおりました。こちらに対しても、ロシアが親ロ傾向の強いトランプ候補を支援する工作をしかけていたことが明らかになっています。ＦＢＩが捜査を行なっており、工作内容は、インターネットによる世論誘導、選挙対策本部長であったポール・マナフォート氏を通じた資金提供などです。二〇一四年のウクライナ危機以降に行なわれている欧米諸国による対ロ経済制裁の解除が、その主な目的であろうと報じられています。しかし、この二つの工作は関連したものであり、北方領土交渉に影響を与えているというのが、本報告の主旨であります」

芦沢は、ここで言葉を切った。阿部首相と須賀官房長官は、今の段階では、心の中で眉に唾を塗りつけている様子はなかった。何せ、北方領土交渉は、実際に危機に瀕している。そして、その理由を把握できてはいないのだ。しかし、井奈防衛大臣と壁際に座っている国家安全保障局の局員の一部には、眉を顰《ひそ》めている人も見えた。

本来であれば、ここから関連の内容に入ってゆくべきだろう。だが先に関連を疑う理由から示したほうがよさそうだった。

「先日のリマにおける日露首脳会談の際、プーチンは、ロシアの主張が〝戦勝国〟から支持されるだろうと言っています。北方領土問題に関係する戦勝国は、当然ながら第二次大戦における戦勝国であるはずです。中国に関しては、今さら考慮する必要はないでしょう。イギリス、フランス、そしてアメリカも、現時点でロシアを支持する理由がありません。アメリカに至っては、国務次官補が『アメリカは北方領土に対する日本の主権を認めている』と発言した事実もあります。しかし、リマでの首脳会談は、アメリカ大統領選挙において、トランプ候補の勝利が確実となった後であることに注目する必要があります」

「トランプへの工作は、ロシアの傀儡とするほどだったということですか?」

井奈防衛相の疑問は、誤解と呼ぶべきものだった。

「ＳＶＲは、ウクライナ大統領であったヤヌコーヴィチに対しても、そこまで露骨な工作は実施していません。それに、アメリカに対する工作は、ウクライナに対するものよりも格段に困難ですし、選挙戦は微妙で、ＳＶＲもトランプ候補の勝利を前提にして工作を進めてはいなかったと思われます。そして、それこそがリマでの首脳会談における、突然の方針転換の理由だと考えられるのです。つまり、プーチンは、トランプが勝ったことによって、この北方領土交渉の方針転換を決めたのではないかと考えられるのです」

「プーチン大統領とは、何度も会ってきた。各国首脳の中でも、強い個人的関係を構築できていたと思う。それだけに、今回は驚かされた。個人的な感覚だが、トランプ氏が勝利したから方針転換したというのは、正しいような気がするね」

阿部首相だった。

「もちろん、プーチンは、トランプが勝利した場合を見越して準備を進めていたのでしょう。しかし、どちらに転んでもよいように、両睨みの作戦だったと思われます。北朝鮮の弾道ミサイル開発支援は、トランプ候補が敗北しても、極東が不安定化することで、ロシアによる影響力行使を期待する欧米が、対ロ制裁を軟化させることを期待していると思われます。国際世論の関心を、クリミア問題や東部ウクライナの問題から逸《そ》らせる効果もあります。これには、北朝鮮の新型エンジンにユージュマシュの技術が使用されている事実をもって、ウクライナへの国際世論を悪化させることも含まれます」

（二〇一七年三月の地上燃焼試験後、北朝鮮が映像を公開したことにより、専門家が新型エンジンがRD250に酷似《こくじ》していることを指摘し、ロシアはウクライナ非難を始めている）

「先に進めてください」

芦沢が、三人の顔色を窺っていると、須賀官房長官から促された。長らく政治の世界に身を置いてきた人だ。複雑な政治力学が関わる問題でも、瞬時に理解しているようだ。

「北朝鮮が進める弾道ミサイル開発のゴールは、アメリカを直接攻撃することが可能な大陸間弾道ミサイル、ICBMです。新型エンジンが搭載されたミサイルが開発されれば、来年中にも技術的な目途が立つ可能性があり、北朝鮮は、ICBM級のミサイル実験を行なうと思われます」

（二〇一七年五月より、北朝鮮は火星シリーズの弾道ミサイル実験を相次いで実施している）

焦点は、弾道ミサイル開発支援工作と選挙応援工作が、どう関連して北方領土交渉に影響を与えるかだ。

「このような事態になれば、北朝鮮による核兵器の開発と併せ、アメリカの世論は、急速に北朝鮮への警戒を強めるでしょう。アメリカは、軍事行動を含む圧力強化を強めるものと考えられます。その一方で、弾道ミサイル防衛の強化を迫られることは確実です。中国を巻き込み、すでに懸案となっている韓国へのTHAAD《サード》（終末高高度防衛）ミサイル配備問題もその一つですし、防衛省が検討中のイージス・アショア導入も、その一環と言ってよいものです。しかし、これらは北朝鮮がアメリカに打ち込むICBMに対しては、きわめて限定的な効果しか及ぼしません。迎撃ミサイルの能力以上に、迎撃ミサイルの配備位置が、北朝鮮からアメリカに向けて発射されるICBMの飛翔経路に適合しないためです。資料の図五をご覧ください」

瀬良が作成した、平壌を中心とした正距方位図法の地図だ。西海岸のロサンゼルスと東海岸のニューヨークに向け、赤線が引かれている。手元のパソコンを操作し、説明用の大型モニターにも同じ図を表示させた。

「仮に平壌付近から弾道ミサイルが発射されると仮定した場合、アメリカ西海岸に向かうミサイルでも、沿海州、樺太南部、カムチャツカ半島南部を通過する、日本よりもかなり北の経路となります。アメリカ東部に向かうミサイルでは、真北に近いほどです。防衛省が導入検討中のイージス・アショアは、二基で日本全土をカバーできるため、実際に配備されるとしても、北側の配備地は東北地方になるでしょう。米本土向けの弾道ミサイルの経路とは方位が異なりすぎます。ただし、イージス・アショアを導入してあれば、海自のイージス艦は、より北方へ展開が可能になります。しかし、防衛省がイージス・アショアの導入を目指している理由は、突発的なミサイル発射に備えるためには、イージス艦の維持が困難であることがあります。北朝鮮が、突然アメリカ本土にミサイルを発射することを考えれば、より弾道ミサイルの飛翔経路に近い位置に、イージス・アショアが必要です」

「三基のイージス・アショアを導入すれば、北海道にも配備できるはずです」

防衛省では、三基導入も検討しているのだろう。しかし、この言葉で、井奈防衛相が詳しいレクチャーを受けていないこともわかった。芦沢は彼女の言葉に肯くとモニターに映る図を変えた。

「資料の図六です。イラン西部を中心としたミサイルの飛翔経路と、アメリカがEPAAとしてヨーロッパに建設を進めているイージス・アショア関連施設を表示してあります」

芦沢は、瀬良と検討した内容を、よりわかりやすくしながら説明した。アメリカに向かう弾道ミサイル迎撃のためには、仮に北海道であっても、イージス・アショア施設としては近すぎる。特に、弾道ミサイルのコードネームの元ともなり、弾道ミサイルの発射基地がある舞水端里《ムスダンリ》などの北朝鮮北東部から弾道ミサイルが発射された場合、最も遠い根室でも一三〇〇キロほどしかない。

「北方領土ならば、建設予定地として適切だということか?」

「北海道で近すぎるというなら、北方領土でも近すぎるのでは?」

阿部首相と須賀官房長官だった。よい質問は、説明を容易にしてくれる。

「この図で見るとおり、EPAAの発射施設は、二〇〇〇キロと二五〇〇キロ付近に建設されています。北方領土の北端である択捉島北部は、平壌などの北朝鮮西部から二〇〇〇キロ付近です。北朝鮮西部からの発射に対しては、択捉島は適切と言えますが、北朝鮮東部からはそれでも若干近すぎます」

「ロシアが北方領土の返還を拒《こば》んで来た理由の一つが、北方領土の日米による防衛目的利用だった。今までも、それは踏まえて交渉している」

阿部首相の発言から、たとえ北方領土が返還されても、自衛隊や在日米軍の展開を行なわないとする条件があったのだろうと推察された。しかし、それは今や無関係だった。阿部首相の思考は、芦沢が伝えたいものとは別方向に向いていた。

「ここでもう一カ所、最近のロシアの動きで注目すべき島があります。千島列島の中央付近、太平洋戦争の際に日本軍も使用した松輪島です。松輪島は、北朝鮮東部からでも二〇〇〇キロ、北朝鮮西部からは二五〇〇キロほど離れており、イージス・アショア施設の建設地としては最適です」

「その名前、聞いた覚えがあります。ロシア軍が基地建設の調査をしていたはず」

防衛省は、井奈防衛相にも報告してあったようだ。

「今年三月、ショイグ国防相が、千島列島に初の軍港を建設するための調査を行なう旨《むね》を発言し、部隊が松輪島を調査しております。ロシア太平洋艦隊の補給基地とするためという理由なのですが、これは不自然です」

芦沢は、画面に松輪島の衛星写真を表示させた。

「長径一一キロメートルの小さな島です。小型の軍艦が停泊できる好錨地《こうびょうち》はありますが、孤島であり、この島で準備が可能な補給物資は水のみです。その他の補給物資はカムチャツカ半島か樺太、あるいはウラジオストクから船舶輸送して集積しなければなりません。孤島に集積所を建設するとなれば、その維持にも多額の費用、労力がかかります」

「確かに不自然ですね」

須賀官房長官ほど、多くの情報に対して、瞬時に判断することを迫られている閣僚はいないだろう。芦沢は、彼の言葉に肯き、核心に踏み込んだ。

「しかし、ロシアの調査が、迎撃ミサイルの配備候補地として行なわれたのであると仮定すれば、調査が開始された時期、調査後に建設が想定されている空港、港湾などの施設、すべてに整合が取れます。それに、五月には、ショイグ国防相の指示で、ツァリコフ国防第一次官とイワノフ国防次官が、択捉島と国後島を訪れています。軍施設の視察が目的でした。これも関連している可能性があります」

「北方領土とセットならば、イージス・アショアの配備地として適切だというのはわかった。しかし、プーチンは択捉も国後も渡すつもりはないと言っている。松輪島というのは北方領土でさえない。これが、どう関連すると言うのだ？」

阿部首相は、少しばかりいらついているようだ。背中に汗が滲んだ。それでも、今さら引き下がることはできない。パソコンのモニター脇にはパンダがへたったようなキャラクターのシールが貼られている。睦美が好きだったキャラクターだ。目の周りの模様が三角形になっていて、やさぐれた性格らしい。彼女が亡くなったころに流行っていた。

ここまでの説明を聞いても、阿部首相も感づかない。だが、パラダイムシフトとはそうしたものだ。一度理解が及べば、当然のこととして見えてくるはずだった。阿部首相は、北方領土をアメリカが活用するためには、日本の統治が前提になると考えているのだ。

「たとえばですが、プーチンが、アメリカに対して、迎撃ミサイルの配備地として松輪島と北方領土の提供を提案し、トランプがそれを受け入れたら、どうなるでしょうか?」

芦沢は、あえて説明せずに質問した。長い沈黙が訪れた。

「それが、完全な主権を〝戦勝国〟が認めるという意味だというのか……」

阿部首相は、仮定の帰結を理解してくれたようだ。しかし、まだ半信半疑でいるように見えた。須賀官房長官と井奈防衛相の表情にも、驚愕《きょうがく》と疑念が浮かんでいる。阿部首相も須賀官房長官も、日本人がロシアのビザを受けて北方領土に渡航することなど、言葉には表わさずとも主権を認める行為については熟知しているはずだ。元弁護士である井奈大臣にしても、そのことに追加の説明は必要なさそうだった。しかし、〝半疑〟であるのは、プーチンがそんな提案をするのか、そしてそれ以上に、トランプがそれを受け入れるのか否《いな》かであるはずだ。

「トランプの選挙戦での常套句《じょうとうく》はアメリカ・ファーストでした。むろん、これは選挙のためにインパクトのある言葉を使ったものでしょう。しかし、支持者からの支持を継続させるためにも、アメリカ人が平穏で豊かな生活を営《いとな》むことを最優先に考えるものと思われます。北朝鮮の核・弾道ミサイル問題に対しては、軍事力の行使に踏み切る可能性も考えられますが、ミサイル防衛の強化も、アメリカ・ファースト実現のためには必要です。北朝鮮がICBMを完成させれば、有権者へのアピールのためにも、弾道ミサイル防衛の強化は効果的です」

「それは当然だ。彼がどんな人物なのか、一度会っただけではわからないが、ビジネスマンとして成功してきたことを考えれば、計算のできる男であることは間違いない。武力行使、交渉、防衛策、どれも検討して手を打ってくるだろう。問題は、弾道ミサイル防衛の強化が必要だとしても、松輪島と北方領土に迎撃ミサイル基地を置くことに意味があるのかどうかだ」

芦沢は、阿部首相の言葉に同意を示すために肯いて、言葉を続けた。

「くわしくは、別途、防衛省から報告していただくのが適切かと思いますが、この報告の防衛面の考察は、主としてウクライナ防衛駐在官である瀬良一等海佐に協力していただきました。そのことを踏まえてお聞きください。現時点でアメリカが保有するICBM用迎撃ミサイルは、カリフォルニアとアラスカに配備されているGBIのみです。しかし、ICBM用とされながらも、ICBM級の目標に対しては実験さえ行なわれておらず、効果に疑問を唱《とな》える声もあります。アメリカは北朝鮮よりもイランのミサイルを強く警戒していたこともあって、欧州でミサイル防衛用としてEPAAの建設を進めていました。先ほどの図六から理解していただけると思いますが、イランからのICBMに対して、GBIの配備場所は、必ずしも適切ではないのです。現有GBI施設は、北朝鮮からの弾道ミサイルには有効に機能する位置にあります。しかし、弾道ミサイルの飛翔経路後半だけにしか迎撃できません。前半に迎撃できれば、全体的な迎撃確率は大きく向上します。現有のイージスSM―3ミサイルは、ブロックⅠBと呼ばれるバージョンですが、開発中のブロックⅡAと呼ばれるミサイルは、限定的ながらICBMにも効果が期待できると見られています。特に、ブースト段階終了後の上昇中でも迎撃可能である点が重要です。松輪島と北方領土にSM―3ブロックⅡAミサイルを搭載したイージス・アショア施設やGBI発射施設を建設すれば、十分に効果があります」

「そうか。検討してあるということだな」

阿部首相は、腕組みをして背もたれに身を投げた。

「ロシアが管理する土地に、ミサイル施設を配備する上での障害はどうですか？」

井奈防衛相の懸念も当然のものだった。

「アメリカ、ロシア双方に問題がありますが、解決可能だろうと考察しています。ロシアは、現在でこそＥＰＡＡに強硬な反対姿勢を取っていますが、一貫して反発していたわけではありません。二〇〇九年にオバマ大統領が計画の見直しを行ない、ブロックⅡＢミサイルの開発配備中止を決めた際には、ロシアのＩＣＢＭには影響が出ないと見て好意的な反応を見せておりました。また二〇一〇年には、リスボンでのＮＡＴＯサミットにおいて、ロシアがパートナーとして招待され、当時のメドベージェフ大統領もこれを歓迎する姿勢を見せていました。また、先月十一月三日には、元ロシア国営通信社『リア・ノーヴォスチ』と、対外宣伝用ラジオ局『ロシアの声』を統合して作られたウェブメディア『スプートニク』でも、我が国の弾道ミサイル防衛が、ロシアの核抑止ポテンシャルへの脅威となるとして反対する記事を載せています。これは、逆の見方をすれば、ロシアの弾道ミサイルに対しての迎撃を意図するのでなければ、容認すると読むことのできる書き方でした。松輪島と北方領土に迎撃ミサイル施設が建設されたとしても、レーダーの角度を限定するなど、ロシアのミサイルに対して効果を及ぼさないような配慮が為されるのであれば、ロシアはこれを認める可能性があると思われます。逆にロシアに対する情報保全の観点では、一時はＥＰＡＡ計画にロシアを招待していたくらいですので、施設内立ち入りを禁止するなど、必要な情報保全が確保できるのであれば、アメリカもこれをよしと見るでしょう」

「ロシアは国際世論の改善ができるだけでなく、北方領土領有にアメリカのお墨付きをもらうことができる。アメリカは北朝鮮からの弾道ミサイルに備えができる。割を食うのは日本だけということか」

阿部首相の総括を耳にして、芦沢は、ひと心地《ごこち》つけることができた。少なくとも、理解はしてもらえたのだ。

「しかし、これは推論でしかありませんね。確認する方法はありますか?」

須賀官房長官は、頭の回転が速かった。

「残念ながら、今のところはないと思います。アメリカの諜報能力であれば、ロシア政府内の情報から確認ができる可能性がありますが、この件でアメリカを頼ることは不適切です。私が知らない日本の諜報網があればいいのですが」

「ないでしょうね」

官房長官が言うのだ。間違いはないだろう。

「これが真実だった場合、プーチンはどこかの段階で、トランプ氏に直接提案する可能性が高いと思われますが、おそらく大統領への正式就任後になると思われます。長門における日露首脳会談はそれよりも前です。プーチンが、アメリカに北方領土へのイージス・アショア施設建設を提案する可能性を踏まえた上で会談に臨む必要があると考えます」

「そうだろうな。これが真実なら、プーチンは、米ロ首脳会談で自らの口から提案するだろう。

双方が成果を誇れる最大の機会だ。普通の指導者なら、提案は歓迎した上で検討するくらいだろうが、トランプ氏の場合は即決する可能性もある」

阿部首相は、そう言ったきり、思案顔で資料を見つめていた。日露首脳会談で、プーチンに探りを入れることを考えているのかもしれない。しかし、「〝戦勝国〟がロシアの完全な主権を認めるとは、どういう意味なのか？」などと聞いても、百戦錬磨《ひやくせんれんま》のプーチンが口を滑らせることなどありえない。

「外務省として、対策案はないか？」

阿部首相は、諦めたかのように嘆息《たんそく》すると、芦沢の目を見て問いかけた。正式に報告した内容は、今までにすべて語った。しかし、檜山が聞いてはいないと言った報告は、まだ芦沢の胸の内だけに存在している。

「省としては、ございません」

檜山に〝会ってはいない〟のだ。しかし、踏み込むなら、今しかなかった。

「帰国便の関係で、事務次官にも大臣にも報告できておりませんが、この推論が真実であった場合の対策として考えられるプランが一つあります」

省としての検討をしてから発言しろと言われてしまえば、もう発言の機会はない。しかし、日露首脳会談まで、二週間を切っている。阿部首相は、藁《わら》であっても摑みたいはずだった。

「言ってみたまえ」

須賀官房長官は、否定こそしないものの、不満げな顔をしていた。芦沢としては、首相の許可を得た以上、ここで言い淀《よど》む選択はなかった。

「プーチンがトランプ氏に提案する場合、我が国は第三国であり、提案に直接の影響を与えることは困難です。その代わり、トランプ氏が第三者となる日本の政策があれば、これを行なわないことを条件に、プーチンと取引することは可能かと思います」

「脅《おど》しをかけるということか?」

「そうです。日本にとっての北方領土以上の価値を持つロシアの権益に対し、脅威となる政策を提示すれば、プーチンは引き下がるはずです」

「そんなものが簡単に見つかるはずはなかろう。しかも首脳会談は十五日だ。あったとしても、準備が間に合うわけがない」

阿部首相は、鼻で笑ったように言った。国が政策として示すためには、綿密な検討、準備が必要だ。どんな簡単な政策であれ、外国首脳に提示するためには数カ月の準備を要する。しかし、他の目的で準備してあったものを転用することなら可能だ。

「年度末、三月に退役予定の潜水艦を、ロシアと対峙を続けているウクライナに供与します」

「その程度で、ロシアが北方領土を諦めるものか。それに、それをプーチンに提示するならウクライナの感触も摑んでおかなければ、絵に描いた餅《もち》だぞ!」

首相の理解では、たった一隻の潜水艦にすぎないのだろう。しかし、その一隻にすぎない潜水艦は、クリミアのセバストポリを母港とする黒海艦隊全体にとって、重大な脅威となる。黒海とそこに繋がる地中海に影響を与えようとするロシアにとって、北方領土とは比べものにならない現実の脅威だ。

阿部首相は、声を荒らげていた。芦沢は、背中に流れる汗を自覚しながら、〝これでいい〟と心の中で繰り返していた。

「ウクライナ国防省は、これを歓迎しています」

「そのような提案は承知していませんよ」

「私も初耳です」

須賀官房長官も井奈防衛相も気色ばんでいた。〝これでいい〟のだ。〝ザポリージャ〟は複雑だ。すでに会議の終了予定時間は過ぎている。多忙な大臣たちに話を聞いてもらうためには、怒らせるくらいでないと次回にしろと言われてしまう。

「潜水艦の供与は、ロシア対外情報庁の工作員に対する偽装工作として、ウクライナ国防省と調整していたものです。防衛省、外務省が検討し、ウクライナ側に提案しました。ウクライナ側は、これを偽装のための仮想政策だと承知していましたが、それでもこの政策の実現を願っていました。ウクライナ政府の影響力が強い企業を巻き込み、実現の可能性は検討済みの政策です」

「準備は出来ていると言いたいのか?」

「ウクライナのポルトラク国防相もご存じです。プーチンへのブラフ、脅迫として使う以上、ウクライナ政府に対して実施を確約することはできませんが、実行に移す可能性があると伝えれば、プーチンにこちらの本気度を伝えることができます」

阿部首相の言葉に、芦沢は勇気を奮《ふる》い起こして答えた。阿部首相は、腕を組んで黙考しはじめた。

「潜水艦が北方領土と釣り合うのか？」

「もう一方の天秤《てんびん》に載るのは潜水艦一隻ではありません。その潜水艦が脅威を与えるロシア黒海艦隊、そして黒海艦隊の根拠地であるセバストポリ、クリミア半島です」

「ロシアにとって、クリミアが北方領土以上に重要なことはわかる。しかし、潜水艦一隻が、それほどの脅威になるのか？」

「なります」

芦沢は、大臣たちの手元にはない資料をスクリーンに映した。黒海は、潜水艦がきわめて有用となる特殊な海であること。ウクライナが、老朽化し、時代遅れとなっても『ザポリージャ』を維持しようとしていたこと。ロシア黒海艦隊が、北方艦隊や自衛隊が対峙している太平洋艦隊と比較し、二線級艦艇で構築されていること。敵に質で上回る潜水艦が存在する場合、艦船の量で上回ったとしても、活動が著《いちじる》しく制限されることを説明した。どれも、瀬良から特別にレクチャーしてもらった内容だった。

「ロシアは、政治的な発言以上に、現実の軍事的脅威を重視します。日本が対ロ経済制裁に乗り出すよりも、ウクライナの『あさしお』、あるいは第二の『ザポリージャ』は、プーチンにとって受け入れ難いものとなります」

説明が終わっても、阿部首相は、腕を組み、目を閉じたまま沈黙していた。須賀官房長官も井奈防衛大臣も、阿部首相の顔を見て口を閉ざしている。官邸地下の会議室にプロジェクターのファンが回る音だけが響く時間が一分以上すぎた後、唯一沈黙を破る権利を持つ阿部首相が静かに言った。

「防衛省と外務省で、再度検証するように。ウクライナ側にも打診を。それと……この推論の確認をしてくれ。この情報だけで、プーチンとわたり合うのは無理だ。確証までは必要ない。だが、これが間違いないと確信できるだけの情報を、何としてでも集めてくれ」

そう言って、阿部首相は、大きく息を吐くと、目を開けた。芦沢と目が合う。

「会談の進め方が問題だな。君のロシア語は、どの程度だ？」

質問の意図が読めなかった。芦沢は、ウクライナ側への打診に不安があるのだろうかと訝しんだ。

「ウクライナ政府関係者との調整では、ロシア語で直接に話しています。ウクライナ側への打診についても、関係者を絞る必要もあると思いますので、隅大使と瀬良防衛駐在官の他に、私が通訳として臨席することになると思います」

「そうか。では、日程を調整し、日露首脳会談の通訳に、君も入ってくれ」

ハンマーで殴《なぐ》られたような衝撃に、芦沢は口を開くことができなかった。

「何か問題があるのか？」

慌てて唾を飲み込むと、演台の縁を握りしめて答えた。指先が痛かった。

「ありません。万全の準備をいたします！」

二〇一六・十二・四（日曜日）――長門会談まで十一日

公邸を与えられることは、大使の特権だ。しかし、公邸に住まうということは、いついかなる時でも公務に応じなければならないのと同義でもある。芦沢は、ウクライナに戻ると、その足で大使公邸に向かった。瀬良にもメールで連絡してある。タクシーで公邸に乗り付けると、瀬良の車も駐まっていた。

在ウクライナ日本大使館内でも、ユージュマシュの工作に始まるウクライナ国防省との協力関係について知っているのは、隅大使と瀬良だけだ。多くの館員は、芦沢が怪しい動きをしていることは承知しつつも、それには触れずにいてくれた。みな、大なり小なり怪しい動きをとった経験はあるのだ。

「なるほど。それだけの話を正式に進めるとなると、私が直接大臣クラスに伝える必要がありそうですね。至急調整に入ってください」

芦沢が、NSCの状況を報告すると、隅大使は静かに言った。

「ウクライナ人のメンタルとしては、どうなんだろうな？」

呟いたのは瀬良だ。日本の思惑どおりにいけば、最終的に『あさしお』の供与は行なわれないことになる。しかし、あくまで行なわれることを前提に調整を進めなければ、プーチンに対して圧力を与えることにはならない。後になって、「話が違う！」とウクライナが反発する事態を懸念しているのだった。

「誠意が大切なのは、ウクライナ人でも、日本人でも変わりません。ただ、日本人に比べれば多少ウエットでしょうか。ロシア人も同じですが、彼らは〝友人〟をとても大切にします。彼らの友情を利用するのではなく、友人としての誠意を尽くせば大丈夫です」

隅大使は、二〇一四年からウクライナ大使の職に就いている。もう二年以上もウクライナと付き合ってきたのだ。それに、ウクライナ大使となる前には、バーレーンの大使を三年にわたって務めていた。その経験には重みがあった。

「どこかで食べてゆくかい？」

ボルィースピリ国際空港に着いたのが午前九時すぎだったので、大使公邸を辞しても、まだ昼食時間の前だった。中継地のイスタンブールからキエフまで二時間のフライトで軽食も出たので、それほどお腹《なか》は空いていない。

「今日中に、ツィランキェヴィチ中尉に連絡を取ってみようと思います。明日の朝になって、急に会合を申し出るよりも、今のうちに伝えておけば、マリャール大佐にも時間を取っていただきやすくなるでしょう」

そう言うと、瀬良は、得心したように笑みを浮かべた。

「そうだな。荷物は家に置くだろ。送ってゆくよ」

家でシャワーを浴びると、徒歩で独立広場に向かった。二重にした紙バッグには、お土産の写真集が入っている。大判書籍が五冊ともなると、かなりの重量だった。

物は誠意ではない。しかし、誠意を示すためにちょっとしたプレゼントを贈ることは、よくあることだ。ウクライナをはじめとした東欧では特にそうだ。ツィランキェヴィチ中尉に頼まれた大戦期の戦艦と潜水艦の写真集に加えて、駆逐艦の写真集も買ってきた。それに、現代の海自艦艇の写真集も買ってきていた。『あさしお』も載っている。

独立広場には小雪が舞っていた。キエフは内陸のため、降雪はそれほど多くない。しかし、緯度のわりに気温は下がらない。気温もこの日は、マイナスにさえなっていなかった。

ツィランキェヴィチ中尉は、チェック柄のツイード製コートにライトパープルのベレー帽姿で現われた。

「お帰りなさい。戻ったばかりなんじゃないですか?」

待ち合わせのカフェに入ると、彼女は頬を紅潮させて言った。

「今朝着いたばかりだよ。早くこれを渡したくてね」

そう言って、紙バッグを差し出した。彼女が歓声を上げる。

「まあ、こんなに!」

さっそく、写真集を机の上に広げ、『大和』の写真をしげしげと眺めていた。

「君のおかげで、いい仕事ができたよ。これは、そのお礼だ」

「ありがとう」

彼女は、それだけ言うと、しきりにページをめくっている。芦沢は、彼女の分のコーヒーを注文すると、眺め終わるのを待っていた。

「実は、今日はお願いもあるんだ」

「何ですか？」

彼女が運ばれてきたコーヒーを口にしたタイミングで声をかける。

「こんなにもらってしまうと、何でも言うことを聞かないといけなさそうですね」

芦沢は、苦笑して口を開く。意図は伝えつつ、喜ばせすぎないようにしなければならない。

「これのことで、マリャールさんと話したい」

芦沢は、現代自衛隊潜水艦の写真集を開き、『あさしお』を指差しながら言った。

「え？」

彼女は、目を丸くしていた。

「前の話とは別なんだ。正式には、うちの隅さんから、そちらのポルトラクさんに話をさせてもらいたいと思ってる。ただし、今後どうなるかはわからない」

これで、意図は通じるはずだ。彼女は、息を呑んでいた。

「本社の社長も了承してる。だから、急ぎで相談したい」

彼女の顔は、驚愕から、不安げなものに変わっていた。

「どうしたの？」

意外な反応だった。狂喜するかと思っていた。

「代わりに、何が必要でしょうか？」

「それは、今のところ考えてない。今言ったとおり、今後どうなるかは、まだ不透明なんだ。だから、それは考えてもらわなくても大丈夫」

「しかし、これだけのことに見合うものが、我々にあるのかどうかさえ……」

国家同士の関係で、一方的なものなどないのだ。芦沢は、懸念していたこととは逆に、ツィランキェヴィチ中尉に気を使わせてしまったことに気が付いた。

「途中で頓挫《とんざ》する可能性が高いんだ。本当に大丈夫」

頓挫する可能性どころか、プーチンとの交渉がうまくゆかなかった場合でも、日本政府は最終的に『あさしお』の提供を渋る可能性が高い。しかし、それを彼女に伝えることはできなかった。彼女は、俯《うつむ》き、声を振り絞るようにして話した。

「でも……、でも……、私たちの資産は、ロシアとの関係くらいしかありません。九世紀に始まり、ソ連時代は一つの国であったことによる人の結びつきくらいしか……」

芦沢の背に、電流が走った。

九世紀、ここキエフの地にルーシを国号として生まれたキエフ大公国は、ウクライナのみならず、ロシア、ポーランドやブルガリアなどスラブ諸国家の礎《いしずえ》となった。後に、キーフルーシの流れを汲《く》むモスクワ大公国がモスクワルーシとして勢力を拡大し、ロシア帝国を経《へ》て、ソ連、そして現在のロシアに至っている。何より、ソ連の崩壊は、わずか四半世紀前の一九九一年だ。ウクライナ軍や情報総局には、旧ソ連邦軍人であった者も多い。ウクライナは、ロシアをはじめとした旧ソ連邦諸国に対する人的情報収集《ヒューミント》だけは、高い能力を持っている。

ただし、それはロシアにしても同じだ。ウクライナの情報は、高い確率でロシアにも渡ってしまう。しかし、今回だけはロシアに渡っても構わなかった。日本がウクライナを通じて、ロシアの情報を手に入れた事実は、ロシアに渡ったほうが都合がよいくらいだった。

芦沢は、ツィランキェヴィチ中尉の手を取った。

「ありがとう。君は、僕の女神様だ！」

彼女は、目を見開いていた。説明したかったが、今はそんな余裕などない。

「明日の朝、連絡するから」

芦沢は、そそくさと会計を済ませると、大使公邸に向けて走った。

二〇一六・十二・十三（火曜日）――長門会談まで二日

ウクライナに戻って以来、目の回るような忙しさが続いていた。カフェから大使公邸にとって返した芦沢は、阿部首相からの宿題とされていた推論の確認が、ウクライナの情報機関によってならば可能であることを隅大使に説明した。もちろん、それは百パーセントであるとは言えなかったし、ウクライナがこちらの依頼を受けてくれるとも限らない。しかし、彼らにはその能力があった。

隅大使は、すぐに檜山事務次官に連絡をとり、ウクライナ側に打診をする了解を取り付けてくれた。おかげで、翌五日になって瀬良とともにウクライナ情報総局にマリャール大佐とツィランキェヴィチ中尉を訪れた際には、いくつもの案件について話さざるを得なかった。

重要だったのは、『あさしお』供与だけでなく、プーチンが北方領土に弾道ミサイル防衛基地を建設する提案をアメリカに行なう可能性があるとする推論の証拠集めを依頼することだった。それに、情報収集衛星を使った情報提供計画の細部調整に加えて、いまだ北朝鮮にいるステッセリに関しても話し合わなければならなかった。

『あさしお』供与については、彼女たちは、なかなか信じようとしなかった。なぜ突然に実際の供与を考えるようになったのかと食い下がられた。

そして、推論の証拠集めを依頼する中で、結果的に全容を話さざるを得なくなった。もちろん、隅大使の許可は取った上でだ。ただし、ロシアにこちらの目論見《もくろみ》が露見するのは望ましくない。マリャール大佐からポルトラク国防相に直接報告するという言質《げんち》を得て、日露首脳会談に向けて、推論を立証する情報が必要であること、対抗策としての『あさしお』供与を考えていることを白状するしかなかった。

しかし、洗いざらい話したことで、彼女たちの信頼は得ることができた。それに、何よりも、こちらが求めているものを理解してもらうことができたことが大きかった。ウクライナが、ロシア政府内にも情報収集の手を伸ばしているとしても、ＳＶＲやＧＲＵといった専門の情報機関と対等にわたり合うのは無理がある。高度に秘匿された情報にはアクセスできないのだ。我々が欲しているものが、北方領土に、アメリカ軍施設が建設される可能性を強く示唆《しさ》する情報だと具体的に理解してもらったおかげで、それが存在するなら入手できるだろうという回答を得ることができた。

マリャール大佐は、択捉と国後の軍施設建設計画を調べてみると言っていた。もし、保全上、特段の配慮をもって、一部区画を隔離するような計画になっていれば、そして、その区画から他の区画へのアクセスや監視を防ぐ計画になっていれば、そこにロシア軍以外の施設が作られる可能性が高いことになる。それと、五月にショイグ国防相の指示により、択捉と国後を視察したツァリコフ国防第一次官とイワノフ国防次官の報告書も調べてくれるそうだ。これも、同様に「アメリカ」などという単語が入っている必要はない。アメリカに施設を作らせる配慮がなされていれば、それでこと足りるのだ。実際、意図を明かさずに必要なドキュメントを指定することは難しかっただろう。使える時間を考慮すれば、無謀な依頼と言えた。

満足してもらえるだけの物は手に入ったと連絡を受け、瀬良と歓声を上げたのは、その時からちょうど一週間が経過した昨夜の二十三時すぎだった。

芦沢と瀬良は、眠い目を擦りながら、ウクライナ国防省の会議室にいた。机の中央には隅大使が掛けている。大使と国防相の会談は、式典のようなものだ。実質的な調整はすべて完了した。ウクライナ側から、防衛分野における協力の申し入れがあり、日本がそれに対して、退役する潜水艦の供与を行なうという体裁《ていさい》になっていた。同時に、日本側の求めに応じて、ウクライナから情報提供を受けることにもなっている。

ただし、会談状況の写真も含め、公開されるのは軍の病院に対する医療機材の提供や海自の遠洋練習航海部隊のオデッサ寄航要請、それに隅大使と防衛駐在官である瀬良に対する勲章の授与など、当たり障《さわ》りのないものだけだった。

「この潜水艦供与が、現段階で約束されたものでないことは理解している。しかし、我々はこれが実現することを切に願っている。また、今回、日本に渡した情報については、この分野における日本の協力に対する先行投資という認識だ。日本も、我が国と同様に、ロシアとの間に複雑な問題を抱えていることは理解している。そうであっても、孫子《そんし》が遠交近攻《えんこうきんこう》を説《と》いているように、ロシアの西と東にあって、両国が協力関係を結ぶことには大きな意義がある。今後は、防衛省・自衛隊との交流拡大の可能性を追求したい。また、井奈大臣にもウクライナにお越しいただきたいとも考えている。ぜひよろしくお伝えください」

ポルトラク国防大臣の言葉は、日本から遠く離れた国の大臣からとは思えないほど、両国の協力を歓迎するものだった。アメリカと同盟を結ぶ国同士であるＮＡＴＯ諸国の大臣であっても、これほどの歓迎は珍しい。

「今回の情報提供、我が国にとって、これほど有益なものはありません。大臣が仰るとおり、貴国との協力を深化させてゆきたいと考えております。ただし、ご理解いただけるかと思いますが、障害も多い。それらを一つ一つ解決しながら、道を切り開いてまいりましょう。防衛大臣の訪問についても、要請があった旨を報告いたします。今後とも、よろしくお願いいたします」

隅大使は、ポルトラク国防相と固い握手を交わした。

大使館に戻ると、芦沢はすぐさま空港に向かった。ウクライナ側から提供されたロシアのドキュメントは、ロシア太平洋艦隊が作成した、北方領土の施設整備計画書だった。情報の分析は瀬良がやってくれることになっている。

「これなら十分だ。資料を作って本省に送っておく。決戦は任せたぞ」

整備計画書を見た瀬良は、そう言っていた。

「ありがとうございます。精一杯戦ってきます」

そうは言ったものの、芦沢は不安だった。見送りはなく、空港にはタクシーで向かった。瀬良は資料作りに忙しく、会談のために外に出ていた隅大使は、館内で別の仕事がある。

チェックイン、セキュリティチェック、税関を難なく通過する。

「ユキト　アシザワ、別室にお願いします」

青パスの威力で通りすぎるだけだと思っていた出国審査で止められた。

「オフィシャルパスポートだぞ?」

「ええ、わかっています」

パスポートをチェックした審査官は、スタンプは押した上で、後方に控えていた別の係員にパスポートを渡してしまった。

「こちらにどうぞ」

別室に連行というには、係員の態度は妙に丁寧《ていねい》だった。ボーディングには、まだ若干の余裕があった。コーヒーを諦めればいいだけだ。芦沢は、長い金髪を巻き上げた係員に、おとなしく付いていった。

「こちらです」

案内された部屋に入ると、そこには二人の女性が待ちかまえていた。

「マリャール大佐！　それにカチューシャも」

穏やかに微笑むマリャール大佐の奥で、ツィランキェヴィチ中尉は小さく手を振っていた。

「我々がおおっぴらに見送るのは問題になりそうなので、審査官にこちらに連れてきていただくようお願いしました」

「そうでしたか。ありがとうございます」

二人とは、国防省で顔を合わせたばかりだ。それでも、わざわざ足を運んでくれたことが嬉しかった。大使館からは誰も見送りに来てくれなかった。

「機内で食べてください。休息だけじゃなく、栄養も必要です。顔色がよくないですよ」

ツィランキェヴィチ中尉がくれた包みには〝ＲＯＳＨＥＮ〟と書かれていた。ロシェンは、ウクライナで最も有名な菓子メーカーだ。菓子メーカー大手として有名なだけではない。創業者が、現ウクライナ大統領ペトロ・ポロシェンコであることも有名である理由の一つだ。

袋の中を覗くと、高級チョコのスウィートロシェンとチェリーインチョコレートが入っていた。

「あ、これ好きなやつです。機内で寝るためにもいいかも」

チェリーインチョコレートは、リキュールに漬《つ》け込まれたチェリーをチョコで包んだ大人のお菓子だ。芦沢のお気に入りだった。

芦沢がお礼を言うと、マリャール大佐が改まって言った。

「交渉の成功を願っています。と言っても、成功は、交渉がまとまることではありませんが」

「今回は、本当にありがとうございました。我が国の目的が、〝ザポリージャ〟の実現ではないにも拘わらず、多大な協力をしていただきました」

欧米だけでなくウクライナでも、腰を折ることは感謝の意を示すことにはならない。それでも、芦沢は自然と頭を下げた。

「それには及びません。ポルトラク国防相は、ああ言いましたが、交渉の成功は、我々の希望でもあります。交渉が失敗すれば、我々は〝ザポリージャ〟を手にすることができるかもしれません。海軍士官としては、〝ザポリージャ〟は魅力的です。しかし、交渉の失敗は、ロシアとアメリカの接近を意味するのでしょう。これは、ウクライナ軍人として、最悪のシナリオなのです」

交渉の成功は、〝ザポリージャ〟と引き換えに、プーチンにトランプに対して松輪島と択捉を使わせる提案をやめさせることだ。

「なるほど。確かにそうですね」

「だからこそ、芦沢さんには期待しています」

「ありがとうございます」

芦沢は、この日何度目になるかわからない謝意を述べた。

「顔色がよくないのは、疲れだけではありませんね」

マリャール大佐は、芦沢の母親ほどには年はいっていない。それでも、その微笑みには、母親のような優しさがあった。

「正直に言って、不安なんです。はたしてうまくやれるのか。これだけの材料をいただきました。うまくやらなければならない」

芦沢が、こころのうちを語ると、マリャール大佐は、静かに言った。

「ドローグ　オシリィトゥ　イドゥシィ」

直訳すれば、〝歩く人のために、道は出来る〟という諺《ことわざ》だ。日本語では、〝為《な》せば成る、為さねば成らぬ何事も、成らぬは人の為さぬなりけり〟が近い意味になる。

「芦沢さんが歩かなければ、芦沢さんも、そして我々も、ここに至る道を歩いてくることはなかったでしょう。あなたが歩いたからこそ、道も出来たのです。この交渉も同じです。成功するかどうかはわかりません。それでも、あなたが歩かなければ、成功することはありません」

マリャール大佐の言葉をゆっくりと嚙みしめ、芦沢は肯いた。

「行ってきます」

彼女が差し出した手を握る。ツィランキェヴィチ中尉は、手を差し出す前に、胸に飛び込んできた。力一杯抱きしめる。

「日本のために、そして、ウクライナのために」

二〇一六・十二・十五（木曜日）――長門会談当日

体は鉛のように重かったが、頭は興奮していた。ポルトラク国防相との会談の後、十五時五十分にキエフ・ボルィースピリ国際空港を飛び立った。ミュンヘン、そして羽田《はねだ》でも乗り換え、福岡《ふくおか》に着いたのが前日の十九時。そこから、列車を乗り継ぎ、ホテルに辿《たど》り着いたのは二十三時近かった。睡眠はとったものの、時差ボケと移動疲れが酷かった。

プーチンの乗った特別機の到着が遅れたのは助かった。おかげで神子田《みこだ》通訳も交《まじ》え、阿部首相と最後の打ち合わせをすることができた。プーチンの遅刻は、火曜日に実施した隅大使とポルトラク国防相の会談が原因である可能性も高い。ロシア側に伝わるよう、意図して高い秘匿措置は取らなかったからだ。

今は、岸和田外相や関係者を含めた少人数会合が行なわれている。芦沢は、この後のテタテ会談と呼ばれる両首脳だけの会談にだけ参加する予定だった。テタテとは、フランス語で内緒話を意味する。首脳同士だけの会談だった。同席するのは、日露とも二名ずつの通訳のみ。少人数会合は、神子田が一人で通訳を務めている。話し合う内容は基本的に調整済みだから、神子田一人でも十分だった。本番は、この後のテタテ会談だ。

芦沢の視線の先には、黒服に身を固めたSPが微動だにせず立っている。少人数会合が行なわれているホールを警護しているのだが、はたしてそんな必要があるのか疑問だった。首脳会談は、山口県長門湯本《ゆもと》にある大谷《おおたに》山荘で行なわれていた。大谷山荘は、山荘などという名前が付いているものの、天皇陛下も宿泊された由緒《ゆいしょ》ある温泉旅館だ。山懐《やまふところ》に抱かれ、眼下に音信《おとずれ》川が流れる。首脳会談は、別邸を借り切って行なわれていた。別邸ごと厳重な警備が行なわれているため、少人数会合を行なっているホール前の警護は、儀礼のようなものだった。

どうにも落ち着かなかった。少し歩こうと思い立ってソファーから立ち上がると、ホールのドアが開いた。少人数会合が終了したようだ。この後、十五分ほどの休憩を挟み、テタテ会談が行なわれることになっている。芦沢は、特別会議室に急いだ。

特別会議室前にも、二人のSPが立っていた。「ご苦労様です」と声をかけて中に入る。一番乗りだった。部屋は落ち着いた雰囲気ながら、明らかに高価な調度が置かれている。在外公館も、それなりの調度は置かれているが、見かけはともかく、それほど高価なものを置いているわけではない。しかし、この大谷山荘の別邸『音信』は違った。壁際に飾られた生け花が、目を休ませてくれる。ホテルの仲居さんではなく、外務省の職員がお茶を運んできた。ほどなく、神子田もやってくる。

「お疲れ様です。どうでしたか？」

神子田は、席に着くなり、お茶を一気に飲み干した。

「今のところは特に問題はない。ただ、ロシア側は、ピリピリしているな。多分、君のせいだろう」

隅大使とポルトラク国防相との会談の情報が伝わっていることは、間違いなさそうだった。後五分ほどでテタテ会談が始まるという時刻になって、ロシア側の通訳二人が入ってきた。そのうちの一人は、纏《まと》う雰囲気が違った。外務省の職員ではないかもしれない。

首脳同士が入ってくる前に、彼らと挨拶を交わした。神子田はすでに済ませていたので、芦沢は名乗って握手を求めた。一人は、芦沢も名前を知っていた。在東京ロシア大使館に籍を置く、エドゥアルド・ウスペンスキーだ。中間に入る父称《ふしょう》こそ異なるものの、チェブラーシカの作者として知られるエドゥアルド・ニコラエヴィチ・ウスペンスキーと同姓同名なので、一度聞いたら忘れられない名前だった。

もう一人、鋭い目つきの男は、パーヴェル・ヤグディンと言っていた。芦沢のことを、値踏みするような目で見ていた。

ほどなくして、阿部首相とプーチン大統領が入ってきた。両者は、中央に置かれた小ぶりな机を挟んで座る。神子田と芦沢は、阿部首相の両隣に掛けた。ウスペンスキーとヤグディンも、プーチンの両脇に座る。芦沢の正面はヤグディンだった。

ＳＰがドアを閉めると、室内は一瞬の静寂に覆われた。それは、朝靄《あさもや》の晴れた平原に、軍が対峙している状況に似ていた。違うのは、命のやり取りがないことだ。口火を切ったのはプーチンだった。

「シンゾー、私が遅れた理由はわかっているか？」

すかさず、神子田が日本語に訳す。

「想像は付いています。プーチンさん」

神子田は、『プーチンさん』を、『ウラジーミル・ウラジーミロヴィチ』と訳した。こうした会談では、名前の通訳方法も決めてあった。阿部首相には、交渉の内容に集中してもらうため、呼び名を気にせず、日本語としてふさわしい言葉を使ってもらう。神子田や芦沢が、それにふさわしい形でロシア語の呼び名に訳する。神子田がファーストネームであるウラジーミルに続き、ウラジーミロヴィチという父称を付けたのは、阿部首相がさん付けをしたためだ。阿部首相よりも二つほど年上のプーチンに対し、改まりつつ敬意を表わした形になっている。

会談前のセレモニーでは、阿部首相は、マスコミの前ではウラジーミルとファーストネームだけで呼び掛け、親密さを演出していた。テタテ会談では、利害が対立する者として、敬意を表わしつつも、改まった表現を使おうと打ち合わせてある。

阿部首相は、予定どおりに受けて立つ。一瞬だけ、芦沢に視線を送ってきた。それを見たプーチンも、芦沢を見た。芦沢は、まっすぐにプーチンを見つめ返す。語らなくとも、阿部首相の言う〝想像〟が隅大使とポルトラク国防相の会談のことだと伝わっただろう。会談の様子を示す写真は、昨日の時点で在ウクライナ日本大使館のホームページにアップされている。そこには、隅大使の横に腰掛けた芦沢も写っている。

「理由を聞いていいか？」

プーチンは落ち着いていた。しかし、その声には、返答次第ではただではおかないという気迫がこもっている。

「我々は長い時間をかけて交渉してきた。しかし、リマでお目にかかった際、あなたは、北方領土におけるロシアの完全な主権を認めるようにと仰った。これは我々がかけた長い時間を無にするものだ。しかも、そう仰る理由も話していただけていない」

「状況が変わったのだ。二島を引き渡すと同時に平和条約を締結し、残る二島は共同経済開発を行なった後、三十年後に住民の意思を尊重して帰属を決めるという解決案は、もはやふさわしい解決策ではなくなった」

芦沢も、この交渉に通訳として入る関係上、今までの交渉状況は聞かされていた。いわゆる二島先行返還方式によって北方領土問題を一部解決、一部保留として、両国は、平和条約の締結を目指していた。

「状況は常に変わっています。しかし、これまでの交渉を変更させるに足る、何が、どう変わったと仰るのか？」

「今の段階で、詳しく話すことはできない。それよりも、一昨日の出来事の真意を聞かせてほしい。日本政府は、従来ロシアとウクライナの間の問題について、ヨーロッパ各国に追従《ついじゅう》せず、独自の姿勢を維持してきたはずだ。その日本政府が、国防相と会談を持ち、軍事的な側面でウクライナを支援することに対して、我々は座視することができない。シンゾーの返答次第では、私はこの場で席を立ってモスクワに帰らなければならない」

阿部首相のお膝元である山口で、お前の顔に泥を塗ってやるぞという脅しだった。

「北方領土におけるロシアの完全な主権を認めるなどできないということです。我が国は、引き続き、これまで交渉してきた二島先行返還方式による平和条約締結を目指したいと考えています」

「状況が変わったと言ったはずだ。今は細部を話せないが、貴国が我が国の西側で敵対的行為を行なうのであれば、国際社会はクリルに対するロシアの主権を認め、露日両国は、引き続き平和条約を結ぶことなく、お互いの経済的発展も享受《きょうじゅ》できないという結果になる。あなたはそれを望むのか?」

プーチンの言葉を神子田が通訳すると、阿部首相は静かに頭を振った。

「あなたは、我が国の情報収集能力を見誤っている。確かに、貴国の情報機関ほどの能力はないだろう。だが、あなたの言う『状況が変わった』という言葉が何を指すのかは理解しています」

ウスペンスキーがロシア語に訳すと、プーチンは小馬鹿にしたように答えた。

「どう理解したと仰るのか?」

「状況は、変わりかけています。しかし、まだ変わっていません。貴国が〝アメリカ大統領〟に対して、提案を行なえば、状況は変わるかもしれない。しかし、まだ変わってはいない」

阿部首相は、〝アメリカ大統領〟という言葉を強調した。通訳するウスペンスキーも、しっかりとその部分を強調して訳す。それを聞いたプーチンは、初めて驚いた顔を見せた。そして、一瞬思案して答えた。

「確かに、少々見誤っていたかもしれない。しかし、我が国がアメリカにどのような提案をしようとも、貴国には関係のないことだ」

プーチンは、日本がどこまで把握しているのか探っているようだった。

「とんでもない。この提案は、我が国にとって大いに関係している。許しがたい提案です。だからこそ、駐ウクライナ大使に、ウクライナの国防相と会談を持たせた」

ウスペンスキーが通訳している間に、阿部首相は、芦沢を見やった。

「松輪島と択捉島、国後島の件は、伝えるべきかと思います」

芦沢は、阿部首相に耳打ちした。プーチンは、日本側が明確な証拠を握っていることを認識しなければ、〝交渉〟に乗ってくることもないだろう。阿部首相は、小さく肯く。そして、ウスペンスキーが訳し終わると同時に、言葉を継いだ。

「千島列島に関しては、我が国は領有権を放棄しています。ですから、松輪島に関することをアメリカに提案しても、それに対しては何も言うつもりはありません。ですが、択捉島と国後島に関して、アメリカ政府に土地の使用について、ロシア独自として提案することは認められません。今までの交渉とは方向性が変わりますが、日露両国が共同でアメリカに対して提案するのであれば、ぜひとも行ないたいと思います。いかがですか？」

プーチンは、その能面《のうめん》のような顔に怒りを押し込めていた。しかし、オーラは目に見えるようだった。能面のようであることが、かえって怖かった。

阿部首相の言葉は、従来の交渉内容をさらに押し進めるものだった。リマでの首脳会談までは、いわゆる二島先行返還論であり、残り二島の主権はある意味棚上げする方向で進められていた。しかし、択捉島と国後島にアメリカの施設を作る提案を共同で行なうことになれば、それは両島に対して、ロシアのみならず、日本も主権を有することになる。この二島に関しては、いわゆる共同統治論を採用するということだった。それは、プーチンが呑むはずのない提案だった。

「何を血迷ったことを。やはり貴国の情報収集能力には問題があるな。我が国が、アメリカにクリルの使用を許可する提案を行なうなどという世迷《よま》い言《ごと》を言うとは！」

能面をはぎ取り、プーチンは怒りをあらわにしていた。追い詰めていたはずの阿部首相が、逆に実質的に共同統治となる提案をしてきたことが腹に据えかねたのだろう。

「証拠は摑んでいます。択捉島北部にある旧日本軍の蘂取《しべとろ》第一飛行場の跡地、ロシアはベトロボイェと名前を付けているようですが、ここを使うおつもりのようですね。それに、ソポチニィと呼んでいる蘂取第二飛行場跡地も候補のようだ。松輪島のほうは、南東部天蓋山《てんがいさん》の南側平地を考えていらっしゃる。しかも、影響が及ぶ可能性がある近隣の施設を含め、関連の施設整備は二〇一八年の秋までに終わるように計画されている。間に合わせたいのは、アメリカの中間選挙だ」

阿部首相が冷静に答えると、プーチンは押し黙った。一分近くも沈黙が続いた後、プーチンの口から出てきた言葉は開き直りだった。バレたのなら仕方ない、という様子だった。

「状況が変わったのだ。我々は、状況に対応した政策を採る。貴国と共同で提案する必要などない。それに対して報復するというなら致し方ないが、何ら状況変化を起こし得ない以上、貴国にとっては益は何もない。国家指導者としては、国益を第一に考えるべきではないのかね？」

神子田が通訳すると、阿部首相はかすかながら不安げな顔を見せた。今芦沢が口出しすることは、出すぎた真似《まね》と言われる可能性がある。しかし、今言わずに、首相が不安から折れてしまえば、すべてが水泡に帰す。それは、看過できなかった。

「我が国の支援内容を把握していないかもしれません。『あさしお』は、黒海のパワーバランスを大きく変えます」

芦沢は、阿部首相の耳元で囁いた。その様子をヤグディンが射《い》るような視線で見ていた。阿部首相は、咳《せき》払いをすると、張りのある声で言った。自らを鼓舞《こぶ》するためだろう。

「国益を考えるべきなのは、あなたも同じです。我が国も我が国の国益のために必要な措置を取るつもりです」

「ドネツクやルガンスクの状況はすでに落ち着いている。どのような措置を講じたところで、ロシア人が多数を占めている状況は変えようがない！」

振り向いた阿部首相と目が合った。プーチンは日本の支援が『あさしお』の供与だとは認識していなかった。芦沢は、無言で肯いた。

「よく存じています。それに、我々は、ウクライナ東部を再び混乱に陥《おとしい》れるつもりなどありません。我が国は、あくまで平和を希求しています。その上で、我が国は、ウクライナ政府の要請を受けて支援をしようと考えています。そのことで、貴国の黒海艦隊に多少の影響があるかもしれませんが」

黒海艦隊にと告げたことで、プーチンは、情報面で劣勢に立っていることを改めて認識したのだろう。一瞬、彼の視線はヤグディンに向けられた。ヤグディンは、ほんの一瞬だけプーチンに耳打ちした。その一瞬では、わからないとひとこと言うのが精一杯だったろう。プーチンは、背もたれに身を預け、静かな声で言った。

「いいだろう。ウクライナに、どんな支援をするおつもりか聞こうではないか」

「我が国は、ウクライナ政府の求めに応じ、年が明けた二月に除籍となる予定のはるしお型七番艦『あさしお』の供与を検討しています」

　この日初めて、プーチンの顔に驚きが浮かんだ。

「潜水艦だと？　我が国の民間人が、日本からウクライナへの潜水艦供与という囮捜査により、ウクライナ当局に不当逮捕された事実は承知している。囮捜査ではなかったとでも言うのか？」

「ええ。正式な要請前の事前調整段階で、貴国の工作員が逮捕されたようですね。我が国の潜水艦は、通常動力型ですが、オーストラリアも導入を検討するほど高い性能を誇っています。ウクライナに供与を検討しているのは最新のそうりゅう型よりも二代前のはるしお型ですが、貴国のキロ級を上回る能力を持っています。黒海艦隊に多少の影響と申し上げたのは、そのことです」

　プーチンは、阿部首相よりもはるかに高い軍事的知識を持っているはずだ。敵に質で上回る潜水艦が存在する場合、海軍部隊の行動が大きく制限されることは理解しているだろう。その証拠に、椅子の肘掛けを握りしめた指は、力のあまり、白くなっていた。たっぷり三分近くも思案した上で、彼は静かに言った。

「供与を中止する引き替えに、アメリカに対する提案をやめろということか」

頭の回転は速かった。

「そのとおりです。ですが、当然のことながら、第三国による投資促進も中止していただきたい。開発は、平和条約締結後に、貴国と我が国が中心となって進めるべきものです。また、先ほども言ったとおり、北方領土以外については、我が国は何も言いません。松輪島とウルップ島を提案されるのであれば、我々も歓迎します」

「冗談ではない！」

言葉は荒々しかったが、そこに怒りの感情は薄かった。プーチンほどの政治家となれば、感情で交渉をぶち壊すようなことはしないはずだ。ロシアにとって、何ら益のない松輪島とウルップ島のアメリカへの提案など、まさに冗談ではないだけなのだろう。その二島では、益を得るのはアメリカだけだ。

「しかし、本当にこれでよいのか？　私が〝アメリカ大統領〟に対して、クリル諸島をアメリカに使わせる提案を考えていたが、あなたの友人であるシンゾー・アベに邪魔されたと言うかもしれないぞ」

これは、最後の悪あがきだったろう。だが、予想の範囲内でもあった。対策は考えてある。

「かまいません。しかし、その前に大統領にお伝えすることになると思いますが、ウクライナ捜査機関の手によって逮捕された貴国の工作員、彼は元々我が国からの潜水艦供与の情報を探っていたのではなく、ウクライナのミサイル製造メーカーであるユージュマシュ社の技術を、北朝鮮に渡すための工作を行なっていたそうです。ポルトラク国防相から、工作員が自白したと情報を得ました。北朝鮮の弾道ミサイル技術の向上に貴国が関与していた事実に鑑みれば、貴国がアメリカに用地の提供を申し出たとしても、それはマッチポンプでしかない。それに乗るのは、泥棒《どろぼう》に追銭《おいせん》というものです。〝アメリカ大統領〟は、貴国を非難こそすれ、その提案に乗ることはないでしょう」

逮捕された工作員、カワシキンは、実際には自白などしていない。それでもかまわなかった。日米間では、ステッセリからもたらされる情報だけで、十分にロシアの策謀であるとの共通認識ができる。

「彼は民間人だ」

プーチンは、苦々しそうに言った。

「そうかもしれません。しかし、ウクライナ当局は、そう認識しておりません」

この言葉で十分だった。プーチンは、大きく息を吐いた。

「しかし、それならば、そのことを〝アメリカ大統領〟に告げれば、ことはすんだのではないか？　潜水艦供与と我が国の提案を相殺《そうさい》させる必要があったのか？」

「必要はありました。北朝鮮の核・弾道ミサイルが米国の脅威となることは変えられない事実です。アメリカは、貴国の提案に乗ることができないと認識しても、アメリカの安全にマイナスとなる行為を我が国が行なったとなれば、快くは思わないでしょう」

「それさえも伏せた上で、領土交渉は白紙に戻すということか」

「いえ、白紙ではなく、今回の会談で、従来から検討している二島先行返還、三十年後に残り二島の帰属決定という路線でまとめませんか？」

阿部首相は、きっちり結果を出そうとしていた。

「それは無理だ。状況の変動があった事実は変わらない。我々も意見をまとめなければ、決断することはできない」

これも予想されていた。あわよくば、一気に北方領土問題の解決を図りたいところではあった。しかし、ロシアの策謀を阻止しただけで、よしとすべきだったろう。


（二〇一八年に入り、ロシアは、色丹島にアメリカ企業が発電所を建設する計画を進め始めた。対抗措置として、日本政府は、角大使とウクライナのトゥルチノフ国家安全保障国防会議書記が会談を行ない、ウクライナを包括的に支援するという表現を用いて、ウクライナの防衛産業改革と、この分野での協力方針を打ち出している）


この後の会談は、芦沢が口を出すべき話題はなかった。路線が決まっている内容について、双方首脳が確認を行なう。通訳は神子田が務めた。

テタテ会談が終了すると、芦沢は、阿部首相に対して、深く頭を下げた。そんな必要はなかったが、なぜかそうしたかったのだ。この後もレセプションが続く首相は、プーチンを案内しながら、特別会議室を出て行った。去り際、阿部首相は芦沢の肩を軽く叩いた。

酷く喉が渇いていた。机に置かれていた水を一気にあおった。

エピローグ　二〇一七・二・二十七（月曜日）

「これは？」

芦沢がリヴィウから戻ると、机の上には一枚のCDRが置かれていた。何かのデータを焼きこんだものだろう。ラベルには何も書かれておらず、付箋《ふせん》も付いていなかった。

「瀬良さんが置いていきました。プレゼントだそうですよ」

芦沢は、瀬良の使う防衛駐在官室から大部屋に移り、通常業務に移っていた。それでも、瀬良と動いた一連の仕事には、継続して携わっている。

ステッセリは、今も北朝鮮から情報を送ってきているし、リヴィウに行ったのも、三月三日に迫った隅大使のリヴィウ訪問の準備を行ないつつ、情報収集衛星の地上局設置に関する調整を行なうためだった。

パソコンにCDRを入れ、保存されていた動画を再生する。音声が漏れないように、イヤホンを付けた。

映っていたのは、潜水艦と整列する海上自衛隊員。

「昨日だったのか……」

『あさしお』の除籍に伴う、自衛艦旗返還式の様子が映されていた。その映像を見ながら、芦沢は、ジェットコースターに乗ったようなこの一年を思い返していた。

長門会談の翌日、芦沢は、日露両国の関係者とともに、東京に移動した。本来であれば、会談結果を受け、歴史的な文書に署名するための日程だった。

東京での首脳会談では、ワーキングランチに続き、文書交換式・共同記者会見が行なわれた。内容は、二人の首脳が、数年にわたって首脳会談を重ねてきた集大成としては、あまりにも寂しく、あたりさわりのないものになってしまった。

大敗北となるよりは、よかったと言えるだろう。しかし、安心はできない。ロシアは、国後や択捉に米軍基地の建設許可を出すという外交カードを、今後も切ることができる。片や、日本は『あさしお』を解体してしまえば、しばらくの間、同種のカードは使えなくなってしまう。それでも、プーチンが双方の策を相殺することに同意した以上、しばらくの間は大丈夫だろう。次に事が起こる時、芦沢自身が、どこにいて、何をしているかはわからない。それでも、また何か起こるなら、ひと暴れしてやろう。そう考えた。

旗竿《はたざお》から降ろされ、きれいに畳まれた自衛艦旗が返還される様子を見ながら、芦沢は口を開くことなく決意した。

（北朝鮮によって、二〇一六年九月に実施された新型エンジンの燃焼実験に続き、二〇一七年七月に二度にわたって実施された火星一四型ＩＣＢＭの発射実験により、極東情勢は大きく変化した。アメリカは、北朝鮮のＩＣＢＭに備える必要が高まり、ロシアが配備地を提供し、イージス・アショア、あるいはＧＢＩを配備するなら、トランプ大統領の株が上がることは間違いない状況となった。その一方で、アメリカではロシアゲートが問題となり、ロシアがアメリカに迎撃ミサイル配備地を提供しても、ロシアとの癒着が問題視されかねない状況ともなっている）

本書は、少しだけ過去である二〇一六年を描いた書下ろし歴史小説です。歴史小説ではありますが、実在の人物は、存命中であるため、一部の方の名前は、想像できる程度に改変してあります。出版上の制約ですので、ご容赦《ようしゃ》ください。

なお、ウクライナでのシーンを多数描いていますが、執筆にあたり、ウクライナ人であるO氏に多くの助言を得ました。ここに感謝いたします。

——著者

切りとり線

あなたにお願い

この本をお読みになって、どんな感想をお持ちでしょうか。次ページの「100字書評」を編集部までいただけたらありがたく存じます。個人名を識別できない形で処理したうえで、今後の企画の参考にさせていただくほか、作者に提供することがあります。

あなたの「100字書評」は新聞・雑誌などを通じて紹介させていただくことがあります。採用の場合は、特製図書カードを差し上げます。

次ページの原稿用紙（コピーしたものでもかまいません）に書評をお書きのうえ、このページを切り取り、左記へお送りください。祥伝社ホームページからも、書き込めます。

〒一〇一―八七〇一　東京都千代田区神田神保町三―三
祥伝社　文芸出版部　文芸編集　編集長　日浦晶仁
電話〇三（三二六五）二〇八〇　http://www.shodensha.co.jp/bookreview/

◎本書の購買動機（新聞、雑誌名を記入するか、○をつけてください）

＿＿新聞・誌の広告を見て	＿＿新聞・誌の書評を見て	好きな作家だから	カバーに惹かれて	タイトルに惹かれて	知人のすすめで

◎最近、印象に残った作品や作家をお書きください

◎その他この本についてご意見がありましたらお書きください

１００字書評

北方領土秘録

住所

なまえ

年齢

職業

数多久遠（あまた・くおん）
航空自衛隊在職中から小説を書き始める。退官後、2014年、アマゾンから個人出版した電子書籍『黎明の笛』（現在は祥伝社文庫）を大幅改稿して単行本デビュー、ミリタリー・サスペンスの新旗手として注目を集める。祥伝社既刊に、尖閣《せんかく》諸島近海で日中の潜水艦が戦う『深淵の覇者』、北朝鮮に陸自山岳連隊が潜入する『半島へ』がある。

北方領土秘録《ほっぽうりょうどひろく》　外交《がいこう》という名《な》の戦場《せんじょう》

平成30年12月20日　初版第1刷発行

著者―――数多久遠《あまたくおん》
発行者――辻 浩明
発行所――祥伝社《しょうでんしゃ》
〒101-8701　東京都千代田区神田神保町3-3
電話　03-3265-2081（販売）　03-3265-2080（編集）
03-3265-3622（業務）
印刷―――萩原印刷
製本―――積信堂

Printed in Japan © 2018 Kuon Amata
ISBN978-4-396-63558-9　C0093
祥伝社のホームページ・http://www.shodensha.co.jp/

祥伝社

好評既刊

黎明《れいめい》の笛

陸自特殊部隊「竹島」奪還

そのとき航空自衛隊司令部は――？
今そこにある日本の危機を描く！

〈四六判・文庫判〉

深淵の覇者

新鋭潜水艦こくりゅう「尖閣《せんかく》」出撃

史上最速の潜水艦 対 姿を消す新鋭潜水艦
圧倒的リアリティで迫る興奮の海中バトル！

〈四六判・文庫判〉

半島へ

陸自山岳連隊

崩壊迫る北朝鮮が秘蔵する生物兵器を奪取せよ！
そのとき政府は？ 自衛隊は？ 拉致被害者は？

〈四六判〉

数多久遠《あまたくおん》